蘇東坡之大江東去

易照峰 著

主要人物表

蘇　軾（一〇三七—一一〇一）　字子瞻，號東坡居士。四川眉山人。宋嘉祐二年（一〇五七年）進士。最高官為內丞相。

蘇　轍（一〇三九—一一一二）　蘇軾弟，字子由。與兄同年進士。最高官副丞相。

歐陽修（一〇〇七—一〇七二）　字永叔，號醉翁，謚文忠。江西盧陵（今吉水）人。宋天聖七年（一〇二九年）進士，是蘇家恩人。

趙　頊（一〇四八—一〇八五）　宋神宗，詔命王安石變法之皇帝，曾希望重用蘇軾，又終於捕蘇軾入獄並令蘇軾躬耕東坡五年。

王安石（一〇二一—一〇八六）　字介甫，封荊國公。著名變法宰相，與司馬光和蘇軾既是政敵又是文友，關係極微妙複雜。

司馬光（一〇一九—一〇八六）　字君實，贈溫國公，謚文正。宋仁宗寶元初年（一〇三八）進士，大學問家，編《資治通鑒》。

王　詵　字晉卿，畫家，駙馬都尉，宋神宗趙頊之姐夫。一生與蘇軾交好。

蘇小妹 蘇軾妹，聰慧美豔，三難新郎，與秦觀結髮。烏台詩案發生，秦觀被連累抄家，小妹時患肺病，壽夭而終。

王閏之 蘇軾第二任妻子，王弗之堂妹。生蘇迨、蘇過，四十六歲病故於京都汴梁，時蘇軾在朝為「內丞相」。

王朝云 曾名胡笳、大月，京城歌伎，後為蘇軾私家歌伎，被蘇軾納妾，數十年無悔。四十二歲病逝於惠州。

楊威 蘇家自蘇洵父親起之老管家，武功卓絕，在蘇軾蒙冤下獄時，他假雷神之名處死奸佞李定等，為蘇軾報了仇。

小琴 原名羌笛，係蘇家歌伎，曾為蘇軾暗妾，在蘇軾蒙冤入獄時千方百計營救於他。後遁入空門。

陳慥 字季常，號方山子。陝西鳳翔知府陳希亮之子，武功超群。看破朝廷腐敗，放棄入仕，蘇軾作《方山子傳》讚譽他。

秦觀（一〇四九—一一〇〇） 字少游，又字太虛，號淮海居士，江蘇揚州高郵人。蘇門四學士之一，蘇軾妹丈。

蜀僧去塵　四川高僧。蘇軾發蒙老師道士張簡易的師父。去塵乃與蘇軾終生有密切關係之高僧，是禪佛教善的代表人物。

參寥上人　杭州高僧。係佛界與蘇軾終生交往的關鍵人物，多次幫蘇軾化險為夷。直至蘇軾臨終，參寥才向其透露全部底細。

陶德配　歐陽修之外甥女婿，其曾幫助蘇軾完成杭州修井、修河等勛業工程。他的徒子徒孫與蘇軾的交往直達蘇軾晚年。

呂惠卿　字吉甫，福建泉州晉江人。是北宋大奸臣，後被其親生兒子呂坦揭破其奸佞面目而身敗名裂。

章惇　字子厚，與蘇軾同年進士，是見風使舵之奸佞小人。後落一個「終身廢棄不用」的罪臣下場。

楊楊、柳柳、鶯鶯、盼盼、瓊芳　與蘇軾有過關係的妓女。

全書出場人物共四百餘人，除上述簡介者外，尚有曾鞏（唐宋八大家之一）、文同（墨竹畫大師）、梅聖俞（才俊高官）、范純仁（范仲淹之子）、邵雍（易學泰斗）、黃庭堅、晁補之、張來（三人為蘇門學士）、陳師道、李之儀（二人為蘇門君子）、王安國、王安禮（二人為王安石之弟）、沈括（《夢溪筆談》作者）、程頤（程朱理學主帥），以及大奸相蔡確、蔡京等。

目錄

55

奸佞磨難十年未晚 蘇軾獲罪猶然夢中

蘇軾根本想像不到，這次的災難與十年前舊事有關。

「君子報仇，十年不晚！」御史中丞李定咬牙切齒說完，又舒心地笑了。

就是十年以前的熙寧三年（一〇六九年），王安石推行新法的第二年，正在用人之際，李定看準了時機，以一個掌管亳縣文書的小小主簿，向王安石極表忠誠，盛讚《均輸法》、《青苗法》等強民富國之功德，被王安石引介入朝。當時御史中丞呂誨冒死彈劾王安石，引起罷貶風潮。李定得王安石的青睞，被授予監察御史里行（見習）之職，進入了人人談之色變的御史台。這個御史台擁有對任何人任何事進行諫告、勸進、勸退或彈劾控訴的權力，相當於近代的檢察機關吧！誰能不敬畏它呢？誰又不想在其中占據一個位置呢？

李定正在他躊躇滿志之時，家裡來了信，說他改嫁來的生母病故，要他回去守孝成服。當時推崇的是「從一而終」的婦道，李定母親卻是「寡婦再嫁」，他本人乃是「隨母下堂」，於是認定此事易遭人譏諷，乾脆將母親已死之事隱瞞下來，根本不打算回去守孝。

報信的家人不知就裡，以爲朝廷因政務太忙而不准李定成行，便到登聞鼓院去哭訴。此時恰是蘇軾在登聞鼓院主事，便寫了奏折彈劾李定說：

……人母改嫁，過不及子；改嫁之母，仍為生母，安得因改嫁而非為生母耶？人子之孝，倫常之綱，豈可稍或苟且。李定不孝之人，何能忠君不二？乞皇上聖明察之……

李定嚇得膽顫心驚，眼看苦心經營的仕宦前程就要毀於一旦，心急之中，想到只有當朝宰相王安石可以救護自己，便急急忙忙跪奏說：

「啓稟皇上：臣絕非不恪守孝道，只因幾件要事關乎新法的推行，臣想忙過幾天再走。此事丞相介甫公可茲佐證。」

王安石遵從「辦大事不拘小節」的信條，知道這是李定向自己求救，如今變法正在用人之際，應該援手救下他，便說：

「稟皇上，立刻恩准李定回鄉守孝也就是了，此事不必再追究。」

趙頊說：「照准。」

李定這才擺脫毀掉前程的困境。在他守孝三年回朝之時，蘇軾已經被貶去杭州，兩人從此再沒見過面。但這宿怨深深地埋進了李定的心底，他暗暗發誓一定要報這個大仇，一定要尋找機會把蘇軾置於死地。

經過十年的苦心鑽營，李定已在御史台站穩了腳跟，如今擔任御史中丞已是實權在握。早幾年王安石在相國位置上，對蘇軾起到了保護作用，李定總想報仇，卻是沒有機會。

如今機會來了。早兩個月蘇軾到湖州上任不久，已致仕的前杭州知府柳暮春，派他兒子柳謀順送來了一封密報，說是蘇軾初到湖州上任，便迫不及待爲自己樹碑立傳，收買人心，暗中派人將他手寫的《八月十五日看潮五絕》，送到觀潮的鹽官鎮安濟寺，還暗送二百兩銀子，要安濟寺住持可久給他勒成詩碑，立在廣濟寺，其中便有「毀傷聖明」的詩句：

東海若知明主意，應教斥鹵變桑田。

這分明是對聖上興修水利的諷刺。

李定與柳暮春是熟人，柳暮春兒子柳謀順藉做杭州絲綢生意爲幌子，常來京城，一來便到李定家裡送禮。杭州絲綢早已不在李定眼中，柳謀順送的多是金銀珠寶，反正這些都是他岳父錢伯溫的錢，柳謀順當然半點不心疼了。李定比柳暮春小得多，柳謀順自然叫他叔父，李定當然把他當侄兒看待了。

李定看完柳暮春的密報，一拍巴掌說：

「好！蘇軾活該有報應！謀順賢侄送來這密報太及時了。令尊大人該不是憑空捏造吧？」

柳謀順說：「叔父大人放心！我生意人常近黑道，黑道有俗話說：『捏造不如栽贓，有贓人人得見。』

我們不會蠢得連這一點都不懂。」

李定笑了：「哈哈！那蘇軾爲自己立的詩碑原是栽贓假貨！」

柳謀順說：「蘇軾那《看潮五絕》的詩可不假，有王詵爲他鏤刻印刷的《錢塘集》作證。」

李定沉下臉來：

「謀順！說起《錢塘集》裡的反詩，令尊大人來信說，他對那些反詩的背景全都瞭解，是嗎？」

柳謀順說：「這事不假，我父親和我岳父爲蘇軾修西湖之事慪了氣，結了仇，他們說這仇一定要報，總念叨著那句老俗話：君子報仇，十年不晚，他兩個又沒有別的事，專門搜集蘇軾寫反詩當時的背景，這能有假嗎？早都一清二楚了。」

李定喜不自勝：

「好一個『君子報仇，十年不晚』！男子漢便應該有這氣魄！你家兩位老人做的這個調查極爲有用，可以使蘇軾根本無法申辯。你派人快馬加鞭到杭州，要令尊大人把那些資料全拿來，我直接呈交皇上，不愁蘇軾不死！要多少時間？」

柳謀順說：「快馬加鞭，來回一趟，用不了一個月。」說完已自走了。

送走柳謀順，李定又咬牙切齒自語起來：

「還得從蘇軾近期奏章中尋找一些破綻，光是《錢塘集》不行，皇上會說那是多年前的舊事舊作，連調查核實都已事過境遷。」

李定搜索枯腸，想不到蘇軾近期有何本章參奏，他到湖州才兩個月，能有什麼參奏呢？……啊！有了，新官赴任，照例要呈《謝上表》，蘇軾當然也寫來了。可這些奏章都是應卯文章，除了歌功頌德，不會有什麼內容，也就從沒人仔細去看。大多只是登記一下存檔，不缺這個項目就行。

現在必須「雞蛋裡挑骨頭」，這就必須過細研讀了。

湖州謝上表

臣軾言。蒙恩就移前件差遣，已於今月（四月）二十日到任上訖者。風俗阜安，在東南號為無事；山水清遠，本朝廷所以優賢……

伏念臣性資頑鄙，名跡湮微。議論闊疏，文學淺陋。凡人必有一得，而臣獨無寸長……

此蓋伏遇皇帝陛下天覆群生，海涵萬族。用人不求其備，嘉善而矜不能。知其愚不適時，難以追陪新進；察其老不更事，或能牧養小民……吳越之人，亦安臣之教令。敢不奮發勤職，息訟平刑。上以廣朝廷之仁，下以慰父老之望。臣無任。

這篇僅僅二、三百字的小文章，李定反反覆覆讀了多遍，實在找不出半點毛病來。

全篇多自謙的言詞：「而臣獨無寸長……雖勤何補……」這怎麼能夠致罪？

再就是對湖州地區之讚頌：「風俗阜安……亦安臣之教令……」這其中有何瑕疵？

還有就是勤政的決心：「上以廣朝廷之仁，下以慰父老之望……」這難道還有過錯？

李定絕望了。想起吹毛求疵這句成語，喟然嘆曰：

「唉！吹毛求疵，總得『毛』裡有『疵』啊！如今蘇軾他一味自謙，十分讚頌，百般勤政愛民，我可怎麼找這『毛』中之『疵』？……」

忽然想到柳謀順透露，蘇軾出錢在安濟寺立詩碑乃栽贓之物，栽贓是個好法子。可蘇軾這《湖州謝上表》白紙黑字，早已寫成，如何栽得進贓去？

李定急得在書房內踱起步來。辦這一類見不得人的骯髒事，李定自然不敢在公署裡，他把蘇軾《湖州謝上表》抄到家裡來了。

夫人崔氏在院子裡看見丈夫在書房裡匆匆走動，知道他遇到什麼焦心事了，便對丫環茶香說：

「茶香！老爺在書房裡不知為什麼事犯愁了，你送一碗熱茶進去，給老爺提提神。」

茶香自然泡好茶捧著進去了。

偏是巧了，茶香推門進去時，李定正向門邊走近，兩人相撞，「叮噹」一聲，茶杯掉地。

李定無名火起，罵道：

「瞎眼了？你怎麼撞我？」

茶香是夫人的陪嫁侍女，有夫人撐腰，並不害怕，申辯說：

「老爺！是你撞我呢！」

李定吼了：「怎麼？你還敢頂嘴？明明是你撞我，還說是我撞你？」

崔氏趕忙進屋打圓場，叫著李定的字說：

「資深！這事你發什麼火？人撞人誰說得明白，應了鄉間俗話所說，公說公有理，婆說婆有理。發火不是太蠢了麼？」

李定猛一驚喜：

「好！『公說公有理，婆說婆有理。』太好了，太好了！」忽然喜笑顏開，推著崔氏和茶香說：「走走！你們都走，都走！」

崔夫人說：「總該要叫茶香掃一掃地吧？」

李定說：「不急不急。我的事急得多！」硬是把兩個人推出去了，關上房門。狠狠地插上了拴子。這便走攏書桌，他要拿《湖州謝上表》向蘇軾開刀：曲解蘇軾表中原意，「栽贓嫁禍」豈會找不到合適的言詞？眞得感謝夫人這一句「公婆各有理」。

李定一字一字一行一行往下搜索，有了，在此表接近尾聲處找到了兩句對偶句子：

……知其愚不適時，難以追陪新進；察其老不更事，或能牧養小民……

這兩句話緊隨「皇帝陛下……用人不求其備」而來，本是歌頌皇帝獨具慧眼，雖我蘇軾「愚不適時」，「老不更事」，仍然委以重任：出知湖州。這解釋本來明明白白，不容曲解。李定剛才已讀過多遍，也是這樣理解，十分自然。現在爲了栽贓，完全可作另外的解釋。

「難以追陪新進」，不是把追隨皇上的變法者當「新進者」譏諷了麼？

「或能牧養小民」，不是責怪皇上看輕我蘇軾的才具而讓我當小小州官麼？

這便是向皇上撒怨氣，發牢騷。對！就作這樣的解釋，加上《錢塘集》中的反詩，定能激怒皇帝，置蘇軾於死地了。

想出了這個「曲解栽贓」之陰謀，李定喜出望外，心裡說：

「果然不錯，欲加之罪，何患無詞？」

他立刻展紙揮筆，寫下了彈劾蘇軾奏章的起始部分；也可說是彈劾表的第一稿：

臣御史中丞李定諫言。知湖州蘇軾，本無學術，偶中異科。初騰詛毀之論，陛下寬宏，猶置之不問。

然軾怙終不改，狂悖之語日聞。軾讀史傳，並非不知事君有理，訕上有誅。軾近上《湖州謝上表》云：「知其愚不適時，難以追陪新進；察其老不更事，或能牧養小民。」此乃對皇上推行新法之詆訾，又怨怪皇上不察其才，只詔令其知湖州而已。

且聞軾初抵湖州，即私捐銀在安濟寺勒立《看潮五絕》詩碑，內有訕謗句云：「東海若知明主意，應教斥鹵變桑田。」此乃對皇上倡修水利之攻擊。

傷教亂化，莫甚於此。伏望斷自天衷，特行典憲，不可寬宥。

「典憲」乃朝廷的典章憲制，也就是最高的皇權虎威。李定欲置蘇軾於死地，僅此彈劾表章的初稿即見分曉。

他還有更厲害的一招：等柳暮春搜集到的蘇軾《錢塘集》所謂「反詩背景」一到，他便將組織群起而攻之。

這是因爲蘇軾名聲震耳，早已是文壇公認的領袖，李定怕皇帝趙頊出自愛才之心，將其赦免。只有群起攻之，才能使皇上認定蘇軾罪不可赦。

這一天，李定主持召開御史台會議，實際上卻只通知了他的同黨心腹：監察御史舒亶和監察御史里行何正臣。

李定對舒亶、何正臣說：

「蘇軾屢有欺君犯上之言行詩詞，過去未能及早彈劾者，乃因前丞相王安石多所包庇也。

「方今王安石已離朝廷判知江寧，蘇軾再無蔭庇。但蘇軾仍不自知，仍在鏤書勒石，沽名釣譽。是可忍，孰不可忍？二位盡可暢言。」

何正臣做夢都想去掉官職中「里行（見習）」二字，處處爭搶頭功，他說：

「資深大人不愧爲御史中丞，察奸佞於毫末，揭癰疽於未成。

「下官早對蘇軾有所察覺，其爲大奸，不可小覷！下官明日寫好一份彈劾蘇軾的奏章，呈資深大人簽批後稟交聖上。」

舒亶要老成得多，他說：

「光是我等多寫幾本奏章還是不夠，總都還是御史台一家的聲音。蘇軾名聲如此之大，處置他皇上會有顧忌。

「我想，必得醞釀一種氣氛，此氣氛要能促使皇上接受我等奏章，將蘇軾繩之以法。

「否則，內宮一說話，肯定站在蘇軾一邊；百官、百姓知道後，也必生出事端，甚或為其說情請願，或呼籲減輕罪行。則我等奏疏彈劾必前功盡棄也。」

李定十分驚喜，他沒想到舒亶也對蘇軾如此恨之入骨。少頃終於想出：當年蘇軾曾當眾羞辱舒亶缺乏文藻，在一次多人爭頌幾件古董國寶的唱和聚會上，蘇軾戲謔說：「植古詩作高雅，實乃教坊俚曲之翹楚也！」植古是舒亶的字。

李定想起了這件往事，又不便在年輕而不知情的何正臣面前說穿，但是還必須使舒亶感到兩人已心靈感應，息息相通，於是旁敲側擊地說：

「植古！『高雅』終必脫俗！你這『氣氛』之說更高我一籌！我看這氣氛就叫做……叫做『強化皇權壯國威』！

「王安石為相之九年，皇上許多事情都屈居於王安石之後，只以王安石的主張為主張。在那次王安石罷相復相的角逐裡，王安石與呂惠卿師生反目，如同水火，各自顯出了自己的勢力陣營，已使皇上生出憂慮，害怕有朝一日尾大不掉，反被架空。

「這二年，皇上在收拾王安石留下之殘局，西夏和遼國又在虎視眈眈，這時候提出『強化皇權壯國威』

的決策，皇上一定接納。到時以蘇軾破壞皇權國威爲由，呈遞我們的彈劾奏表，那就萬無一失了！」

舒亶對李定的激勵心領神會，十分感激地說：

「資深！還是你的計謀高。我看就照此辦理。這就能把宰執吳充、馮京、王珪等人拉攏過來，他們是蘇軾的朋友，必不肯向他發難。但這些人誰也不敢反對『強化皇權壯國威』！

「我們絲毫不透露懲辦蘇軾的目的，只要他們三個宰執藉邊關軍情上報之機，鼓動皇上收復燕雲諸州失地，底下的事便好辦得很了……」

李定按計而行。他找到丞相吳充說：

「相國！御史台深蒙聖恩，對我朝燕雲諸州久陷西夏甚爲憂慮，擬向皇上提出一個『強化皇權壯國威』的進策。不知相國以爲然否？」

吳充激動地說：

「正合我意。近期皇上對收復燕雲失地也甚爲關心，幾乎每天深夜都召我和馮（京）、王（珪）兩位副相到福寧殿御堂，計議有關收復失地之良策。御史台提出『強化皇權壯國威』之進策，定得皇上歡心。」

李定竊喜萬分，嘴上卻極有分寸地說：

「相國！皇上要收復失地，此乃我朝萬民福祉。御史台擬於明天提出進策，乞相國知會二位副相國，共襄盛舉。」

吳充說：「僭居相位，理當如斯。」便將此事知會了馮京、王珪，二人也極力稱讚。

次日早朝，李定說：

「啓奏聖上，我朝自太祖開國一百多年以來，江山一統，華夏中興。後因朝中屢有亂臣干擾，使國力稍減。西夏橫強，先後掠我燕雲十三州廣袤國土。現我朝聖上英明，變法十一年來國庫充足，市井繁榮，干擾朝政之朋黨傾軋已被夷平。御史台因此呈奏進策：『強化皇權壯國威』！積小勝以成大業，倘每年收復失地三州，則十三州四年可望光復矣。

「奏呈強化皇權之措施有三：其一，皇上聖諭，不容訕謗；其二，皇室言行，匡扶國政；其三，朝野上下，共戮二臣。本中各有詳條，乞聖上裁斷。」將奏本呈上去了。

吳充及時附議說：

「臣位居宰輔，未能率先獻此進策，實爲愧疚。今有御史台洞察先機，進此良策，臣頷首稱善，期與本朝諸公共襄強國盛舉。」

馮京與王珪向來都只是應聲蟲角色，誰在上頭聽誰的話，自然出班啓奏，極表贊同。

趙頊時年才三十二歲，勉力推行變法十一年，朝內派系傾軋從未斷絕，他爲操縱平衡之術而心力交瘁，又因耽於後宮聲色而體質大衰，顯得比實際年齡至少老了十歲。今天難得有大臣如此戮力同心，當然甚爲高興，他說：

「朕聞所奏，心扉滋潤，御史台所奏照准。朝野上下，務爲「強化皇權壯國威，而戮力同心。朕作五言絕句一首，以表收復失地之矢志。」

隨即吟詩：

若廢夕惕心，

妄意遵遺業。

顧朕不武姿，

何日成戎捷。

文武百官無不雀躍，歡呼：「萬歲萬歲，萬萬歲！」

一連多天，趙頊均在此朝臣祝贊聲中度過，早已飄然欲仙，彷彿皇權已經強化，國威已經恢復，收復燕雲失地，應是指日可待了。每晚在福寧殿與吳充等宰輔共商收復國土之良策，竟破例將李定也召納其中。

這一天，住在采薇閣妓院享樂的柳謀順，收到了快馬送來的家書，內有父親柳暮春寫的彈劾蘇軾的新奏章，及所附蘇軾撰寫「反詩」來龍去脈的背景資料，此資料共達四十三條，已達《錢塘集》中總共一百多首詩的三分之一，可見其調查收集煞費了苦心。

柳謀順好不高興，連忙選出二支鬚長一尺以上的高麗人參王，急急忙忙走進了李定的住宅。

徑直來到李定的書房，柳謀順奉上人參和奏折說：

「資深叔爲國操勞，爲民解厄，多有辛勤，晚侄奉上高麗參王二支，願叔父大人與尊夫人長樂永康。家父這奏章便煩勞大人批呈聖上了。」

李定高興得合不攏嘴：

「哈哈哈哈！爲國誅奸，爲民除害，你我同心，何勞賢侄如此破費？」仔細讀完柳暮春所寫奏章，尤其認眞看完了所附四十三條蘇軾「反詩」罪惡之來源背景，擊節讚曰：「好好好！四十三條，條條繩索，看他蘇軾有幾條命受其捆綁！」

次日，李定將這些資料交舒亶、何正臣過目，三人分工，各寫對蘇軾的彈劾奏表，內容互爲補充。

李定的奏表除原已寫之部分而外，新增了蘇軾四條「可廢之罪」：

一、傲悖之語，日聞中外；

二、怙終不悔，其惡已著；

三、言僞而辯，行僞而堅；

四、陛下修明政事，蘇軾怨不用己。

舒亶的奏表則彈劾蘇軾「頗有譏切時政之言，牴牾陛下之語、流俗翕然，爭相傳誦。」並舉例如下：

一、陛下發青苗錢給本業貧民，蘇軾則說：「杖藜裹飯去匆匆，過眼青錢轉手空。贏得兒童語音好，一年強半在城中。」

二、陛下徵稅養兵要收復失地，蘇軾則說：「賣牛納稅拆屋炊，慮淺不及明年飢。官今要錢不要米，西北萬里招羌兒。」

三、陛下實行榷鹽而加緊鹽禁，蘇軾則說：「老翁七十自腰鐮，慚愧春山笋蕨甜。豈是聞韶解忘味，邇來三月食無鹽。」

四、……

何正臣的奏本則更兇相畢露，要求皇上對蘇軾「大明誅賞，以示天下」：

……蘇軾愚弄朝廷，妄自尊大，謗訕譏罵，無所不為。觸物即事，應口所言，無一不以詆謗為主。小則鏤版，大則刻石，傳播中外，自立為能。遇有水旱之災，盜賊之變，則歸罪於新法，喜動於色，惟恐不甚。

陛下若不對其大明誅賞，以示天下，則法無存矣。何來「強化皇權壯國威」……

當晚，趙頊又召集吳充、馮京、王珪、李定進入福寧殿御堂，定奪收復燕雲失地之適合機會。

李定卻抱了一大堆奏章跪呈說：

「啓稟聖上，已致仕之前杭州知府柳暮春，日前差人急送奏章彈劾蘇軾。蘇軾抵任湖州，迫不及待於安濟寺錢塘潮觀潮處，刻石立碑，詩曰《八月十五日看潮五絕》，乃蘇軾幾年前在杭州通判任上之詩作，已見鏤刻印行之蘇軾《錢塘集》。經柳暮春派人瞭解核實，其中有反詩內容：『東海若知明主意，應教斥鹵變桑田。』乃蘇軾借題發揮，誣謗皇上興修水利之業績。

「臣所領御史台以此爲鑒，再行搜索蘇軾詩文，乃發現蘇軾反詩反文比比皆是。再推而廣之，便見柳暮春收集蘇軾《錢塘集》反詩內容四十三處，處處皆有蘇軾作該詩之來源說明。柳暮春時爲杭州太守，所奏當無虛假。

「現臣及所領監察御史舒亶、監察御史里行何正臣各有奏本參彈蘇軾，連同柳暮春之奏本一並呈上，乞望聖上火速斷之，否則於『強化皇權壯國威』極爲不利。」

李定久久地才奏完，將一摞子奏表呈上去。

丞相吳充是正直之人，不僅對蘇軾沒有反感，反而素來仰慕他的文才政績，認爲他的修治西湖、密州撫孤、徐州守城抗黃禍，均是可載入史冊之政績。

如今突見李定、舒亶、何正臣、柳暮春聯手參奏蘇軾，這不是要置蘇軾於死地麼？

吳充震驚之餘，立刻有了兩個感覺：一是此事絕非偶然，或許是他們幾人預謀陷害蘇軾，目的暫且不明；二是此時要先幫蘇軾一把，在皇上尚未下旨決斷之前，說服皇上不作批覆，緩辦最好，以後尚可設法轉圜。

趙頊看著李定等四人的奏章，漸漸臉色發黑，眼冒火光，吳充知道此時不說便太遲了，便跪奏說：

「皇上！文字之爭，向難定准，且是秀才們之尖酸對峙，各執一端，皇上以收復失土爲己任，此等文詞小事暫時緩緩如何？」

馮京、王珪也便附和參奏，意爲先談軍機大事要緊。

李定巧言令色說：

「皇上！千萬不可等閒視之。『強化皇權壯國威』之核心便是皇權，皇上之言，蘇軾敢於訕謗；皇上調遣，蘇軾滿腹牢騷，以此，皇權之至高無上何存？則國威何以能壯？『強化皇權壯國威』措施之三，即爲『朝野上下，共戮二臣。』蘇軾正是此等二臣，萬萬不可放過！」

李定此言一出，吳充自不敢再多言了，心中一下明白過來：自己或許也上了李定的當了，他早幾天來邀老夫共襄「強化皇權」之盛舉，並非要壯國威，乃是要實施他傾軋蘇軾的伎倆……吳充百思不得其解：李定爲什麼如此恨蘇軾呢？十年前吳充未在朝中，對蘇軾參奏李定不守孝道一事毫無了解。

趙頊看完奏章，已是怒不可遏，心中說：大膽蘇軾，曾與王安石、司馬光一起聯手，抗拒朕之諭旨，形成「三臣抗九鼎」之尷尬局面，使朕之皇權遭到架空；如今又謗訕聖躬政事，噴吐滿腹牢騷，朕豈能容你？……他記起王安石與呂惠卿爭鬥之時，兩派力量，盤根錯節，後怕猶存，再不能出現這種局面了。

按照朝制成規，此種重大事情之決斷，皇上應先徵詢宰輔的意見，趙頊本想把全部奏章交吳充一閱。手都伸出來了，卻又縮了回去，執筆欲批。一想似又不妥，畢竟當皇帝已經十一年，不再是少不諳事的青年人了，心想主意已定，讓丞相看看奏章何妨？於是又放下筆來，把奏章推給吳充說：

「吳卿看看吧！看完談你的意見。」

吳充已注意到皇上動作的這些變化，在這「推手——提筆——放筆——再推手」的過程中，分明看出皇上決心已下，叫自己看看不過是個規程而已，心想：事情終是如此嚴重麼？

吳充小心翼翼接過奏本，認認眞眞看起來，沒看完背上已滲出冷汗：好惡毒的奸計，李定等四人聯手合攻蘇軾，只怕蘇子瞻在劫難逃了。但從所奏內容來看，所說蘇軾的「反詩」，不過是「詩無達詁」的注腳。本來詩句就沒有十全十美的解釋，能作完滿解釋的必不是好詩，而是口號的宣洩；眞正的好詩是多義的、難解的、模棱兩可的。所謂「反詩」並非定論。

趙頊問：「吳卿看完奏章以爲如何？」

吳充說：「臣文采略輸，難辨毫末。蘇軾之詩句作奏章中之解釋固無不可，然臣聞詩無達詁，一字一義，可有多解，只可意會，不合言傳。以臣之愚魯，難以判定。乞聖上明察。」

李定咬住不放：

「詩中縱有多義，不合有訕謗皇上朝政之義；好詩可有多解，絕不可忘卻其攻訐朝政之解。相國是故作不知呢，還是有意包庇二臣蘇軾？」

吳充據理力爭：

「尙未定罪，怎說蘇軾乃是二臣？」

李定說：「破敗皇上一言九鼎之權勢，不是二臣又是什麼？」

趙頊說：「不必爭了。先拘來查究辨實。」說完提起筆來，在李定的彈劾奏本上批示：

罷蘇軾知湖州，差職員追攝入京查究。

大宋皇朝最大的一宗文字獄終於形成。

此事起始於駙馬王詵出於好心爲蘇軾鏤刻出版之《錢塘集》，兩年前被王安石撫平。

兩年後又被李定的傾軋磨難挑起，終致爆發。偏居湖州的蘇軾，此時還一無所知。

56 捕蘇救蘇兩路人馬 奸人奸相一露無遺

宰執吳充心火上翻，又不能發作，皇上已作御批，自己只有執行的份了。但他心裡不服，想出了頂抗的辦法。

趙頊批完字推給吳充說：

「東府辦理吧。」

吳充馬上奏說：「啓稟皇上，此事似不宜由東府辦理。本案並非東府率先發難，且爲臣對於詩之闡釋不甚了然，經辦此案難以順手，恐違聖望。本案既由御史台發難在先，當由御史台辦理更妥。李定資深大人比老夫年輕許多，精力正旺，諒他不會推辭，且能辦得極妥。」老相國心中在想：此種落井下石之事，沒有多少人會願意弄髒了自己的手，攬過來對自己一世的清名也有損害，便藉故推辭。

趙頊說：「那就由御史台究辦吧。」

李定當然不會推辭，而且喜形於色，連連說：

「臣領旨，一定辦妥。」他心裡想，蘇軾已被緊緊攥在自己的手心，還怕沒辦法致他於死地嗎？人心向背，立見分曉，竟然沒有一個相當級別的人願意去「追捕」蘇軾。

李定對舒亶、何正臣說：

「唉！想不到人才如此難得，派一個人去追捕蘇軾都沒人願意前往！」

何正臣說：「我昨天見到太常博士皇甫遵，他正愁沒事做，是不是去找找他？」

舒亶說：「太常博士是專管禮儀的官員，他怎麼會去幹捕人之事？」

李定說：「正因爲皇甫遵是一個管禮儀的官員，才會沒事可做。剛好他又威威武武，高高大大，一臉連腮短髭，好不威嚴。我找他去！」

皇甫遵時年四十七歲，還沒步入老年，他常常這樣議論：

「太常博士怕是朝廷最閒散的官了，一年能有幾次慶典活動？幹這差事眞是悶得發慌。」

這一天，皇甫遵和兒子皇甫憲正在西府太常閣閒聊。皇甫憲現年二十歲，和父親一樣高大威武，只是還沒有連腮短鬚，他的鬍子還沒有形狀。他是這太常閣的一名小侍尉，各種慶典之中常常需要一些高大威武之人站站班，助助陣，以壯觀瞻，皇甫憲就幹的這個角色。他並不是朝官，連個官名也沒有，就叫做「站班」。父子二人在一起不好閒聊，無非只是「今天天氣」如何如何，罵罵咧咧，出個閒氣。再不就是今天某個菜太鹹，某個菜太淡。

站班的皇甫憲只要身架魁梧，不要文才內秀，長久的閒著沒事幹，學會了罵天。

晴天罵：「媽媽的！不怕把人的頭皮曬裂！」

雨天罵：「奶奶的！不怕把人的頭皮淋個大窟窿！」

這天是個陰天，七八月的陰天其實正好，不冷不熱。皇甫憲閒得慌，還是罵：「操他媽媽奶奶！不怕把人頭皮陰起霉來！」

李定來時剛好聽見皇甫憲在罵，一看他滿臉殺氣，心中叫好：

「對對對！有這座兇神惡煞去對付蘇軾正好！」

李定笑眯眯打招呼：

「太博皇甫公在嗎？」

皇甫憲忙對裡喊：

「爹快來！御史台李定大人來了。」

皇甫遵剛進裡邊去拿「掌心石」，這是兩顆溜光滾圓的斑玉石頭，是三國時代諸葛亮老家臥龍崗（今河南社旗附近）一帶的特產，帶藍色斑點的白石頭。這種石頭打磨成一寸二分直徑的圓形，兩個捏在手中按摩滾動，因手掌心是人體重要穴位勞宮穴，滾動按摩能促進人體血液流通，極有保健作用，所以這掌心石是健身器材，有時也叫「勞宮石」。如今通常叫做「健身球」。

皇甫遵長期閒來無事，便用這「勞宮石」消磨閒空時間。聽到兒子叫喚，他健步走了出來，兩個手掌不停地轉動著四個圓球說：

「李大人駕到，未曾遠迎，當面謝罪。我兩手不空，就不施禮了。」

李定倒反而拱手致禮說：

「皇甫太博原是異人，竊只聞人玩兩個勞宮石，兩隻手掌常交換。獨有皇甫太博兩手同轉四球，誠乃異人也，異人也。」

皇甫遵笑了：

「哈哈！老夫並非異人，實乃有常人雙倍之閒空也。」

李定說：「皇甫太博既有閒空，何不為皇上盡忠去辦點實事？」

皇甫遵說：「忠君辦事乃為官之本分，然皇上未頒下事來，下官不知如何去討要啊！」

李定說：「也真是，一邊有事要做，一邊有人想要事做，我來推介一下，看會如何？」

皇甫遵說：「李大人請講，什麼事下官都不推辭。」隨即把勞宮石全放下了。

李定壓低聲音說：

「此處不好詳說，你我進裡屋去吧。令郎有興趣也請參加。」

於是三人進了裡間，李定拿出皇上批了諭旨的奏章遞上去說：

「皇上口諭：在案犯抓到前務加保密，以免夜長夢多。」故意弄得神秘兮兮。

皇甫遵、皇甫憲兩父子挨在一起看完了這份奏折，兩人反應倒完全不同。

皇甫遵說：「真沒想到，大名鼎鼎的蘇軾原是奸人！」

皇甫憲說：「什麼想到想不到，皇上幾時要你想這種事了？皇上若要你去御史台，你想的事不會比李大人差多少！」

皇甫遵斥罵兒子：「你胡說些什麼？我怎麼敢和御史中丞李大人比？他是專門懲治壞人的。」

皇甫憲說：「這整治壞人誰不會？」

李定說：「皇甫公子會整治壞人就最好，這次你就要替皇上好好整治蘇軾。」

皇甫遵說：「李大人的意思是要我犬子也和我一道去抓蘇軾？」

李定說：「皇上要我尋求兩個靠得住的人前去，我看就你父子二人最合適了。」他把許多人不願幹這事情的眞相隱瞞了。

皇甫遵問：「這麼遠派多少兵跟我們去？」

李定說：「不去兵，免得目標太大，就有兩個御史台獄卒跟你們一道去。一切台牒文書刑具都已備齊，皇上希望你們立即就走。一路兼程前進，免得夜長夢多出事情。」

王詵夫人蜀國公主生病臥床已有不少天了。慶壽宮的祖母太皇太后曹氏和崇慶宮的母親皇太后高氏，以及福寧殿的弟媳皇后向氏，不時派宮女前來探看病情。

但一般看病都在白天，而且大都在上午。據說下午看病人不如上午吉利。晚上就不用說更不看病人了。

這天晚上，晚飯過後公主覺得好了不少，便要駙馬陪著去後花園走走。七、八月的天氣，晚飯後到花園走走是格外的清涼。

大約走了一個時辰，蜀國公主還興頭十足要走，王詵怕她累著要她進房。兩人正在爭論，忽有丫環前來報告說：

「公主！皇后派宮女看公主的病來了。」

蜀國公主一驚：

「這時候看病？只怕是有什麼急事吧？」女人本就心細，處在權力中心的皇族圈子裡，變幻莫測的風雲常常反映到皇族裡來，蜀國公主對此有很深的體會。她賢淑善良，經不住衝擊，上次《錢塘集》出版幾乎鬧出大事，她已成了驚弓之鳥。此時深夜皇后還派人來，肯定事情小不了。於是一下驚動了筋骨，剛才所出現好一點的跡象馬上消失，臉色看著就變，一點紅暈迅速消失，瞬即臉色烏青，幾乎站不穩了。

王詵馬上扶住夫人說：

「公主怎麼了？公主怎麼了？」便和丫環一起將公主攙扶進了臥房。

皇后派來的宮女一看就嚇壞了，自言自語起來：

「這怎麼辦？這怎麼辦？皇后的話還說不說？說不說？」

王詵聽見宮女驚慌失措的言詞，知道事情危急，趕忙把公主扶到床上躺下，這才走到宮女前邊說：

「皇后有何懿旨，小宮娥但說無妨。公主她一會就會醒轉過來。」

宮女說：「那我等公主醒轉過來了再說。皇后懿旨是要叫公主聽的，起碼要駙馬陪著公主一起聽。」

王詵叫丫環趕快端了人參湯來，這參湯隨時都炖著有，可以隨時取用。參湯和瘦肉一起炖，瘦肉下鍋時是丁丁，要炖成絲絲肉湯就到了火候。

人參肉質湯很快端來，王詵親自給公主餵著喝。小半碗入口，不到半個時辰公主醒來，對王詵說：

「駙馬，子瞻呢？」

王詵很驚詫：

「公主怎麼突然問起子瞻？他在湖州當太守！」

公主說：「不不，他剛才明明就在我們房裡叫我：『公主，救救我！公主，救救我！』怎麼一轉眼不見了？」

王詵說：「這不奇怪，子瞻和我家深交，公主你都八年沒見過他了，想多了自然做惡夢。」

宮女趕緊斂衽插話說：

「公主！駙馬！公主剛才這不是做夢，是公主通了神，神來報信。我正是受皇后懿旨派遣，悄悄來告訴公主、駙馬：蘇軾被李定、舒亶等誣告，皇上已寫了御批『罷蘇軾知湖州，差職員追攝入京查究。』聽說罪名就是《錢塘集》裡有『反詩』。」

王詵聽後喟然長嘆說：

「唉！子瞻終沒逃出厄運！事因我起，我有罪啊！我害子瞻了！」握著拳頭擂自己的太陽穴。

倒是清醒過來的蜀國公主有主見，她打發宮女說：

「你快回宮告訴皇后，承皇后恩寵，我和駙馬感激莫名。你回去萬不可告訴皇后說我剛才病昏過，我不是已經好好的嗎?準是神靈要告訴我子瞻遭害的事情，故意叫我昏睡了一小會。」

宮女走了。

王詵急得抓耳撓腮，一味自責。

公主終於想出了主意說：

「晉卿！你再自責也已經晚了，得想辦法救救子瞻。我看這樣，你快寫封信給子由，把情況都告訴他，要他派親信去告訴子瞻早作準備，把謗漫君王之詩賦文字焚毀，以求死裡逃生。我們再從長計議救他的辦法。

「子由在應天府不遠，你派馬夫王林去，明天天不亮就出府門，不會被人發覺，不然落一個『洩漏朝中機密』的罪名。」

王詵說：「也只能這麼辦了。」急忙給蘇轍寫信。

子由：

事態萬急！

頃聞李定舒亶等誣告子瞻得逞。皇上已詔令差人赴湖州逮捕子瞻。詳情尚未甚明，只知皇上御批是：「罷蘇軾知湖州，差職員追攝入京查究。」

今密令馬夫王林前來報信，不得外洩。你可火速派親信去湖州告知子瞻，著他及早燒掉與人來往之信禮。他來京後我等將設法營救他。

此事因《錢塘集》而起，誣其中有「反詩」也。我深感內疚，好心未得好報。容他日面敘。

王詵 晉卿

這樣，官差皇甫遵與私差王林，兩路人馬便都爲蘇軾之事往南進發了。

兩路人馬不約而同，都選在凌晨出發。所不同的是，皇甫遵是公差，天不亮憑台牒叫開城門走了；王林是私差，只能等天明後城門大開才出去。兩路人馬前後相差一個時辰。

蘇轍得好友張方平爲上司，在應天府幹得身心愉快。兩夫婦帶著九個兒女，盡享天倫之樂。

蘇轍大女蘇倩已經十六歲了，此爲及笄之年。蘇轍爲她擇了一門親事，男子名王適，眼下還是布衣，是蘇氏二兄弟好友王鞏的弟弟，王鞏是進士出身，現爲下邑（今名夏邑）縣令。兩兄弟父親王素，是本朝工部尚書，也是二蘇兄弟的好友。

王適現年才十七歲，已顯出很高才華，將來定登金榜……王適要拜未來的岳父大人蘇轍爲師，常送詩文稿子來請蘇轍批改。

這一天上午，王適送來詩詞數十首，蘇轍看後說：

「適兒，問你件事：有兩個木匠，乙木匠是有名的快手，一天能作十條板凳，但不是腳歪就是榫動，搖搖晃晃沒一條成功；甲木匠慢得出奇，一天只能作一條板凳，可那板凳四平八穩，雕朵刻花，人見人讚。適兒你說哪個木匠好？」

王適說：「老師，懂了。甲木匠雖慢出精活，乙木匠雖快盡廢品。」說著拿過數十首詩詞，一火燒了。「老師放心，適兒知道要出精作。」

蘇轍說：「有這悟性就好。速度也不是不可以快，那要熟能生巧，才能精純老到。初學時不行，學精了你自會快。

「你知道我哥寫給我的那著名的《五百言》吧！就是他簽判鳳翔時奉命往各縣減決囚禁，壬寅年二月十三日出發，經過寶雞、虢縣、郿縣、周至這四個縣，於十九日回到鳳翔府，『作詩五百言，以記凡所經歷者寄子由。』

「你猜這五百言一百句詩我哥寫了多久？他半天之內一氣呵成。按八句一首律詩算，那是十多首啊，哈哈哈哈！」笑聲中充滿了自豪。

王適說：「是啊！子瞻師伯蓋世奇才，世人望塵莫及。五百言中多少警句，永難忘懷啊！」

稍停，竟一往情深地背起蘇軾那「五百言」來：

遠人罹水旱，
王命釋俘囚。
分縣傳明詔，
尋山得勝遊……

聞道磻溪石，
猶存渭水頭。
蒼岩雖有跡，
大釣本無鉤……

王適還在背誦蘇軾大氣磅礴的詩作，忽然王林一頭撞了進來，走路都瘸瘸倒倒了。

蘇轍一驚而起，扶住他說：

「王林！有何急事？你不要緊吧？」

王林穩住身子說：

「是騎馬把腿騎瘸了，我沒事。你哥出大事了，你看信吧！」把王詵的信遞過去。

蘇轍看完信目瞪口呆，隨即放聲大哭，號啕震天，不知所措了。

王適拿過信來一看，也驚得木然坐下了。

史翠雲和兒女們聞聲前都趕來，忙問什麼事。王適張口說不出話來。

倒是駙馬府馬夫王林有見識，把男男女女一大群孩子都趕出門去，悄悄對史翠雲說：

「夫人！蘇大人如此大哭大吼，不解決半點問題，還要出大事。是蘇軾大人被李定等奸人誣告得逞，即將下獄。駙馬爺冒著風險叫我送信來，是要蘇轍大人快派人去湖州報信，叫蘇軾大人早燒詩詞信札。此事只能悄沒聲息，否則讓外人知曉，駙馬爺『洩漏朝政機密』之大罪，那又害多少人？」

史翠雲走攏伏桌痛哭的蘇轍說：

「子由！你兄弟手足情深，世人誰不知曉。但你一哭一鬧，連駙馬爺都會獲罪當誅！光哭沒有用，得想辦法幫子瞻他們死裡逃生啊！」

蘇轍哭過一陣也已輕鬆了不少，抬頭抹去淚說：

「夫人說得對！辦法我也有了，我寫封信給哥，叫他從容赴獄，我們會想法救他。叫嫂子、任媽、大月帶著侄兒先到商丘我這裡來住。只是這送信人要仔細挑，既要身體特好，又要謹愼小心。」

王適走攏來，一膝頭跪下去說：

「岳父岳母在上，事情緊急，容小婿斗膽先這樣叫了。這派人送信的事何必再想？我去就行！」

蘇轍扶起他說：

「適兒！你這單薄的文弱書生，騎馬跑一、二千里，豈是兒戲？」

王適說：「岳父大人！子瞻岳伯是文壇泰斗，他在我心裡有如一座高山。有這高山支撐著我，一、二千里別說騎馬，就走路也走得到！」

史翠雲說：「適兒我信得過！子由快寫信吧！」

蘇轍迅速把信寫好，交給了王適，又爲他挑選了一匹好馬，給付了足夠的盤纏，打發王適直奔湖州而去。

史翠雲以爲丈夫這時會安靜下來，誰知他倒更來了牛勁，立即含淚疾書，寫出了一篇奏章：

為兄軾下獄上書

臣轍言。聞兄軾因詩文獲罪下獄，舉家驚呆，憂在不測。

臣自幼與兄軾同作同息，同進同退。兄教臣以文，率臣以孝，情誼至深，正如骨肉，難以分離，更遑割捨。

後臣又早失怙恃，唯兄軾一人相依為命。今兄因秉性孤傲，更兼愚魯，文無遮攔，造成謗訕，罪孽深重，難有赦免。

伏唯念臣一片至誠，乞納在身官職以贖兄軾，得免刑獄為幸……

蘇轍彷彿這奏表已承皇上恩准，以自己的官職爲代價，把獄中的哥哥救了出來。從此兩兄弟無官一身輕快，「歸去來兮」，正好學晉朝陶淵明躬耕鄉野，了無牽掛，兩家天倫，聚成一樂，於天地再何求哉？……正欲呼叫：「哥！躬耕已累，停手來弈盤棋吧……」才發覺還坐在應天府簽判書房。

忽然想到駙馬王詵的馬夫王林還在家中休息，這奏表不如交給王林帶回京都，由駙馬爺直呈皇上，或可更早救了哥哥出來，甚至使哥哥根本不再下獄。

入迷入痴，蘇轍走到王林的住處，推著鼾聲如雷的王林說：

「王林醒醒，王林醒醒！」

王林迷迷糊糊答應：

「又，又是什麼急事？」
蘇轍說：「我請你帶一封奏表交駙馬轉呈皇上，事情緊急萬分。」
王林說：「什，什麼事，也，也急不過補瞌睡。」
蘇轍說：「用我的官職換得我哥不下獄，這事還不如你瞌睡要緊嗎？」
王林一彈而起，瞌睡早已嚇飛：
「唉呀我的天！蘇大人你，你，你，這不是把駙馬爺往火坑裡推嗎？聖上豈不治洩密大罪？」
蘇轍一拳頭砸在自己太陽穴上：
「啊？我怎麼急蠢如豬？」啪一下撕碎奏表，還不放心，乾脆點火燒了。
王適曉行夜宿，走馬南行。這一天到了潤州（今江蘇鎮江）地界，突然看到一個官員，兩個公差，隨同一駕馬車緩緩在前邊走著。王適單人單騎快得多，不久就趕上他們又超了過去。王適看得很清楚：馬車上躺著一個彪形大漢，看來病得不輕，好像昏迷不醒，難怪他們不敢把馬車趕得很快，三人的坐騎也只好慢悠悠陪著走了。
王適心想：要是天意有靈，就保佑這四個人是去捉拿蘇軾岳伯的公差吧！活該他們一個接一個病倒，病死，死得一個也不剩。
眞還讓王適咒對了，這四個人正是皇甫遵、皇甫憲兩父子和兩個御史台獄卒，正是前去捉拿蘇軾的公差。

本來，皇甫遵一行從汴京直奔湖州，又早一個時辰出發，全是通達的官道，要快得多。而私差從汴京彎道商丘再到湖州，又有王林跑前一段、王適跑後一段交接耽誤，還晚一個時辰出發，要慢得多。

但這或許就是天意安排了，公差一不愁時間太緊，二不怕沒有盤纏，慢慢悠悠向前走，天不斷黑就住店，早飯前不得動身，一路走一路還在遊覽景色。

而私差呢只圖快，快馬輕鬆，催馬趕路，每天早起晚落至少多走一個時辰。

這一快一慢，私差便趕上並超過了公差。

公差馬車上躺著的大漢，就是皇甫憲，他病得不輕，幾乎奄奄一息。一個牛高馬大的皇甫憲，何以突然病成這個樣子？這事還得從這天中午說起。

這天中午，皇甫遵、皇甫憲兩父子和兩個獄卒，四匹坐騎來到一個叫做瓜洲的小鎮子，四人下馬進一個汪記小飯店去吃飯。

飯店一個小夥計來牽四匹馬去餵水餵料。皇甫憲兇神惡煞慣了，對小夥計吼說：

「四匹馬你才來一個人，你瞎了狗眼了？」

小夥計說：「長官，你不要罵人，多少馬我一個人也餵好了。我保牠們水足料飽還不行嗎？你罵人就不對了。」

皇甫憲眼珠子一瞪：「罵人？罵人還是客氣的了，大爺我打人又怎麼著？臭屌蛋！」舉起拳頭擂了過去：「看你還敢不敢頂嘴？」

小夥計沒提防他說打就打，牽馬在前邊走著，後腦勺挨了皇甫憲一拳。

但這一拳不僅沒把小夥計打倒，皇甫憲反而手一縮，「唉喲唉喲」哼幾聲，似乎拳頭砸著一個鐵疙瘩，骨頭裡痛得鑽心。他惱羞成怒說：

「臭屌蛋！你使什麼暗器了？」

小夥計笑起來：

「哈哈！麻煩你別老叫我『臭屌蛋』好不好？我的名字叫鐵蛋，不叫臭屌蛋。我使什麼暗器來著，我兩隻手牽四匹馬在前頭走，你在後邊擂我的頭。我的骨頭硬一點，不然怎麼叫鐵蛋？你拳頭砸著鐵疙瘩自己生痛，能怪我嗎？哈哈！」

皇甫憲向來橫強，哪受得了這個氣？他不相信制伏不了這個小鬼頭，瞧他幾乎比自己矮一個頭的小個子，單單瘦瘦，總共怕不到一百斤，就算全是鐵，能打幾個釘？皇甫憲猛地竄了過去，朝他右邊軟腰部橫掃一拳，心想你腰間軟肉總沒法硬。

鐵蛋頭也沒回，突將右腳提起，往後一勾，腳板正好抵在右腰上，結結實實頂住了皇甫憲的右拳。

皇甫憲「唉喲喲喲」叫一個不住嘴，往後一退，差點摔倒，縮拳一看，唉呀！拳背上已冒出血來，難怪剛才像砸在鐵釘子上。皇甫憲做賊喊捉賊，忍痛大叫：

「爹爹快來！爹爹快來！鐵蛋打人造反！鐵蛋打人造反！」

皇甫遵從裡面急奔而出，忙問：

「憲兒叫什麼？什麼鐵蛋石蛋？」

皇甫憲指著小夥計倒打一耙：

「他叫鐵蛋！他打人造反！」伸出流血的右拳給父親看。

皇甫遵對隨身跟出的獄卒叫喊：

「左右！給我拿下。」

鐵蛋更縱聲大笑：

「哈哈哈哈！這就叫做瘋狗能咬人，人不能咬狗。明明是這位自稱的大爺動手打我，反咬我打了他。我早說了我叫鐵蛋，鐵蛋服軟不怕硬。他起初一拳擂在我後腦勺上，拳頭擂『鐵』自然疼；他不服氣，又加大力氣橫掃我的腰，大勁碰硬鐵，還能不出血嗎？哈哈哈哈！」

皇甫遵問：「憲兒，到底是怎麼一回事？」

皇甫憲死咬不放：

「就是他打我，就是他打我：爹你別聽他瞎說，抓起來去報地方官！」

皇甫遵手一揮：

「獄卒！動手！」

兩名獄卒遲遲疑疑，慢慢向鐵蛋走去，似乎想動手又怕不敢動手。

飯店汪老板忙出來打圓場說：

「鐵蛋！向公爺們認個錯。各位公爺大人，我這鐵蛋小夥計天生是長不大的搗蛋鬼，別看他像個半大小孩，其實他都快四十了。他天生就愛跟別人開個玩笑。各位公爺大人有大量，就原諒他這一回吧！鐵蛋！還不快認個錯！」

鐵蛋說：「好好好，聽汪老板的話，我認錯！我認錯！反正我是個僕役下人，別人打來我只有硬頂著，挨了打還要認錯！」順手拔起拴馬柱上一個鐵碼釘，「卡嚓」一聲，一折兩斷，往地下一摔，地面不見鐵碼釘，已被砸進地裡，地面上留有兩個小洞。

鐵蛋再不說話，自去給馬餵料飲水。

皇甫遵一看早已明白：這是一個江湖高人，他要眞的動手，憲兒哪會只拳頭上出一點血麼？肯定是憲兒招惹他了。憲兒也就是這個熊樣，碰到誰都不罵就打，遇上了眞正的強手又只會喊爹抓人。眞沒出息，白長成一座鐵塔了。

皇甫憲早被鐵蛋的功夫嚇呆了，能把鐵碼釘一折兩斷，能把斷碼釘摔進地裡，簡直聞所未聞……還能說啥，一低頭進屋吃飯去了。

皇甫憲進屋再沒說一句話，皇甫遵以爲兒子接受教訓了。一看不對勁，憲兒怎麼扒幾口飯直想嘔？哎呀！他手也抖起來，眼也直起來……皇甫遵忙問：

「憲兒你怎麼了？」

皇甫憲說：「我病了。」

皇甫遵說：「哪能呢？瞧你像一座鐵塔！」

皇甫憲說：「爹！我不行了……」一頭倒了下去，人事不省。

皇甫遵暗想：以前只聽說氣出病來，從沒見過；今天憲兒明明是被鐵蛋活活給氣病了。

皇甫遵忙問：

「汪老板！哪兒有好郎中？」

汪老板說：「前邊十里就是潤州，大口岸，有的是好郎中。買一部舊馬車拖著令公子去吧！救人要緊。」

就在皇甫憲躺在馬車上慢慢前往潤州途中，王適單人單騎超過這一行公差走了。

到了潤州，皇甫遵找到了一位鬚髮皆白的老郎中給兒子看病。

老郎中不問病情來由，只看了看皇甫憲的氣色，又把了一會脈，就微微笑起來了，說：

「這位大人請聽清了，我需要你如實回答，令郎是不是脾氣高傲，從不服輸！」

皇甫遵說：「叫你瞧病你就瞧病，問這些事幹什麼？」

「不幹什麼，你們走吧！」

「哎！病還沒治，怎就叫我們走？」

「你不說實話，我沒法給他治。」

皇甫遵自己軟下口氣來：

「對，我這兒子自小被他媽慣壞了，喜歡擺官家出身的架子，贏得輸不得。喜歡開口罵人，動手打人……」

老郎中插斷話說：

「碰上打不贏的高手，就自己生自己的悶氣，一句話不想說，慢慢便渾身發抖，搖搖晃晃，坐立不穩，到最後昏迷，人事不省。」

皇甫遵說：「你怎麼好像全看見了？」

老郎中說：「看不清這些，我怎麼給他治病？」

皇甫遵說：「既看清了就請老先生下藥吧！」

老郎中說：「不用藥。」

皇甫遵大吃一驚：

「不用藥你怎麼治病？」

老郎中平平淡淡地說：

「這是我的事了。爲了防止外人不理解我的特殊治病方法，妨礙我的治病進程，我請所有外人都出去。我這門很結實，一般打不爛，但門上有兩個小眼，正對著兩個眼睛，誰願意看可以看著，免得以後說三道四。請你們出去吧！」

皇甫遵打發兩個獄卒出去後說：

「他們出去了，我是父親，要看著給兒子治病。」

老郎中兩手一攤，冷冷地說：

「那你抬去另請高明吧！」

皇甫遵心裡火竄起，他一個朝廷命官，覺得從沒受過這種窩囊氣。嘴巴幾張幾合要發火，為兒子生命安全又忍了下來，眼珠子直愣著出去了。

老郎中什麼都看在眼中，一邊在門裡插上一根橫木桿，一邊心裡訕笑說：

「哼！說什麼他娘慣壞了，這小子正是秉承了你這做父親的脾性，有過之無不及也。」

皇甫遵站在門外貼著兩個小眼，看裡面老郎中怎樣給兒子治病。

老人走攏躺在病床上的皇甫憲旁邊，慢條斯理，在昏迷的皇甫憲頭上扎銀針，腦頂，耳邊，額上，長長短短扎下了十幾顆；這又把病人扶起來，用一個早備好的架子把他撐坐在病床上，又在他後腦勺和後頸窩上也扎上幾顆銀針。病人腦袋變成了一個長刺球，樣子好可怕。

老郎中拿起兩個帶長把的小球，那球是淺藍色，把子只怕是竹竿，有彈性而不打彎。老人一手抓一根竿，像敲鼓一樣在皇甫憲頭上敲打起來，腦頂，腦側，額頭，後頸，均均勻勻，不輕不重，熟練地敲打著：在二十多支銀針「刺林」中，循環往復，盤旋敲打，敲打，敲打……那槌子肯定是個布球，敲起來聽不見聲響；那竿子是竹棍無疑，看得見敲打中有輕微的顫動……很有韻味。

大約是半個時辰，奇蹟出現，昏迷不醒的皇甫憲睜開眼來，大聲說：

「好舒服，好舒服！」

老郎中停止了敲打，叫著：

「別動！我跟你拔銀針！」這便一顆二顆往外拔，拔一顆，在針眼處按摩幾下。最後才把那個固定架鬆開。

皇甫憲蹦下床來，朝老郎中吼道：

「老傢伙！我爹他們呢？你把他們弄到哪裡去了？」

老郎中用手指著門，臉撇在一邊說：

「你開門出去吧！我不希望第二次見到你！世上自有能制伏你的高人，你還會有第二次血沖腦門的時候……」

57

神佛禪言蘇家彌漫
捨錢救父邁兒情眞

蘇軾自錢塘觀潮看見詩碑又撞見柳暮春和錢伯溫以後，已知自己厄運難逃。許久許久，他苦苦思索著參寥送給自己禪詩的後兩句話：

「任憑風浪起，無心對有心。」

是啊！這是叫自己且以平常心，應付大災難。他不知道這災難會如何降臨，也不知道還能過幾天清靜日子，於是便盡情地享受人生：每天七碗釅茶不缺，每晚熱湯浴腳不少，和妻子王閏之與愛妾大月更是親密，不疏彼此。和三個兒子的談話也更多些。

前妻王弗所生大兒子蘇邁，二十歲已經成人，對他只講一些爲人之道，爲文之法。二兒子蘇迨是現妻王閏之在蘇軾被貶杭州離京前八個月所生，如今也已九歲，三兒子蘇過是王閏之在密州所生，已經四歲。

蘇軾對九歲的蘇迨管的不多，都是由「阿姨大月」教他讀書識字，檢驗他的學習成績。四歲的小兒子蘇過是由母親帶著，蘇軾近來常常陪他玩，給他講小白兔識別「狼外婆」之類的古老故事。

蘇軾仔細翻閱了與朋友們唱和的書信詩詞，希望在其中找到「譏諷朝政、謾毀君王」的內容以便銷毀，但是看來看去沒有這樣的內容。在蘇軾的腦海裡，從來就沒有冒出過一絲半點的反叛意念，又怎會有這一類的詩詞信札呢？他覺得寬心極了，自己無愧於天地祖宗，無愧於朝廷聖上。

蘇軾想起了往事，想起了已死去十多年的父親蘇洵，對自己諄諄教誨，總是一條準則：重名節，不徇私。

還在蘇軾十二歲時，父親給他講夏侯玄的故事。夏侯玄，字太初，是三國時代魏國的重臣，因參與推翻大將軍司馬師的密謀洩漏，被捕處死。臨刑時舉措自若，視死如歸。

蘇洵告誡蘇軾：

「你知道夏侯太初怎麼會如此堅強嗎？那是因爲他平時就注意鍛煉自己的意志，任何事情來了也處變不驚。我給你看一段《世說新語．雅量》的故事吧！那就是寫他。」

夏侯玄，享大初，處事鎮靜，從不驚慌。一次，玄倚柱作書。時大雨霹靂，破所倚柱，衣服焦然，神色無變，書亦如故。

小蘇軾一看驚喜極了，這個夏侯太初眞了不起，他靠在一根屋柱上練自己的書法，忽然大雨瓢潑，雷鳴電閃，把他所靠的廊柱都擊破了，他衣服都被燒焦了，但他毫不變色，照樣寫自己的字。蘇軾說：

「爹！夏侯玄是英雄，兒長大要學他。」

蘇洵說：「那好，你寫一篇《夏侯太初論》吧。」

十二歲的蘇軾果然寫了，其中有這樣的警句：

人能破千斤之壁，不能無失聲於破釜；能搏猛虎，不能無變色於蜂蠆。

這種對於突如其來變故早有思想準備，確保自己臨危不懼的精神氣概，正是夏侯太初無比堅強的眞諦所在。蘇洵當然大加讚賞。

蘇軾突然記起三十年前這件往事，感到逝去的父親正在激勵自己，去面對可能即將到來的災禍。

蘇軾把自己的憂慮深深埋在自己的心裡，家人們反而覺得他自看潮以來更豁達了，所以家裡有了更多的歡樂氣氛，蘇軾在家人面前更親密隨和了，整天作耍嬉哈。

倒是大月心細，他看出了有點不安，便悄悄對蘇軾說：

「蘇郎！這一陣子我總覺得你有點不對勁，好像故意在逗家人喜歡。我記得中秋夜在安濟寺看潮時你兩次驚詫，第一次你看見那冒你名字刻立的詩碑，你驚詫了；第二次你看見柳暮春與錢伯溫兩個人，你更驚詫了。那心事並沒去掉，回家來怎麼能盡是笑臉呢？」

蘇軾心裡好不是滋味，愛妾看出自己有心事，表明他與自己心連心。可是事情的眞實狀況自己也摸不透，怎樣去對家人說？於是躲躲閃閃地說：

「大月，未必你喜歡家裡悲悲切切，不喜歡喜笑顏開？」

大月說：「蘇郎！你想過沒有，要是家裡本沒有事，笑臉常開，當然很好。可要是暗裡有事而表面裝喜歡，事情一來就會受不住。倒不如先透個信給大家，多重的悲哀分做許多日子也就散淡了。」

蘇軾猛被提醒：

「啊！對！我怎麼就沒有想到這一點？大月，其實上次參寥上人叫你轉交兩件禮物四句詩給我，就是提醒我會有大事發生。現在究竟什麼事情還不清楚，何時會發生也不明白，還是叫大家先有點心理準備才好。這樣，今天中午你進廚房多搞兩個菜，大家熱熱鬧鬧吃一餐，我給大家說個故事吧！」

正就是這天吃午飯時，蘇軾還沒來得及講什麼故事，王適衝了進來，對著蘇軾一家的桌子跪下說：

「岳伯父！岳伯母！我叫王適，是蘇倩還沒成親的夫婿。事情緊急就顧不得許多了，是岳父大人派孩兒送封急信來，請岳伯父看著照辦吧！」便把信遞上了。

蘇軾一聽，知道災難已經來臨，反而格外鎮靜，攙起王適說：「適兒你快吃飯吧！我看過信就來。」

哥：

大事不好！

肯定是十年前你彈劾李定「不守母孝」他記了仇，他如今設計陷害你。頃接晉卿密報，李定、舒亶等人誣你《錢塘集》中有「反詩」，皇上已御批「罷蘇軾知湖州，差職員追攝入京查究」，估計不日便會有差官前來拿你。你務必把與朋友的往來信札詩詞清查一遍，把「謗漫君王朝政」者銷毀，以求死裡逃生。

另，邁兒該二十歲了吧！你被拿進京可要他陪伴，也好照應你。其餘任媽、嫂子、大月、迨兒、過兒都到商丘我這裡來住。派去送信的人是我未來的女婿王適，是自家人，叫嫂子他們隨王適來商丘吧……

災難已在預料之中，蘇軾已無畏懼。他迅速返回餐桌，哪裡還有一個人吃飯呢？家裡人一聽有急信，早已猜到了幾分，全已沒了胃口。送信來的王適說他在路上剛吃過不久，一點不餓。桌凳都早收拾乾淨了。

三十一歲的妻子王閏之迎住蘇軾說：

「子瞻！快把信給我看看。」一把就抓過信到一旁去了。

七十一歲的任媽飛魂落魄，顫巍巍走攏蘇軾說：

「大郎！快給我說說怎麼樣了？」

蘇軾知道再瞞也瞞不住，便扶住任媽說：

「任媽！是有人誣告我《錢塘集》詩裡有訕謗之詞，皇上已派人來捉我到京查究。我沒犯罪，進京就會弄清。你老人家放心好了。」

還怎麼能夠放心，任媽立刻就嗚咽悲切，數說連篇：

「嗚嗚！哪個不得好死的搞誣告，嗚嗚嗚，我的大郎怎麼會寫反詩？哇哇……」

王閏之看完信也已號啕大哭：

「哇哇！子瞻，這可怎麼辦？怎麼辦？」

一家人剎時都嗚咽哭泣起來。

大月早有心理準備，事到臨頭也已忍不住嚶嚶哭泣。

蘇軾十分沉穩，他要學那個夏侯太初，處變不驚地說：

「要哭就哭個痛快吧！哭過了會輕鬆些。你們一面哭，吐一吐苦水，一面聽我講一個故事，今天不來子由這封信，這故事我也正要講。講了讓大家品評一下。

「就在我朝眞宗皇帝時候，有個叫做楊樸的隱士，很會做詩。他作了一首《七夕》詩說：『未會牽牛意若何，須邀織女弄金梭。年年乞與人間巧，不知人間巧已多。』這是用埋怨織女的口氣說話：你年年把巧施予人間，難道不知道人間的奸巧已經太多了嗎？實際是譴責人間的奸巧惡人。他看破了人間有太多的奸巧陷阱，所以隱藏起來不願做官。

「眞宗皇帝聽說有這樣一個有才學的隱士，便想把他召出來做官。

「楊樸應召去見皇帝時，他夫人作了一首詩送他：『且休落魄耽杯酒，更莫猖狂愛吟詩。今日捉將官裡去，這回斷送老身軀。』這實際上是勸阻楊樸，叫他不要入朝做官。

「眞宗召見楊樸時問道：『楊樸，你會做詩嗎？』楊樸說：『我不會作詩，倒是我夫人會做詩，我來時，她還做了一首詩送給我，詩是「……今日捉將官裡去，這回斷送老身軀。」

「眞宗皇帝一聽哈哈大笑：『楊樸！你不想做官，連自己會做詩的事都隱瞞了。你夫人的詩又說明你們愛篤情深，朕怎好把你強留在朝廷裡？你還是回去當你的隱士吧！」

「你們看，楊樸夫人的一首詩救了楊樸。我相信當我這次被抓時，我的嬌妻美妾一定也會做一首詩送給我，那我就一定得救了。」

聽完蘇軾這從容不迫講述的故事，王閏之和大月已平靜下來，深深體會到夫君心裡無事，所以非常舒鬆。於是，妻妾二人也寬心了不少。她們停止了哭泣，全家也停止了哭泣號叫。

蘇軾明確告訴大家：

「都要記好，我們不能害了晉卿和子由兩家子，洩漏朝政機密是當誅的大罪。等眞的來了抓我的人，絕不能露出我們事先已知道這消息的樣子。」

王閏之說：「這個我會交代。子瞻！你快去清理你的書信詩詞吧！」

蘇軾說：「我已經清理過兩次了。」

王閏之很驚奇：「啊？未必子瞻你知道了？」

蘇軾說：「早在二個月前，參寥就暗示我了。」

王閏之問：「你清理的結果呢？」

蘇軾說：「我和朋友之間，肝膽相照，我們對皇上朝廷，忠心不二，我看不出裡面有任何訕謗之詞。我認爲沒有一件要燒掉，他們要當作『罪證』搜去也沒辦法。

「閏之，你想想，你能相信我的《錢塘集》裡有反詩嗎？眞有反詩，駙馬爺會費那麼多財力物力瞞著我鏤刻出版嗎？出版都已三四年了沒有事，何以如今突然被人看出『反詩』來了呢？這明明是有人挾嫌報復我，是朝廷派系傾軋，我作了替罪羊。

「在那些奸人那裡，欲加之罪，何患無詞。多搜幾封信去與少搜幾封信去，沒什麼不同。

「我蘇子瞻問心無愧，上天不會拋棄我。就像那次謝景溫誣蔑我『往覆賈販』私鹽吧！還不是弄清了？如今他謝景溫在哪裡？他作惡多端，不是被某個俠義之士殺害，落得個身首異處的結果嗎？我相信這次害我的人也不會有好結果！」

蘇軾在話中沒有點出李定、舒亶等奸人名字，是怕孩子們以訛傳訛，將來反而難收拾。

王閏之聽得連連點頭，忽又驚喜說：

「子瞻！參寥上人是得道高僧，他既然在一兩個月前就已提醒了你，那一定也告訴你解救的辦法了吧？」

蘇軾說：「告訴了。參寥說：『任憑風浪起，無心對有心。』我這一陣子正是用自己的平常心態，來準備迎接那些有心陷害我的奸人。所以很歡快豁達。」

任媽也聽出門道來了，插話說：

「難怪大郎這一陣子在家裡說說笑笑，原是高人超度你！」

蘇軾說：「任媽！謝謝你老人家也能寬鬆理解我。我這四十四年的生命，吃了你的奶才這樣堅強。

「你老人家知道，還在我很小時候，媽就教我學習先朝賢臣范滂，臨死都不連累別人。媽媽當時鼓勵我做范滂，她就做范滂母親。現在我媽不在了，你老人家就是我的『范母』啊！」

任媽連連說：

「懂了大郎，我做范母，我做范母！」忍不住又哭了起來，掩飾地補充說：「是高興地哭了。」

蘇軾對大月說：「我今天喝完第幾碗茶了？」

大月說：「已喝完四碗了。」

蘇軾說：「好！下剩五、六、七共是三碗，你一起泡來我喝個痛快！」

王閏之不懂：「子瞻，大月！你們怎麼了？喝茶還瞞著我一碗二碗要記數？」

大月說：「夫人莫見怪！小妾不敢背著你搗鬼。每天『七碗釅茶』是參寥上人送給蘇郎的養生之禮呢，說是唐朝茶仙盧仝的詩中寫了：『一碗喉吻潤，二碗破孤悶……六碗通仙靈，七碗吃不得也，惟覺兩腋習習清風生。』蘇郎！我馬上跟你把五碗、六碗、七碗都泡來！」

王閏之說：「慢！只能泡五、六碗，七碗不能泡，不能讓子瞻兩腋生風做神仙！」

全家人苦中作樂地笑了。

蘇軾已心中有底，御史台的人總是近幾日會來，便穿好朝服在州廳等著。

湖州通判叫祖無頗，本來這幾天要到屬下縣治去查看旱災情況，蘇軾有意留他在州裡，又不能明白說出來，想來想去，編了個理由。

蘇軾說：「無頗，我想先按各縣報來的災情，擬一個賑濟救災的奏折，報上去總是好久批不下來，我們正好趁那個空檔到各縣去核實。」

祖無頗說：「府台思慮周到，就依這個法子先商議賑災奏折吧！」

於是二人把各縣呈報的災情報告都翻出來，匯總再看看。

忽然衙前街上傳來噠噠噠噠的馬蹄聲，是好幾匹駿馬狂奔的節奏。一會，馬蹄聲便嘎然停止在府衙門前，隨即有台卒高唱：

「御史台太常博士皇甫遵大人駕到！」太常博士本是西府管禮儀的虛官，忽然之間變成御史台的實官了。

蘇軾一聽便已明白，初時免不了仍是渾身一緊，頭皮發毛，這大概是感情無法控制的條件反射吧！但只是一瞬，他就往起一站，對通判說：

「無頗！一同出迎吧！」完全是一無所知的樣子，率先走到廳前說：

「太博駕到，未知是有旨要接，還是另有公差？」

皇甫遵喝道：

「大膽蘇軾！謗訕朝廷，給我拿下！」

皇甫憲和兩個獄卒就要抓人。

祖無頗大喝道：

「慢來！太博犬人，豈能無知禮法，沒有御批台牒，怎敢捉拿一州之長？」

皇甫憲瞪眼說：

「你算什麼？抓人！」

皇甫遵急得脫口而出：

「憲兒不得造次！」

祖無頗一聽更爲冒火：

「皇甫大人父子同行，不憑台牒，便能隨便抓知府州官麼？豈不怕造成笑話？」

皇甫遵問：「你是何人？」

「湖州通判祖無頗！」

「獄卒！給祖通判看台牒！」

祖無頗接過台牒，故意念出聲來：

「罷蘇軾知湖州，差職員追攝入京查究。」隨即轉身對皇甫遵說：

「尚未定下罪來，皇甫大人何必如此峻厲？」

皇甫遵吼了：

「大膽！皇上另有口諭，立即查抄蘇軾全家！搜尋結黨犯上之罪證。阻礙者嚴懲不貸！」眞是狐假虎威，明明是御史中丞李定給皇甫遵的私下交代，一下變成「皇上口諭」了。

祖無頗再無話可說。按朝制交蘇軾本人過目。

蘇軾接過一看，見果是李定的彈劾奏章，心中頓時衝出一股酸楚，二十多天來故作鎮靜的姿態，終於經不住現實的殘酷打擊，頓時又掀起感情上的軒然大波。他分明看見了李定那一副卑鄙瑣屑的臉，在暗暗地發笑說：

「蘇軾啊！蘇軾！你也有今天！看你還敢不敢彈劾我不守母孝？」

蘇軾在心裡喊著：

「天哪！難道我彈劾一個不孝之子也錯了嗎？爲何竟遭到如此殘酷的報復？」但是台牒上載明有皇上的御批，這就只能怨自己命苦了。於是雙膝跪下說：

「謝皇上天高之恩！蘇軾向來愚鈍，激怒朝官眾多，死不敢辭，乞歸與家人訣別！」

皇甫遵兇神惡煞：

「不准！枷鎖罪犯蘇軾，暫寄州府牢中。查抄蘇家再論！」

獄卒持枷上前，厲聲喝問：

「蘇軾！家有五代誓書免枷鐵券否？」

蘇軾搖頭。伸出雙手。

「卡嚓」一聲，獄卒將蘇軾上枷帶走。

皇威之下，獄卒如狼似虎，蘇家立刻面臨了一場浩劫，砸門打窗，翻箱倒櫃，弄得詩稿亂飛，書卷漫地。

一家人都在號啕大哭。

任媽哭泣中又暗暗竊喜：怕是老天照應，那天自己隨便一句話，將蘇家三件傳家寶雷琴、天硯和木假山全判給二郎蘇轍了，不然在大郎這裡豈不毀了！

王閏之已哭啞了聲音：

「子瞻！子瞻！你一生正氣，滿腔熱血，竟然得罪了奸人麼？嗚哇！」

大月緊緊摟著她：

「姐姐，好姐姐！我們一家還全靠你支撐！你忍著點，忍著點！這些兇神惡煞的人是蘇郎的仇人，我們不能讓仇人笑話！蘇郎吉人天相，一定沒事的，沒事的。」但是終於自己也不相信自己的話了，「嗚哇哇哇，」哭起來了，也在數說：「蘇郎，蘇郎！你一生好心，怎麼沒有好報？嗚哇……」

蘇迨，蘇過，兩個沒成年的孩子，偎在媽媽身旁，呼天搶地，淚流不止。

前天午餐時的「故事」、「笑話」、「七碗成仙茶」……蘇軾想來寬慰家人的方法，在今天嚴酷的現實面前，全都嘩然粉碎！哭泣，哭泣，哭泣……除了哭，還有什麼能表達對親人遭難的哀痛呢？

二十歲的長子蘇邁，連哭的權利都被剝奪。那個兇暴的皇甫遵，讓自己的兒子和兩個獄卒去翻箱倒櫃搜「罪證」，自己便把蘇邁帶去逼審。

皇甫遵問：「你叫什麼名字？」

「蘇邁。」

「哦，蘇邁。你是蘇軾的長子，多大年紀？」

「二十歲。」

「二十歲已經成年，你該什麼都知道，快說你父親近來都和誰有來往？」

「我不知道。」

「你家裡最近都有誰來過？」

「沒有誰來過。」從商丘送信來的王適，當晚便到街上旅店去住了。蘇邁暗暗高興。

皇甫遵又問：「你父親和祖無頗關係很好是吧？」

蘇邁回答：「我不知道。」

「你父親常到祖無頗家裡去是嗎？」

「我不知道。」

「你父親常和祖無頗吟詩作對是嗎？」

「我不知道。」

皇甫遵火冒三丈：

「你是個蠢豬！呆子！白痴！飯桶！廢物！一問三不知！」這個兇殘成性的皇甫遵，剛才在州衙裡被通判祖無頗搶白了幾句，懷恨在心，決意要把他打成蘇軾的死黨，一網打盡。他妄想在蘇邁口中抓住一點把柄。

蘇邁當然一聽就已明白，對付他一問三不知，他便惱羞成怒，一串的髒話罵出來。

皇甫憲找到了那個黑漆帶鎖的匣子，如獲至寶，高喊著：

「皇甫大人，皇甫大人！這匣子裡肯定藏著蘇軾的罪證，帶走吧！」在州衙府內因皇甫遵叫一聲「憲兒」，引起祖無頗一番詰難訕笑。皇甫遵已規定兒子在正式場合叫自己為「皇甫大人」。

已止住哭泣的大月推一把伏桌號啕的王閏之說：

「姐姐，姐姐！快別哭，快別哭！奸賊要把我們的錢匣子帶走。」

王閏之聞聲抬頭，一見皇甫憲正把錢匣子裝進公文袋裡，猛地竄過去搶了過來，煞像母獅護子，抱緊懷中吼說：

「皇甫大人，皇甫大人！既搜『罪證』，何擄家財？此是我家賣兩處祖業的一點積蓄，你們怎麼能夠拿走？」

皇甫憲早猜著是錢，正是想假公濟私吃下。此時王閏之說出是錢，他更不會輕易放過，便強詞奪理說：

「明明是蘇軾反叛朝廷的罪證，不然你怎麼如此慌張？」又要到王閏之手裡來奪。

王閏之抱著匣子跑開說：

「明明你是想私吞我祖傳家財，不然怎麼連打開也不打開就要裝走？」

王閏之把匣子往大月懷中一塞，飛快進房取了鑰匙，打開外鎖開內鎖，全部打開取出銀錠和銀票，舉在手上說：

「看吧！看吧！看吧！這是什麼『罪證』？我家四川眉山紗穀行賣了，汴京南園賣了，統統在這，才是這麼一點家財！豈能容你私吞了去？」

皇甫憲是個花天酒地的惡少，豈不見錢眼開？走近略一估算，總有萬把幾千兩銀子，更加不會放過，便說：

「此乃蘇軾企圖結黨營私謀反朝廷的經費，不是罪證是什麼？帶走！獄卒，一齊動手！」

兩個獄卒應聲奔來，圍住王閏之和大月想要強奪。

大月是京城歌舞伎出身，見識不淺，把手一揚說：「慢來，慢來！」對內高喊：

「皇甫大人，皇甫大人！你的手下光天化日之下假公濟私奪錢財，你就這樣置之不理嗎？還有不有王法？」

皇甫遵雖在裡屋審問蘇邁，早已聽到兒子的叫喚，也聽清了外邊爭吵是爲的什麼事情。但他想來一個不聞不問，任著兒子胡來，搶到手更好。

這時大月一叫喚，點到自己頭上來，道理又有板有眼，皇甫遵再裝不得耳聾，只好放下對蘇邁毫無結果的審問，跑出來說：

「究竟是蘇軾謀反的經費，還是蘇軾變賣祖業的銀錢，你們都是空口說白話，先收繳到京再查！」

皇甫憲和獄卒聞言，已經動手來搶。

王閏之情急智生，一下撲在桌子上，將銀錢全部壓在身子下了。

任媽也顫巍巍走了過來，又橫腰伏在王閏之身上。一老一少兩個家庭主婦，成「十」字交叉形爬伏在桌子上。獄卒們哪裡敢動她們兩人？蘇迨和蘇過，一邊一個爬伏在桌邊，嘶聲哭叫著：

「媽媽，媽媽……」

「任奶奶，任奶奶……」

皇甫憲兇相畢露，吼著：

「反了反了！不讓收繳反叛經費？通通帶走，通通帶走！」

兩個獄卒自然不聽皇甫憲的叫喊，望著皇甫遵，等待他的命令。

皇甫遵既眼紅這錢，又一時沒有好主意，正在凝神想歪點子。

大月早跑到了蘇邁身邊，悄悄說：

「大少爺！老爺被抓，你成了我蘇家的一家之長，得你男子漢出來說話才行。

「我想起那年初到杭州時候，老爺要拿這錢出來救治時疫病人。參寥上人說我家這錢要留到以後有用，說不定今天正是用這錢的時候到了。

「這幾個壞傢伙是無油不脫鍋，不給一些甜頭他們不會罷手。

「我看這樣，由我出面說要收繳可以，請祖無頗通判來做見證，清點數目，登記暫收，由皇甫大人出條子，說明查清確係我家的祖業，就全退還我家。

「這樣公事公辦他們撈不到半點好處，當然不甘心。你就以家長身分出來轉彎，說送多少銀子作辛苦費，拜托他們一路好生招呼老爺進京。說不定會有個好結果。」

蘇邁說：「阿姨你眞細心，參寥上人多年前說的話還記得。這個法子好，比起爹爹來，多少錢都是小事。你看送多少銀子給他們好？」

大月說：「送少了他們不得罷手。送多了又不行，你這次送老爺進京，不多帶銀子也應付不了，他們一路上還會敲竹桿。又還不知道在京裡要耽誤多久。

「我看這樣，送一千兩給他們，其餘的你全帶著，保得老爺平安就行，家裡一個錢也不要，只要人。嗚嗚……」想起夫君前途未卜，又不免哭泣起來。

蘇邁說：「阿姨別哭，快照計辦事吧！」

大月把眼淚一抹，走攏皇甫遵說：

「皇甫大人！你說要帶錢進京查實，那就照章辦理，請本州通判祖無頗祖大人來作見證，當面點清銀票銀錠共是多少，登記總數，大人出具收條，說明查實以後如確係我家私產，當予發還。」

皇甫遵連連擺手：

「不行不行！哪有官府收繳罪贓聽從罪犯家屬調派的先例？眞是豈有此理！」他怕一登記便插不得手，狼子野心，昭然若揭。

大月反攻過去：

「皇甫大人！先是大人說帶回京城查實，怎麼一下子不查便又成了『罪贓』？大人說話豈可言而無信，出爾反爾？」

皇甫遵倒抽一口氣，一時無言以對。

蘇邁鄭重地走上前來說：

「皇甫大人，任奶奶，兩位阿姨！家父不幸，罪入囹圄，今天我便是蘇家的一家之長。我說的話便是家長的裁決。

「這錢，確實是我家賣掉兩處祖業的積蓄。但皇甫大人親率令公子前來湖州，迢迢萬里，往返多少艱辛。雖爲朝廷辦事，個人實太辛勞。故此，我以家長身分贈銀一千兩，以作皇甫大人之辛勞費用。煩請大人允許我作爲長子，陪送我父親進京，一路對父親有些照應，也好照料皇甫大人一行之飲食開銷。有請皇甫大人恩准。」

皇甫遵一聽可白得一千兩銀子，又有蘇邁一路開銷費用，當然就坡下驢，故作公允說：

「本官奉公所差，本不應收私禮。既是蘇公子一片誠心，本官也就收下，同時應允你的要求。」轉身對皇甫憲與獄卒說：「你三人快收好蘇軾的詩詞『罪證』走吧！」

皇甫憲手一揚：

「慢！蘇邁！光是皇甫大人一個人辛勞往返麼？我也要一千兩銀子！」流氓搶犯的嘴臉，自己凸現出來。

蘇邁一想：什麼都不如救爹爹重要，反正帶錢去京都也是打點開銷，沒什麼兩樣，便說：

「這個當然！皇甫公子也送一千兩銀子，只祈公子對老爹手下留情！」

王閏之和任媽一聽已全然明白：蘇邁捨錢救父，好孝子啊！便都站起身來，把銀錢交給蘇邁去處理……

……

106-

台北市新生南路3段88號5F之6

揚智文化事業股份有限公司　收

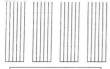

廣告回信
臺灣北區郵政管理局登記證 北台字第8719號
免貼郵票

（請用阿拉伯數字書寫郵遞區號）

地址：

市　縣
鄉鎮　市區
路（街）　段　巷　弄　號　樓

□揚智文化事業股份有限公司 □生智文化事業有限公司

謝謝您購買這本書。

爲加強對讀者的服務，請您詳細填寫本卡各欄資料，投入郵筒寄回給我們(免貼郵票)。

E-mail:tn605541@ms6.tisnet.net.tw

網 址:http://www.ycrc.com.tw

（歡迎上網查詢新書資訊，免費加入會員享受購書優惠折扣）

您購買的書名：______________________________

姓　　名：______________

性　　別：□男　　□女

生　　日：西元______年____月____日

TEL：(____)__________　　FAX：(____)______________

E-mail：請填寫以方便提供最新書訊

____

專業領域：______________________________

職　　業：□製造業　□銷售業　□金融業　□資訊業

□學生　□大眾傳播　□自由業　□服務業

□軍警　□公　□教　□其他______

您通常以何種方式購書?

□逛 書 店　□劃撥郵購　□電話訂購　□傳真訂購

□團體訂購　□網路訂購　□其他______

↳對我們的建議：

58

六客堂前善惡爭鬥 衆人怒目鬼魅逞威

皇甫遵、皇甫憲父子各得了一千兩銀票，辦事也通融多了。只叫獄卒把蘇軾的詩詞手稿與朋友信札隨便裝了兩袋，便離開了蘇家。

湖州通判祖無頗，不知出於什麼原因，也開始巴結皇甫遵了。

皇甫遵從蘇軾家日到州衙大廳，對祖無頗說：

「祖通判，爲免夜長夢多，尤其爲得減少鄉農市民的可能纏擾，本官決定今晚五更前登舟北上。」

皇甫遵已看見蘇家屋前屋後有不少人，臉色滿是憤慨。

祖無頗這時卻巴結地說：

「太博！下午接待多有冒犯，還望海涵。太博決定晚上走更是遠見卓識。

「但是，本官也理應對太博迢迢往返有所表示，已定好明天白天請太博一行遊覽太湖，太博久居京城正該領略一下山湖秀色；明晚，由本官略備薄宴侍候太博，說是接風洗塵或餞行送別均無不可。明晚的五更即後天的拂曉大人再走不遲。迢迢數千里早一天與晚一天均無掛礙。太博意下如何？」

皇甫遵尚未打定主意。

皇甫憲搶先說：

「爹還猶豫什麼？祖通判這番好意我們就領下了。我這一輩子說不定還再沒機會遊覽太湖了。」

皇甫遵實已應承，卻仍假意嗔罵兒子說：

「就你貪玩！」

祖無頗見皇甫遵已經答應，便派兩個親信連夜出去辦什麼事情去了。

第二天晚飯宴請菜多人少。滿桌的美味佳肴，就是皇甫遵一行四人享用，陪客便是祖無頗一個。官吏們對蘇軾太守滿懷敬仰，誰願來與抓捕太守的奸人作陪？祖無頗自然非來不可。皇甫憲更樂得沒人陪，自己吃喝得還更痛快。

吃喝到最後，祖無頗攤底說：

「皇甫大人！今晚這酒席費，連同今天白天四位去太湖遊覽的開銷，都是蘇邁所出。他花這錢的唯一希望，就是請大人讓蘇軾在押走登船之前，再回家與家人作一次訣別；蘇軾的家人實在太想念他，願意花這筆錢請太博賞給這個面子！請大人千萬開恩！」

皇甫遵白天玩得痛快，晚飯又吃得心滿意足，喝得暈乎大醉，連字也吐不清了：

「行，行，讓，讓他們，見個面……我可要去睡了。別忘了三更天叫我們起來上路。」

皇甫憲更醉得不省人事了，嘟嘟囔囔說不成囫圇話：

「上，上什麼，什麼路？有玩，有吃，吃喝，喝喝，就再住，住住幾天……快快，快給我，找找，找個女人來……」終於連一個字也說不出來了，變成了一頭死豬。

祖無頗不敢開「拖延留客」的玩笑，還是派人在三更時候叫醒了皇甫遵：

「大人今天走不走？」

皇甫遵酒已醒了，一蹦而起說：

「走走！再拖延下去，皇上那裡怎麼交差？」又去隔壁房裡推皇甫憲。

皇甫憲還是半醉半醒：

「去去去！半夜裡睡正香，誰個屌敢推我？」睡夢裡都是髒話。

皇甫遵啪地給了他一巴掌：

「混帳！連爹老子也敢罵！快起來！押蘇軾上路！」

一巴掌把皇甫遵瞎睡打跑了，一邊還是嘟嘟囔囔：

「起就起，走就走，打什麼人呢？」

三更剛過不久，蘇軾被披枷帶鎖，由長子蘇邁攙扶，回到自己家裡。家裡人用震耳欲聾的哭聲在迎接他。

三十一歲的妻子王閏之，二十三歲的小妾大月，雙雙攙扶著七十一歲白髮蒼蒼的任媽任采蓮，十歲的二兒子蘇迨和四歲的小兒子蘇過，又分別揪抱著王閏之和大月的腿；這實際上是以任采蓮爲中心的五人一個半圓形組合，迎接二十歲長子蘇邁攙扶的蘇軾。這個包括任媽在內的七口之家，實際是圍成一團在哭，震天動地的哭。

不是蘇軾頸上的枷鎖隔斷，這七個人便抱成一團了。

這既是生離，又何嘗不可能是死別！明明知道這是一個冤案，但有誰又能料定其結果。人世間的屈死鬼還少嗎？君王一句話，臣民如螻蟻。在君王的眼中，臣民的生命哪有絲毫的價值？生死難卜啊！

蘇軾只哭了一小會，眼淚也沒流多少出來。他感謝參寥將近兩個月前就有暗示，災難必然來臨，使自己早已有了心理準備，得到了一顆眞正的平常心，正是「無心對有心」。他從父親的《易傳》裡吸收了營養，對於《易經》中「天人合一」、「抑惡揚善」、「趨吉避凶」的基本宗旨，以及孔夫子提倡「死生由命」、「富貴在天」的說法，已經有了自己的獨特理解。

在蘇軾看來，世界的本質，人心的本質，是抑惡揚善。所以說，善有善報，惡有惡報。這從歷史發展的總趨勢上看，就再明白不過了。歷史上的有些惡人，生前一直未被懲處，死後亦是千古惡名。如漢高祖劉邦的皇后呂雉（呂后），她的惡毒曠古少有，惡毒到她那做了皇帝的親生兒子劉盈都恥於認她爲母親。這呂雉掌握劉邦之後的漢室江山達八年之久，直到死時還是掌握朝政的太后，可謂生前無限榮華。可她死後只有惡名傳諸後世。

還有一些惡人，死後受到的懲罰，足以警醒任何一個有良知的人。三國時代的大惡人董卓，被殺後拋屍於市，人們覺得恨猶未解。因董卓肥得流油，有人便在他死屍肚臍上挖一個洞，插一根燈芯點燃，經日不黑，直點了三個整天，使人人見了都吐之以沫。

蘇軾記得很清楚，自己初涉政壇簽判鳳翔府時，曾到治下的扶鳳縣郿塢去過，董卓便是在郿塢被人殺戮焚屍。當時蘇軾便寫了一首七絕表示對惡行的憤慨：

郿塢

衣中甲厚行何懼，
塢裡金多退足憑。
畢竟英雄誰得似，
臍脂自照不須燈。

董卓搜括民脂民膏達積穀三十年吃不完的地步，積金三、四萬斤，積銀八、九萬斤。蘇軾在詩中作了辛辣的諷刺。

眼下，身處逆境的蘇軾回想仍記憶猶新。歸根結蒂，善惡到頭終有報，只爭來早與來遲。這也便是「天人合一」、「抑惡揚善」、「死生有命、富貴在天」的最好注解。

這便是蘇軾眼下賴以支撐的唯一精神支柱。

看著哭泣不止的家人，蘇軾一個一個的作著交代：

「適兒，迨兒，過兒！我家沒有五代誓書鐵券可以免枷免鎖免罪免死，但有萬卷詩書可以壯骨壯膽吐氣揚眉。你們不必在人前低頭哭泣。你們的父親對得起天理良心！」

三個兒子都聽懂了，漸漸停止了哭泣。兩個小兒子分別抱著父親的兩條腿，腿下雖有鎖鏈，兒子的摟抱還足夠寬鬆腿上的沉重負擔。

蘇軾對淚人一般的妻子和小妾說：

「閏之，大月！謝謝你們用兩顆女人的心，撫慰了我的人生探索。你們不是早都聽我講過我朝眞宗皇帝時代隱士楊樸的故事嗎？楊樸被帶走去見官時，他老伴送給他一首詩；這首詩便救了楊樸和他的一家。

「我現在也要走了，你姐妹兩個便不做一首詩送我麼？」

王閏之這才想起早兩天蘇軾講的楊樸的故事，本想也做一首詩送丈夫進京。沒想到皇甫遵等人的野蠻搜查，徹底打亂了自己的心志，這詩還沒影呢！眼下也來不及細想，便說：

「子瞻！你知道我不太會做詩，我只能照著楊樸老伴送給楊樸的詩依樣畫葫蘆了。

「楊樸老伴送給楊樸的詩是：『且休落魄耽杯酒，更莫猖狂愛吟詩。』

「我送給子瞻的詩是——

皆因狂傲貪杯酒，
口無遮攔愛吟詩。

「子瞻你該永遠記住這個教訓。」

大月說：「妾身素知先生已是聞雷不驚，禍福無謂。先生告訴妾身這是學習三國時期夏侯太初的做人品格。

「妾身當以先生爲師，自強處世。妾身也沒詩才，也學姐姐的樣，比著楊樸老伴送楊樸詩的後兩句，也湊兩句來送給先生。

「楊樸老伴的詩是：『今日捉將官裡去，這回斷送老身軀。』

「妾身送給先生的詩是——

今日帶至京城去，
自當愛惜老身軀。

「先生！全家人都在期盼著你！」

蘇軾深情地說：

「謝謝，謝謝！你姐妹二人如此關愛我，體諒我，我當然會愛惜自己了。

「我走後，你二人陪伴任媽，帶著迨兒、過兒先到應天府子由那裡暫住吧。我相信善惡有報，我積善之家必有善終。

「任媽！我吃你老人家的奶水長大，你和我生母也是親如姐妹。她在我很小時候就教導我學習先朝賢臣范滂，范滂正是接受了純良的母教，蒙冤臨刑都不累及親友。如今我媽不在了，你老人家正是我的『范母』啊！」

任媽抹掉淚水說：

「是是，我今天就是『范母』，你就是我的好大郎。睜亮些眼，看清世間的善惡忠奸！」

皇甫遵早等得不耐煩了，催著說：

「你們還有完沒完？總說我就再去睡一覺。」

任媽說：「我已經七十一歲了，能夠做得在場每一個人的母輩、祖輩。人都是人生父母養，一個母親會見她的兒子，興許這是一生中最後一次見面，多耽誤一會都不行嗎？」

皇甫遵火冒三丈：

「老傢伙你不識好歹！當心我把你一起擄到京城！」

任媽說：「我犯何罪？」

皇甫遵急得結結巴巴了：

「你你，你你，你妨礙我抓捕犯人蘇軾……」

蘇軾說：「我都已被你抓了，老媽媽還能妨礙你什麼？任媽！你老保重，我走了！」扭頭邁腿，艱難前進。

他身後的長子蘇邁，背著沉重的衣物包袱，緊緊相隨。

獄卒領路向湖州城的北門走去。蘇軾知道這是走水路去了。水路是直通太湖北去，那是人工挖修的運河，筆直不拐彎，這可以免去幾百里丘陵山地的跋涉之苦，這對自己是一件多麼大的好事，一來少走路少受苦，二來這水路所見之人少得多，免得多見了黎庶百姓又於心不忍。

出城門，別街道，一條青石大路直通船運碼頭，蘇軾眼睛突然一亮：啊！兩旁跪伏著黑壓壓的人群，筆筆直直兩里路，旁邊跪有六、七千人，中間還有字牌立著——

「蘇公珍重！」

「太守一路平安！」……

蘇軾脫口高呼：

「謝謝鄉親父老！蘇軾我更知道該怎樣做人！……」

皇甫遵突然正顏厲色，高喊：

「這是怎麼回事？是誰串通黎庶造反？有膽的站出來，站出來，站出來！」

石板路半腰的上部，赫然立著一座「六客堂」，這便是當年蘇軾從杭州調去密州時候，湖州知府李常為送別蘇軾建築的堂樓，當時歡送蘇軾的主客六人都是詩友，六客堂中就專門收集六人的酬唱詩文。蘇軾在密州時也寄了詩來作紀念。

突然一隊人馬從「六客堂」中走出來，舉著「六客堂」的旗標橫幅，咚咚咚地攔住去路，主事對皇甫遵說：

「皇甫大人！請不要隨便說人造反！我們這『六客堂』正是當年為蘇大人所建，歡送蘇大人從杭州調徙密州。蘇大人去密州後，還寄來一道詩作紀念，我們現在拿了這著詩來，請蘇大人親自核對一下，看傳抄有無錯訛，這也叫做造反嗎？」

說完把手一舉，隊伍中有兩人往路兩邊站開，兩人之間現出一白布黑字條幅，上面便是蘇軾之詩作。

七律·密州

何人勸我此間來，
絲管生衣甑有埃。
綠蟻沾唇無百斛，
蝗蟲撲面已三回。
磨刀入谷追窮寇，
灑涕循城撿棄孩。
為郡鮮歡君莫嘆，
猶勝塵土走章台。

這詩按蘇軾原稿謄抄，豈會有一絲半點的差錯。六客堂主事所說請蘇軾核對，不過是個幌子而已，實際是來表達對蘇軾的敬愛之情。

蘇軾心裡猛然發熱：多好的人民！我只為他們做一點事，他們就長久記得我。這首詩的末尾兩句，不正是眼前的處境麼？蒙受災難，沒有歡樂，可是不必嗟嘆；我比那些仍在章台府署作威作福的糞土之輩強多了！

皇甫憲齜牙咧嘴說：

「爹！這些個刁蠻之徒，為罪犯蘇軾張目，一起拿下治罪吧？」

可是還沒等皇甫遵答覆，這一隊人馬布旗一收，橫幅、條幅霎時不見；他們往兩旁黑壓壓的人堆裡三鑽兩擠，早就分不清誰是誰了。

皇甫遵大喊：「快走，快走！」

獄卒們趁著路上沒人攔，推著蘇軾急急往前走去。

突然又是一大群男男女女攔在前邊，手上舉的旗子是「於潛縣」。

一個鬚髮皆白的老者，精神矍鑠，擲地有聲：「皇甫大人！你且看——

來往三吳一夢間，
故人半作冢壘然。
獨依舊社傳真法，
要與遺民度厄年。

「此乃蘇大人三個多月前來湖州任太守時寫下的詩句，他下定決心與黎庶百姓共度『厄年』。剛好那時我們於潛縣有蝗蟲爲害，蘇太守親自跑到我們那裡，用在密州太守任上學來的群眾治蝗經驗，教給我們舉火滅蝗的方法，使我們很快撲滅了蝗蟲。

「請看這地著，這米酒，都是蘇大人領著我們撲滅蝗蟲之後的豐收果食。」

「我們今天來了，不僅要敬蘇大人一杯，表達我於潛人民的敬意；而且還要敬皇甫大人和各位公差一杯……」

霎時便上來幾十個農夫百姓，一邊給蘇軾飲酒，一邊給蘇邁的包袱裡塞果子紅薯熟雞蛋；另外的人分做三五個人一組，每組抓住皇甫遵、皇甫憲和兩個獄卒當中的一個，給他們灌進一大碗米酒。

這「敬酒」怎能責怪？皇甫遵也無話可說，呆頭木腦。

皇甫憲還咂咂嘴說：

「嘖嘖！這鄉下純米酒味道還眞不錯啊！」

白髮老者趁機接上話說：

「官爺！那就多謝你，到朝廷爲蘇大人多多美言幾句！」

皇甫憲啐他一口：

「呸！原來你也是爲罪犯張目的老鬼！看我不捉了你回京城去！」果然伸手去抓，心裡欺他老朽一個。

那白鬚老者把右手一揚，一把痰水直撲皇甫憲面頰。原來老者把皇甫憲剛才「啐」出之痰水全攥在右手手心裡，此時揮手潑回去。皇甫憲站立不穩，連連退了兩三步。只覺臉上發燒，用手摸去，唉呀！痰汁結痂，自己已滿臉都是小疙瘩。抬頭再看那老者，竟自巋然未動。
冷笑三聲：「哼！哼哼！」老者咬牙切齒地說：
「畜牲！你必惡有惡報！」
狠狠地說完，老者輕輕一縱，已跳出人群，立在二丈開外小土堆的大石頭上，再不吭聲了。
蘇軾記不清這老者是否見過，只是高喊：
「蘇某多謝方外高人！」
皇甫遵一聽心裡顫動：
「唉呀怎麼忘記了？這黑壓壓的五、六千人中誰知有多少高手！自己再不可造次了。」忙催：
「快走快走！快上船！」
兩個獄卒看勢不妙，把蘇軾架了起來，飛快向碼頭跑去。農夫們早已插進了兩旁的人群。
突然，又一群更大的隊伍攔在前頭，舉著的旗子上寫著：「杭州西湖」！
蘇軾一看，黃東順、任海春、黃東順的姐姐黃翠芝等熟人都在。
蘇軾高喊：「東順，海春！你們怎麼也來了？」
男男女女一大堆，全跪在前面嗚咽哭泣。
黃翠芝哭號連天：
「蘇大人！蘇大人！我我我，我有罪，我有罪！我我我，我混帳，在你修好西湖的慶功會上，我不該對你講了那些混帳事情，害你寫了那篇《吳中田婦嘆》，如今被人誣陷那是反詩，害你受這樣大的罪。我我我！我替大人去坐牢！你們把蘇大人放了！……」

黃翠芝像一頭髮怒的母獅子，披頭散髮，衝上前來，扒開兩個獄卒，撿起一顆石頭，朝蘇軾肩頸上的枷板就砸，一邊還在大叫大喊：

「放開蘇大人！放開蘇大人！鎖上我！鎖上我！」

兩個獄卒順手就把黃翠芝抓住了。

這下逮住把柄了，皇甫遵正好藉題發揮：

「反了反了反了：你們杭州西湖離這裡一百多里，怎麼會知道了消息？怎麼會知道此時此刻我會在此地押解蘇軾上船？又怎麼會知道蘇軾的《吳中田婦嘆》在朝中被定爲反詩了？這不明明是內外勾結，暗中結黨謀反嗎？啊？誰敢否認這件事？我今天一定要查出這個通風勾結的罪魁禍首來！」

皇甫遵說完，惡狠狠地盯著碼頭上。

蘇軾心裡一跳：糟了！皇甫遵老奸巨猾，讓他抓住把柄了，這不明明是要抓祖無頗的罪證麼？蘇軾已看見不遠處的碼頭上，是祖無頗站在那裡；皇甫遵正別有用心地盯著他；這一切也明顯是他所安排好，故意讓皇甫遵一夥人耽誤了一天，暗地派人給百姓們通了信。不然，黎民百姓怎麼都趕來了？於潛隔幾十里外在本州還好說，西湖相隔一百多里還屬杭州，沒信去他們怎麼會來了？

這下子怎麼給祖無頗分擔責任呢？他這是爲了支持我啊！別的一時顧不及，還是先穩住黃翠芝再說吧！於是喊道：

「翠芝，翠芝！你不要責怪自己，罪過是我的，你又寫不出詩。

「翠芝！莫再憨傻了，你抵不了我的罪，反而要害了你。你快回西湖去吧！」

黃翠芝在獄卒手中並不掙扎，只是高喊：

「蘇大人沒有罪！我有罪！放了蘇大人！放了蘇大人！」

黃東順走上前來說：

「姐姐！你這蠻法子不行，救不了蘇大人，反而害了你自己。剛才蘇大人不是都說明白了嗎？蘇大人的話你不聽？還是跟我回去吧！」伸手要把姐姐拖走。

皇甫遵說：「不行！開砸王法枷鎖，已是罪在不赦！我要帶她上京！」忽然又陰險一笑說：「但如果，如果，如果你能說出是誰在幕後串通指使你們，我可以網開一面，放了你們不管。」說著，朝不遠處碼頭上的祖無頗望去，想引誘黃東順說出他是幕後的指使人。

黃東順也順從皇甫遵的眼光朝祖無頗望去，意味深長地笑笑說：

「哦，你大人說的這話可是當眞？」

皇甫遵信誓旦旦：

「堂堂京官，本太博說話豈能有假？」

黃東順說：「那好，你先放了我姐姐，我什麼都說。」

皇甫遵說，「不行！你講了我才放她走！」

黃東順說：「不行！你叫獄卒先放手，等我把事講完，我姐姐才跟我走！」

皇甫遵以爲黃東順已上了鉤，心想眞抓一個女子回去也沒用，便要獄卒放了手。

黃翠芝站回弟弟黃東順身邊，根本沒打算跑。

黃東順於是朝皇甫遵說：

「所有這一切，都是世外高僧道潛大師告訴我們的，他四海雲遊，你找他去吧！」

蘇軾一聽好不高興，這裡只有他一人知道：道潛大師就是參寥上人！這下子便解了祖無頗的圍了。

皇甫遵發火了：

「你別想騙我，他一個雲遊僧人，怎能知道我今天凌晨會在這裡押走蘇軾？怎能知道朝中把蘇軾的《吳中田婦嘆》定爲反詩？這一切都只有某些朝廷命官才可以告訴你們，快說出來吧！我饒了你們！」眼睛更露骨地盯著碼頭上的祖無頗。

黃東順大笑起來：

「哈哈哈哈！大人，你太小看佛法了。俗話說：『佛法無邊！』既是無邊，自然無處不在，無事不曉。不僅是剛才所說的這些事情他全知道，他還知道你叫皇甫遵，那是你的兒子皇甫憲。蘇大人這冤案是御史中丞李定挾嫌報復。

「早十年前，李定還是個監察御史里行，一個見習小官而已。他連生母死了都不願回去守孝，被蘇大人參了一本，使他在群臣面前丟了臉，最後還不得不認錯守孝。如今他便誣告蘇大人而求報仇。這奸佞小人不必多說。

「道潛大師還知道皇甫遵大人並不是御史台的官，皇甫大人在西府任太常博士，是專管禮儀的官；你兒子皇甫憲連個官也不是，不過是個站班貨。你倆父子替李定南來捉拿蘇大人是狗拿耗子多管閒事！」

皇甫憲氣得吼起來：

「爹！莫聽這刁民滿嘴胡說八道，把他抓起來，帶進京城一起治罪！」

黃東順又大笑了：

「哈哈！皇甫憲，你別逞能了，你在瓜州小鎮汪記飯店的事就忘了麼？你打餵馬的鐵蛋，拳頭砸在『鐵蛋』上出了血。你氣得昏迷不醒，在潤州由白鬍白鬚老郎中給你治好了病，你不但不感謝他，還罵他『老傢伙』，你就不記得他當時是怎麼說你了嗎？老郎中說：『我不希望再次見到你，世上自有制伏你的高人，你還會有血沖腦頂的時候！』怎麼樣，皇甫遵大人，道潛大師說的這些事，你能否認一丁一點麼？」

皇甫憲受不住人家揭了自己的老底，連連說：

「胡扯！胡扯！」

黃東順說：「皇甫憲！人都說貴人多忘事，你不是貴人，你也多忘事。你摸摸自己臉上吧！剛才那位高人用你自己啐的痰，打起你滿臉的疙瘩，高人罵你：『畜牲！你必惡有惡報！』你難道就忘記了嗎？

「告訴你：剛才這位高人，便是道潛大師的俗家弟子，是道潛大師派他來送送蘇大人，你是不是想和他較量較量？」

黃東順說完，朝上方土堆一指。

眾人朝那裡一看，鬚髮皆白的老者看著看著往下沉，把一塊大石頭踩進土堆裡去了。到他與地平齊之時，老人不再下沉，而是跨前一步，單腿跪了下去，兩手向蘇軾作拱致禮。

皇甫憲嚇得吐了舌頭，再不敢吱聲了。

黃東順手一擺，讓在道旁跪下了。

他身後的農友全都退到一邊去，跪地夾道歡送蘇軾。

大路上已無遮攔，祖無頗快步趕上前來說：

「太博大人！下官失職，未料到黎民百姓都自動自發來給蘇軾送行。現在請大人登船吧！」

皇甫遵本想發作幾句，一看陣勢老百姓全在蘇軾一邊。對別人沒有辦法，只好拿蘇軾出氣說：

「罪犯蘇軾！還不快走！還愣著幹什麼？」

蘇軾反轉一回頭，撲地跪下說：

「謝謝眾位父老！蘇軾此生，死亦瞑目了！」

在他身後，長子蘇邁也跪著答謝數千鄉親。

皇甫憲覺得一肚子火沒處發，似乎又要血沖腦頂。他猛地快走兩步，一把抓著蘇軾，把他提了起來，推著他說：

「那再假惺惺！到了京城有你的死處！」

蘇軾被皇甫憲推著往下走。

蘇軾依依不捨地一步一回頭，踉踉蹌蹌走不成步子。

黃東順突然站了起來，對走上碼頭的蘇軾高喊：

「蘇大人！你放心去吧！吉人天相，你會平安！我們回西湖馬上給你作解厄生辰道場，直到你平安出獄的那一天！……」

59 善惡有報殷鑒歷史 馬踢水鬼良人裝呆

皇甫憲只覺得怒火中燒，血往腦頂上沖去，這感覺和在瓜洲鎮汪記飯店被鐵蛋氣惱後完全相同。那次後來是昏天黑地，終至人事不省。唉呀呀！這次可千萬不能病倒，要不病倒便要找個出氣的地方。對！就拿蘇軾出氣！

皇甫憲推搡著蘇軾往船上走，人一上去便喊：

「快開船！快開船！」

大船迅速離了岸，皇甫憲似乎脫離了危險，便把手裡提搡著的蘇軾往前一丟。

蘇軾沒提防他會有這一招，枷鎖纏身行動又不方便，「撲通」一聲，蘇軾重重地摔倒在甲板上了。頭也碰在甲板上，眼睛發黑。

「爹爹！爹爹——」

突然聽見傳來尖厲的哭叫聲，蘇軾睜開昏花的眼，循聲找去，啊！在岸上「六客堂」小高坡，兒子蘇迨和蘇過正在跪地哭叫，一聲高過一聲。他們是看見父親被皇甫遵推倒才脫口哭叫，其實他們已經來了好久了。

蘇軾眼睛漸漸不再昏花，分明看得清清楚楚，看見了嬌妻王閏之和美妾大月，看見了被抬在竹椅上的任媽，那抬任媽的一個，不正是子由派來送信的女婿王適麼？

蘇軾見到家人，心酸而又激奮，蘇邁已扶著他站了起來。

蘇軾朝岸上高坡的親人高喊：

「迨兒過兒不哭，不哭！閏之，大月！陪著任媽回去吧！任媽，任媽！大郎不會辜負你老人家的養育之恩！大郎問心無愧！你老人家放心好了！」

這還了得？罪犯蘇軾旁若無人的高喊，把欽差京官毫不放在眼裡！皇甫遵覺得蘇軾這大喊大叫刺傷了他的尊嚴，剛剛平息的火氣又往頭頂冒。於是張口就罵起來：

「混蛋蘇軾！還這麼張牙舞爪！」

皇甫遵光是吼罵還覺不夠，又幾步跑攏，抓住蘇軾，推推搡搡，賊眼大張，四處察看，想挑選一個叫蘇軾看不見家人的地方。

左看右看，甲板四處無遮攔，皇甫遵推搡著蘇軾不好去哪裡。

突然船尾傳來幾聲馬的長嘶，那是四人南行的乘馬，早已被安置在船尾上了。

「好！讓天下奇才蘇軾與馬爲伍，糞臭尿騷，斯文掃地！哈哈哈哈！」皇甫遵高聲獰笑著，把蘇軾推搡到大船的尾部，把他的腳鏈拴在船幫的圓鐵環上。隔馬只有幾尺遠。

蘇軾忍受著不做一聲，仍朝親人們站立的土坡望去。可惜船已走遠，親人只剩下一小點影子。

蘇邁忙把自己的包袱也移到船尾來。從包袱裡取出一床大蘆草席子鋪好，想讓父親躺下好休息。但是蘇軾頸上有枷，睡不下去。

蘇軾仰天長嘆：

「皇天啊！我大宋尚有不許犯人安眠的律條麼？」

皇甫遵還在氣頭上，對於剛才在「六客堂前」所受到的羞辱憤憤不休，便把仇恨全集中到罪犯蘇軾身上，惡狠狠地說：

「天還不到早飯時候，就睡什麼覺？你好好坐著吧！」

蘇軾據理強辯：

「刑律其所以戴枷鎖者，防逃逸不軌也。如今既已鏈腳，逃跑已不可能；更兼是在船上，我蘇軾又不會游水，還能跑到哪裡去？還要帶枷幹什麼？」

皇甫憲說：「誰聽你講這些臭道理？懂道理你就不會犯王法！」

蘇軾脫口而出：

「我犯什麼王法？我犯什麼王法？」聽了黃東順轉速參寥所講的一大堆話，蘇軾覺得參寥絕不會無緣無故亂說，一定是在有意地提醒自己：既是冤屈，自有澄清的一天。於是膽子壯了不少，說話已很硬氣。

皇甫憲反口譏笑：

「哦嗬！照你這麼說，你蘇軾沒有犯王法，是皇上冤枉你了？」

蘇軾急忙申辯：

「我可沒有說皇上冤枉我！皇上御批也是追攝我入京查究，並沒定罪啊！」

蘇邁聽父親和差人爭執，甚感不安，忙悄悄對蘇軾說：

「爹！你凡事先忍著點，越吵越對你不利。等我去給他們說說。」

正當皇甫遵父子爭執是否馬上提審蘇軾時，蘇邁走進了坐艙，遞上一百兩銀子說：

「皇甫大人，今天靠岸就餐我先孝敬這一點酒水費。」

皇甫遵收下了銀子，不對蘇邁說半個字，只喊了一聲：

「獄卒開枷！」

皇甫憲不知道父親已收了一百兩銀子，一叫「開枷」便制止說：

「爹！你這是怎麼了？李定大人說對蘇軾不能手軟啊！」

皇甫遵瞪眼罵道：「你眞蠢！」他是責罵兒子不該把李定牽扯進來，以免透露出兩人私下有交易的內幕。

皇甫遵伸頭朝船尾看了一下，見獄卒已把蘇軾頸上的枷鬆了，回頭卻見蘇邁還沒出去，便不耐煩地說：

「去吧去吧！蘇軾枷已鬆了，你還坐在這裡幹什麼？」

蘇邁說：「我是還想問問，船靠岸了我可以上岸去為我和父親買點吃的嗎？」

皇甫遵說：「不行不行！誰知你上岸去會不會引一班劫犯來劫走蘇軾！你幾時見朝廷押解犯人允許家人陪送？本官是看你蘇邁尚屬懂理，才特許你有這個盡孝的機會！你不要得寸進尺了！罪犯吃飯，按朝制是由押解官準備的，你不用多管了！」

蘇邁聽得明白，皇甫遵說自己懂「理」，便是送給他父子各一千兩銀子。這「理」真是太貴了。

蘇邁走出坐艙，見父親已取枷睡好，便打開包袱，取出一條薄毯子蓋上說：「爹要再冷，就告訴我一聲再加。」隨即又取出一張大油布，把父親的被子也蓋上了，「爹！這樣，下雨也不怕了。爹你只管睡。」

蘇軾說：「我行了。邁兒！這一陣子你一個人跑著忙，夠累了，你也睡吧！」

蘇邁應一聲，「哎！」便又拿出一床薄被，鑽進大油布，挨在父親身邊睡下了。年輕人瞌睡沉，這一陣子又太累了，倒下去很快就已入睡。

蘇軾怎麼也睡不著，四十四年的生活經歷，漸次地湧入腦底……步入政壇以後，從鳳翔到杭州，再密州、徐州、湖州……自己有過對皇上的三心二意麼？從來沒有！有過對朋友的不忠不信麼？從來沒有！有過對黎庶的刻薄搜刮麼？從來沒有！但為什麼竟會遭此厄運呢？難道自己的「善有善報」，非等到自己死後不可麼？這樣的歷史事例實在太多了。最著名的當推先秦時代的屈原。

屈原是戰國時楚國人，在楚懷王時官居左徒亦即左丞相。當時還有上官靳尙爲上官大夫即右丞相，與屈原位列同班。

上官靳尙嫉妒屈原的才華超過自己，便在楚懷王面前進獻讒言，說屈原居功驕傲，想在聲名上壓倒君王。

楚懷王誤信爲眞，漸漸疏遠屈原而不聽他的謀略。致使楚懷王本人都被欲圖稱霸的秦國拘留致死。楚懷王的兒子楚襄王，他仍不分青紅皀白，繼續聽信上官靳尙的讒言，把屈原流放到了江南各地。流放中的屈原仍念念不忘楚國和懷王，寫出《離騷》成爲千古絕唱，直到他投汨羅江自盡，終生未得善名。在他死後一百多年，人們才漸漸把他尊爲忠貞良臣的典範，才可謂「善有善報」了。

想到這裡，蘇軾只覺心中打顫：難道自己也要步屈原的後塵麼？也得等自己死後許久許久才能得到善名麼？他忽然記起了屈原在《九章》中寫的絕命詩句：

心純龐而不洩兮，
遣讒人而嫉之；
君含怒而待臣兮，
不清澄其然否……

自己當前的遭遇與當年的屈子是何其相似啊！自己的心是如此的純潔龐博而沒有絲毫的疏忽漏洩，但是遭到奸人嫉妒而讒言加害了；君王含著怒氣對待我這遭讒害的臣子，卻不去澄清是非，辨別讒言進奏是否正確……皇上如今聽信李定而薄待我，不正如當年楚王聽信上官靳尙而流放屈原麼？

難道我蘇軾也會是屈原一樣的結局？

不！我絕不像屈原那樣輕生！

還是照著參寥的啓示去做吧；且以「無心對有心！」於是，漸漸迷迷糊糊，蘇軾終於睡著了……

蘇邁睡得正香。

突然被自己的姑姑蘇小妹叫醒。

蘇小妹說：「邁兒還貪睡，咱家後花園裡花全開了，多好看呢！」

蘇邁只比這位姑姑小十來歲，自己是小孩子，姑姑也是小孩子，最喜歡在一起玩。聽姑姑說花開了，蘇邁一跳就起來，跟著蘇小妹往後花園跑。

呀！眞的好看，紅的白的藍的黃的，五顏六色，什麼樣的花全有……

奇怪，往常我「南園蘇宅」後花園的花都叫得出名字，爲什麼這次叫不出名字？他正要叫住姑姑問是甚麼原因，忽然什麼地方一棵大花掉下來了。

是花都香，花大香也濃烈。蘇邁看見掉來了花便跑向前去，一聞，啊呀！騷臭死了……

蘇邁猛然被臭醒來，竟是南柯一夢。

哪來的南園蘇宅？哪來的姑姑蘇小妹？自己還是在押解父親去京城的船尾。

怎麼，眞的有好大的騷臭味？蘇邁陡然坐起，一大窩馬屎馬尿就在自己的左邊，離頭還不到一尺遠。再一抹臉上，啊呀！馬屎馬尿已衝到自己臉上了。

這馬怎麼離自己這麼近？剛睡下不是還離自己五六尺嗎？

蘇邁趕快爬起來，到船幫上挑起水洗臉，這時才發覺天已經快黑了。這麼說，船行一天了。早飯，中飯，他們都沒有叫自己起來吃，這些公差也太狠心了。

再一看父親，唉！更糟，那馬屎馬尿離父親的頭還不到五寸。可是奇怪，父親臉上怎麼竟是乾乾淨淨呢？

蘇邁幾步跑過去，想要推醒眯眼熟睡的父親。誰知父親睜眼笑了：

「嗬，到底睡醒了。我家邁兒這幾天累苦了，應該睡個足夠，所以沒忍心叫醒你。」

蘇邁問：「爹！這馬糞離你這麼近，怎麼你臉上半點都沒有？」

蘇軾指指旁邊揉皺的大油布說：

「不是邁兒你早給爹準備好了嗎？快把油布拿到河裡洗乾淨，說不定幾時馬一拉屎又要蓋臉了。」

蘇邁飛快把髒油布洗了來，問道：

「爹！開初我們睡時，馬屎離我們都有五六尺，怎麼突然這麼近了？」

蘇軾說：「傻孩子！這馬本身就五六尺長，在牠拉屎拉尿的時候，有人把牠屁股朝我們這邊一趕，不就拉在我們身邊了嗎？」

蘇邁咬牙切齒地說：

「眞缺德！世界上竟有這一號人？」

蘇軾心平氣和地開導說：

「邁兒，你還年輕不懂啊！依爹二十多年宦海生涯經驗來看，政治紛爭是最殘酷的紛爭，總要鬧一個你死我活。

「你想想看，王安石和呂惠卿這兩個人你應該是記得的，呂惠卿自稱是王安石的學生，但是王安石第一次罷相之後，呂惠卿爲了自己奪取相國之位，阻撓王安石重返朝廷，反口誣蔑『老師王安石』是那個造反道士李士寧同夥，只想一下子把王安石置於死地。

「當然，還是天公主持正義，讓呂惠卿自己的親生兒子呂坦站出來，揭發了呂惠卿的奸佞眞相，使呂惠卿徹底完蛋了。

「這次李定那個奸佞小人，也是恨不得置爹於死地。皇甫遵父子和他同流合污，恐怕還遠不止是要我蒙受馬糞之辱！

「邁兒你認清了他們的嘴臉，心裡有了一股正氣，就什麼都忍受得下來了。快去找他們要吃的吧！我已經吃過了。」

蘇邁很驚奇：「爹你什麼時候吃的？」

蘇軾說：「他們吃了中飯我吃中飯，他們吃了晚飯我吃晚飯，全是他們的殘羹剩飯啊！」

蘇邁驚得不敢相信了：

「啊？爹不是向來都教我們『嗟來之食』吃不得嗎？」

蘇軾說：「此一時，彼一時也。你大概還不知道『嗟來之食』這個成語的來源吧！爹給你講講，多有點思想準備才好對付惡劣環境。

「《禮記・檀弓下》記載著這樣一個故事：有一年齊國大荒，人都挨餓。有一個叫黔敖的富人，準備了一些食物放在路上，等候受災的飢民來吃。

「有一個飢民餓得昏昏沉沉眯著眼睛走過來，黔敖就朝他喊：『嗟！來食！』這個『嗟』是帶有侮辱性質的招呼聲。那個受災飢民一聽就睜大了眼睛瞪著黔敖說：『去你的吧！我就是因爲不吃這『嗟來之食』，才餓成這個樣子；哪怕餓死了我也不吃你這嗟來之食！』那個有骨氣的飢民後來眞的餓死了。

「於是，人們就用『嗟來之食』這個成語，來表示帶侮辱性質的施捨，勸大家不要接受它。

「但是邁兒，今天情況很特殊，皇上只是拿我進京查究，李定卻巴不得我死。皇甫遵秉承李定的鼻息，正是要用這殘羹剩飯嗟來之食使我不吃不喝，直到最後餓死，這不是連審訊宣判這個過場都不要走，就達到了消滅我的目的了嗎？

「我偏偏不上他這個當，管他嗟來之食還是殘羹剩飯，我先吃了保住命要緊。邁兒你不要以爲爹是失去了志氣的小人。不是，爹不是這樣的人。

「你聽聽《易經》是怎麼教導我們。《易經・繫辭下傳・第五章》有一段話說：「尺蠖之屈，以求信也。龍蛇之蟄，以存身也。精義入神，以致用也。利用安身，以存德也。』

「邁兒，這段話的意思是：尺蠖將身體彎曲收縮，是爲了下一次的伸張，孔夫子時代古文『信』字與『伸』字通用，『求信也』便是『求伸張』。龍蛇蟄居冬眠，是爲了保全生命。精研義理以達出神入化境界，目的還是要應用。利用各種知識條件求得立命安身，是一種值得推崇的品德。

「邁兒你看，群經之首的《易經》都這樣教導我們，爹這委曲求生不爲過吧？我說這些故事你懂了嗎？」

蘇邁說：「爹，懂了！這不就是俗話『大丈夫能屈能伸』的意思嗎？」

蘇軾說：「對對，這句俗話正是從《易經》這裡引伸出來。」

蘇邁說：「那好，爹！我找他們要殘羹剩飯吃去。」

蘇軾說：「別忙！先到河裡弄點水把甲板上馬糞洗乾淨，免得吃起飯來噁心。『你吃完飯我們再睡時把大油布撐開蓋上，就什麼馬糞雨水都不怕了。」

蘇邁連連應諾，一一照著辦了，向獄卒要了幾大盤殘羹剩飯，吃一個滾瓜溜圓……

太湖裡忽然風高浪急，波濤洶湧，大船在一個叫「鱸香亭」的小島邊觸了礁，船舵受損，不得不就此拋錨，趕快修理。

夜來，皇甫遵要兩個獄卒守住蘇軾，自己領著兒子皇甫憲上鱸香亭島上喝酒去了。

白天已經睡足，加上修船敲敲打打，蘇軾父子哪裡還睡得著，便閒聊起來。

蘇邁問：「爹！這小島叫個『鱸香亭』的怪名字，不會沒有來歷吧？反正沒事，爹你講講。」

蘇軾笑笑：「唷，這來歷是個有趣的眞實故事呢，爹給你仔細講講。

「晉朝文帝司馬昭的孫子司馬景治，封爲齊王，權傾朝野。他的僚屬中有一個叫張翰的人，老家便是在我們現在這個吳中地區，本人在當時的京都洛陽做大官。

「每年一到秋風刮起，就是我們現在這個秋天時候吧，張翰就湧起一股思鄉之情，白天黑夜只記得家鄉的蓴菜羹和鱸魚膾。

「蓴菜是一種野菜，專生在池沼湖澤的淺水邊，這太湖裡四邊就多得很。邁兒你看你看，月光下那一叢叢的便是。白天才看得更清楚，它的葉子像雞頭蓮一樣橢圓，但不像雞頭蓮葉子睡在水面上，蓴菜葉子像荷葉一樣有根桿子撐出水面上邊。

「蓴菜與其他植物都不同，它除了春天長葉之外，每到現在這樣的秋天，還長出新芽新葉，做羹湯菜特別鮮美，是太湖這裡的名菜，名字就叫做蓴菜羹。

「鱸魚也是這太湖裡的特產。魚體狹扁，鱗細肉嫩，口闊顎突，短的五六寸可以上碗上盤，大的有一二尺。那味道是特別的細嫩、爽口、清香、刺少，最宜炖著吃，也是這裡的名菜，叫做鱸魚膾。

「這蓴菜羹和鱸魚膾我吃過多回，那年我在杭州時，湖州知府孫莘老邀我來吃過。我從杭州調往密州路過太湖，湖州知府李常也邀我來吃過。味道別提有多好。可惜這次爲父身陷囹圄，不能帶邁兒上鱸香亭去品嘗這兩樣美味了。先不說這些，免得自己洩自己的氣。

「還接著說晉朝齊王司馬景治手下的吳中人張翰，想家想得苦，寫了一首《鱸魚歌》——

秋風起兮木葉飛，
吳江水兮鱸魚肥。
三千里兮家未歸，
恨難抑兮仰天悲。

「這眞是感人肺腑的好詩，張翰將這首詩寫給司馬景治，還附有一封辭職信說：『人生最寶貴的是要生活得舒心適意，這樣拋家三千里，就算是做到厚爵大官，又有什麼趣味呢？』齊王見他辭官之意如此眞切，就批准他了。

「張翰辭官還鄉，就成天在這個太湖小島上享受家鄉的蓴鱸美味。

「沒有多久，司馬景治謀反篡位的陰謀敗露，不僅他齊王家族全被殺害，就連他手下的高官都被夷三族。

「獨有辭官還鄉的張翰得以幸免。人們就傳說太湖鱸魚通神，用自己的香味救了張翰一家人的性命。於是就在這島子上蓋了一座『鱸香亭』這小島也以鱸香亭命名了。」

蘇邁聽得津津有味，說：

「爹！這個故事太有意思了，它告訴每一個人，不要太追求自己的官階名位。」

蘇軾說：「邁兒這說法對。快裝睡吧！你看皇甫憲醉得路都走不成了，倒要他父親扶著他回來，我們都裝睡著，免得他見我們沒睡又發酒瘋……」

一等皇甫遵扶著皇甫憲進船艙睡下了，蘇邁又從被子裡爬出來說：

「爹，我睡不著。記得你去年正、二月間在徐州寫了一首《春菜》詩，好像和張翰的《鱸魚歌》意思差不多。是不是？」

蘇軾很驚詫：

「邁兒幾時起這麼關心爹作的詩了？」

蘇邁說：「爹總叫我讀經、史、子、集，學前朝的詩詞。我想，爹爹你寫了那麼多，未必沒有值得學習的作品？就偷偷注意學了。爹的這首《春菜》我先背給你聽聽——

蔓菁宿根已生葉，
韭葉戴土拳如蕨。
爛蒸香薺白魚肥，
碎點青蒿涼餅滑。
宿酒初消春睡起，
細履幽畦掇芳辣……

北方苦寒今未已，
雪底波棱如鐵甲。
豈如吾蜀富冬蔬，
霜葉露芽寒更茁……
明年投劾徑須歸，
莫待齒搖並髮落。

「爹！你這不是和張翰一樣思念家鄉嗎？家鄉的冬菜，勝過北方的春菜。你早就打算辭官還鄉，不等將來變做齒搖髮脫的老者再回去。要是眞的那樣，恐怕你今年也不用受這份罪了！」

蘇軾被兒子揭出了心事，長嘆說：

「唉！邁兒，這也是寫詩容易作卻難，看來我眞是六根未淨，下不了陶淵明歸去來兮的決心。難怪我那麼多高僧朋友，都說我是個凡胎，難脫塵俗，不能進入修禪學佛的境界啊！或者說，老天爺注定要我來受今天這一份苦難，也未可知。說不定苦難之後會有一點什麼成果。

「孟子說：『天將降大任於斯人也，必先苦其心志，勞其筋骨，餓其體膚，空乏其身……』難道老天眞有『大任』要降於我而磨難我？看不透，說不得，想不清。睡吧睡吧，以後再慢慢來討論吧……」

拂曉之前，皇甫遵急急推著兒子：

「憲兒快起來，快起來！」

皇甫憲醉意未消：

「爹！還沒天亮呢，什麼急事？我睏得慌。」

皇甫遵說：「提審蘇軾！」

皇甫憲抽身坐起，瞌睡早沒影了：

「爹！你總算想通了，昨天我要審問他你怎麼不肯？」

皇甫遵說：「昨天那是你蠢！你怎麼能當著外人的面說我聽李定的使喚呢？我們明明是替皇上辦事嘛！」

皇甫憲說：「這還不一樣嗎？皇上管得這麼多的事？還不都是下邊臣子上奏章要他這樣要他那樣。這次抓蘇軾不就是李定的主意麼？不是他私下許願事辦成後他舉荐你升到御史台去，你會這樣賣命爲他辦事麼？」

皇甫遵說：「算了算了，莫扯這些事了。今晚上我要狠狠煞一下蘇軾的威風。他不是連馬糞臭騷都不怕，殘羹剩飯也不嫌嗎？今晚上我要他受點皮肉之苦，看他還怎麼逞好漢！」

皇甫憲說：「好！算我的。」便叫值夜獄卒去把蘇軾押來。

蘇軾睡在夢裡，忽被狠狠的幾腳踢醒，只聽獄卒說：

「快起來，提審！」

蘇軾說：「五更天沒亮，這裡又沒有公堂，誰來提審？」

獄卒說：「罪犯還敢嘴硬？皇甫太博大人還審不得你？」

蘇軾說：「他一個管禮儀的太常博士，憑什麼審人？」

船在湖上，四外靜寂，聲音傳得很遠。皇甫憲早聽到了蘇軾的話，三幾步衝了過來，扳起蘇軾說：「我爹審不得你，我打得你！」啪啪兩巴掌打在蘇軾臉上。

蘇軾痛得「唉喲」兩聲，馬上高喊：「皇甫太博！你兒子無法無天，無故毆打未定罪之人犯，你管是不管？管是不管？不管我到京城先告你兒子皇甫憲目無王法，欺君罔上！」

皇甫遵已聽到這裡的爭吵毆打之聲，卻是裝聾賣啞，一言不答。心想正好叫兒子給蘇軾一點厲害嘗嘗。

皇甫憲對父親的態度當然心領神會，他想非把蘇軾打一個皮開肉綻不可，一邊口裡說：「我叫你去告我無法無天！我叫你去告我無法無天！……」一邊就掄起拳頭朝蘇軾打去。

蘇軾鏈了腳，走不得；只好雙手抱著頭，聽憑皇甫憲來打，不再說話。

蘇邁早已被吵醒，沒別的法子好辦，便抱住父親，讓自己替父親挨打。

「嘭！嘭！嘭嘭！」皇甫憲一見是蘇邁在代父親挨打，越更火來，邊打邊罵：「混帳東西！我正愁一個蘇軾不止我拳頭癢，難得又添一個蘇邁……」越更加勁打去。

東方漸漸亮來，湖上光線更無遮擋，船艙裡皇甫遵看得分明，暗暗稱讚兒子打得好。

皇甫憲越打越來勁，拳頭越揮越遠，心想變成橫掃拳頭才更省力又有勁，根本沒注意一匹馬的馬屁股就在近邊，「啪」的一下，一個回拳砸在馬後腳上。

馬便蹶起蹄子，撲通！撲通！一腳蹶在皇甫憲身上。

「噗咚——」皇甫憲被蹶下太湖去了。

湖中立刻水花翻滾。

四匹馬互相踢蹶，鬧得個整船晃搖。

蘇軾兩父子樂得臥倒被子裡，十分平穩。

皇甫遵從船艙裡驚跳出來，高聲大喊：

「船夫船夫！快穩舵救人！快穩舵救人！」邊喊邊跑到船尾，可是兒子已撲楞楞漂到湖中間去了。

皇甫遵急得跺腳大哭。

八個船夫分做四起，各拿一根長長的竹竿，每兩人一組分站船前船後四個角，齊對後邊叫：

「快把舵！快把舵！」

舵手應聲：

「舵已把好！快撐竿！快撐竿！」

四匹馬還在蹶踢，船體左右晃搖，隨時都有傾翻的危險。

舵手高喊：

「閒人臥倒！閒人臥倒！」

皇甫遵趴在甲板上哭泣。

兩個獄卒也樂得趴下不管事。

船在湖邊，水還較淺，八根撐竿直插水中，穩穩撐著，終於把船穩定下來。

船一穩，馬也不蹶了。

皇甫遵從甲板上爬了起來，一看遠處兒子還在水中撲楞。他知道兒子還沒有死，趕緊跑進船艙，拿出幾百兩白花花的銀子往艙外一放，撲通跪下說：

「求求各位船夫！我只有這一個兒子，求你們救他起來，這銀子全歸你們了！」

八個船夫你瞅瞅我，我瞅瞅你，陰陽怪氣地你一句我一句往下說：

「皇甫大人！這船沒我們撐住還不行……萬一船打翻了，我們交不得差啊……」從碼頭上幾千百姓跪送蘇軾的隆重場景中，船夫們已看清這位素不相識的蘇太守深受愛戴，而皇甫遵父子窮兇極惡，狼狽爲奸。人人心裡都巴不得皇甫憲死了痛快。誰會下去救他呢？

皇甫遵又跑進船艙，拿出蘇邁給的二千兩銀票，往銀子上一放說：

「再加二千兩！再加二千兩！誰救起人歸誰！哇哇哇哇！」哭訴哀求不止。

船夫們說：「大人有所不知：水中救人我們不敢！人會死了抓住什麼都不放，弄不好就把救人的人反而拖死了！二千兩銀子丢了我們一條命，划不來啊……」明顯是故意推諉。

皇甫遵拿他們沒有半點辦法。自己又是一個下不得水的旱鴨子。眼看兒子在湖中已悄無聲息，皇甫遵哭得昏死過去了。

天已漸漸大亮。兩個船夫衣服一脫，撲通撲通跳入水中，把皇甫憲的屍體打撈上來了。

船夫們個個忍不住暗暗發笑。

蘇軾已爬了起來，長舒了一口大氣，跪在甲板上訴說：

「船夫舵手各位大爺大哥！罪人蘇軾跪地有請了！還請各位證明皇甫憲被馬踢下湖去浸死，與本人無關。我念，叫犬子記錄下來，請各位簽名劃押作證。不然一到京城，皇甫遵會反咬一口，說我和犬子合謀淹死了皇甫憲……」

水手們說：「蘇大人請起，叫令公子趕快寫好吧！我們簽字證明皇甫憲之死與大人無關！」

這個目擊字條很快寫好，八個船夫和一個舵手全都簽字劃押。蘇邁鄭重地收進包袱裡去了。

蘇軾舒心地迎著晨曦，沉思少頃，吟起了上船以後的第一首詩：

曙色兼秋色，
蟬聲雜鳥聲。
壯懷銷鑠盡，
回首尚心驚。

朝陽升起，船又北航。

鱸香島上的樹林裡，那個道潛（參寥）大師的俗家弟子，白鬚白髮的老人，望著甲板上皇甫憲的屍體說：

「天意安排，惡人惡報，根本用不著我動手！善哉！善哉！」悄悄地走了。

60

烏台井蛙幾被整死
正義受罰奸佞施刑

御史台的單人監獄陰濕黑暗，四壁是高高的白牆，白牆因年代久遠而灰暗。供人進出的鐵門關嚴之後，四壁只留下兩個孔眼，一個是門上的了望孔，另一個是北牆上高高的小窗。這個窗子高高在上，蘇軾有五尺三四寸高，被人戲稱為「蘇長子」，他跍腳攀手離窗沿還有一、二尺高。即使是這樣高還是安了鐵柱。

整個監獄足有一丈五六尺高，比普通八尺高房子高出一倍以上。而房間又方方正正，邊長才是九尺，在這高牆襯托之下，恰如一方古井。蘇軾便成了監獄中的井底之蛙。

蘇軾鋪開一捆潮濕的稻草，靠南窗打了一個地鋪。他想，靠南窗躺著，還可望見北窗外的一小片天空。

鋪好這稻草「床墊」，蘇軾打開蘇邁送來的被子枕頭，心想先躺下習慣一下裡邊的氣味再說。

這氣味在別處實在聞所未聞，像森林中腐爛樹葉的臭味，更有人曾在屋中便溺的騷味，還有滿鼻子灌不完的霉味。蘇軾進來之初，被這氣味嗆得作嘔，只好一下閉住了呼吸。但呼吸終不能閉久，只好放開，一放開又作嘔；如是三四次之後，氣味便覺聞不太到了。記得古人有言：「入芝蘭之室，久而不聞其香。」那麼，同樣道理，入糞廁之間，必是久而不聞其臭了。眼下不正是這樣麼？他躺在地床上閉眼在想：但願這「臭味關」早點過去。

突然窗外傳來歡歌笑語，這自然是看守監獄的自由人。蘇軾頓然感到失去的自由是多麼可貴，自己原先是太不檢點自己了。這進牢房之初的些許感受，迅速化作一首詩在口中吟出：

身陷御史府，
舉動觸死壁。
幽幽百尺井，
仰天無一席……
留詩不忍寫，
苦淚漬紙筆。

不一會，窗外傳來群鴉鼓噪的聲響，蘇軾猛地睜開眼睛，窗外是楠竹婆娑，槐榆搖綠，柏樹高聳。那一群一群的烏鴉，正在柏樹間呱呱亂叫，跳躍穿梭。

蘇軾猛然想起，這御史台被稱爲「烏台」，原來是這個來歷。自漢代以來一千多年過去了，哪一朝代的御史刑獄所在不是古樹森森，烏鴉聒噪？事實上，誤國的讒臣們，哪朝哪代曾經斷絕？這些讒臣們又大多占據著御史刑台，他們的誣蔑言詞與烏鴉的聒噪有什麼兩樣？

眼下沒事，乾脆做詩吧！蘇軾再次瞟眼窗外，第一眼看見的便是綠蔭如蓋的槐，於是便把過去對槐樹的種種印象調集起來，慢慢地吟誦著：

我行汴堤上，
厭見槐蔭綠。
千株不盈畝，
斬伐同一束。
乃居幽囚中，
亦復見此木……
誰言霜雪苦，
生意殊未足。
坐待春風至，
飛英覆空屋。

但是等來的不是「春風」，而是提審。

首先提審他的是監察御史里行何正臣。何正臣與蘇軾素不相識，談不上結有冤仇，他只是時時想去掉官職中的「里行」（見習）二字，處處都打先鋒。

在兩個陪審官左右陪侍之下，何正臣顯得信心十足，他一拍驚堂木，厲聲開了口：

「罪犯蘇軾！速將與奸黨文字往復謗訕朝廷之罪惡從實招來！」

蘇軾跪在下方，凜然回答：

「並無奸黨，更無謗訕朝廷之文字往復！」

何正臣說：「太常博士皇甫遵在湖州你家裡搜出兩袋罪證進京，你能抵賴？」

蘇軾說：「那是我與詩文朋友的唱和書札，並無謗訕內容。至於御史台的妄意推斷，那根本不足爲憑。」

何正臣又一拍驚堂木：

「狂妄大膽！堂堂御史台，豈容你誣蔑？不動刑罰，諒你難招！來，給我重責四十！」

獄卒一呼而上，將蘇軾按住拷打，棍棒如雨點般打來，棍棍落在屁股上。

蘇軾大聲哼哼：「唉喲！唉喲……」他是凡人肉體，根本不打算忍住不哼，事實上他也忍不住，哼得淒淒慘慘。一個手無縛雞之力的文人，何曾受到過如此嚴厲的杖責，他只覺得屁股上濕漉漉的，血已濕透褲子，粘連得皮上生辣，肉痛刺骨。蘇軾不斷線似地哼哼：「唉喲喲喲！」

何正臣吼：「不許哼哼！」

蘇軾說：「疼痛難忍，豈能不哼？」

何正臣說：「既知疼痛難忍，何不從實招供？」

蘇軾說：「招供什麼？」

何正臣說：「你們奸黨之間的謗訕文字！」

蘇軾說：「你們不是都搜去了嗎？」

何正臣說：「強辯抗拒，再打四十大板！」

哪裡還經得住四十板？獄卒們只打到十來下，蘇軾渾身一陣痙攣，一陣唉喲喲喲的大叫，痛至昏迷不醒了。

行刑的獄卒停杖報告：

「大人！罪犯已經昏死！」這是停止拷打的例行報告。刑堂上不准打死人。

何正臣垂頭喪氣，只好宣布：

「架回牢房，以待再審。」

蘇邁送飯來時，看守的獄卒說：

「蘇公子！我是這裡的獄卒長，名叫梁成。我最崇拜你父親的文品官德，所以決定親自來看守他。

「蘇大人今天受了嚴刑拷打，痛昏了現在還沒醒來。我已經弄來了金創藥，你進去幫我一起給他治治。」

蘇邁說：「謝謝你梁成！我還正爲這事著急呢！」

梁成打開牢門，蘇邁一邊哭泣不止，一邊幫梁成扒下父親的褲子，把金創藥點在打爛的屁股上。只見那藥一塗，爛皮爛肉全都發跳，似乎對這藥膏表示歡迎，果然不多久就平息了，不跳了，爛肉處的血水不久便被吸乾，爛皮有收攏結痂的樣子。

梁成說：「蘇大人體子太單薄，今天提審打得太慘，暫時不會醒來。蘇公子你快出去，蘇大人醒了要吃飯我來招呼。」

蘇邁丟下飯菜出來，剛剛走出甬道，便見審訊堂裡燈燭通明，幾個人走向那裡，似乎要連夜審訊誰。蘇邁心裡暗暗祝禱：菩薩保佑！千萬莫審訊我爹！但是仍不放心，便躲進一個黑影裡想看個究竟。

沒有多久，只見兩個獄卒挾著一個人從牢房甬道裡拖出來，蘇邁提心吊膽瞅著。等到了亮處一看，啊呀！正是提審爹爹，可他還沒清醒。

到得審判桌前，兩個獄卒往下一放，昏迷中蘇軾倒地了。

審判官喊：「蘇軾！你怎麼不正正經經跪著，爬下幹什麼？」

獄卒說：「報告李大人！蘇軾被何大人打暈死了，還沒醒過來。」

蘇邁一聽「李大人」三字，知道這李定正是陷害父親的仇人。狠狠地瞪他幾眼，也沒辦法對付，只好強忍著。

李定傲然訕笑說：

「哦？天下奇才，狂狷傲物，文壇領袖鼎鼎大名，蘇軾原來如此不經打？來！用冷水將他潑醒！」

一個獄卒應聲端一盆水來，猛地潑在蘇軾臉上。

蘇軾從昏迷中醒轉，迷迷糊糊喊著：

「水，水，水水。」連連伸出舌頭，舔著臉上的餘水。他原是正發高燒，燒得昏迷不醒，一醒來只是渴，渴，渴，舔一丁點餘水也覺香甜。

李定笑了，「哈哈！我們的文壇領袖燒焦口渴了，好！好！好！再給他喝一桶，怎麼樣？」

獄卒會意，匆忙提了一桶水來，又朝蘇軾頭上潑了下去，大部分流在地上了。

蘇軾心焦如火，舔點餘水遠不解渴，便爬下身子，到地上去吸那一小窪一小窪的髒水。

李定大笑起來：

「哈哈哈哈！讓我們的朝廷才子喝地上髒水，多不禮貌。快去端一大碗清水給蘇天才喝！」

獄卒端了一大碗清水來，正要遞給蘇軾。

李定大吼一聲：

「慢！」揮手讓獄卒走開，自己起身來到蘇軾身邊，又揮手叫一個獄卒端了明亮的燭光來說：

「蘇軾！我們的朝廷孝子，你看看我是誰？」

蘇軾抬眼一看：

「李，李定！你你……你先給我喝點水吧！我都快渴死了，渴死了！」

李定又慢慢踱回審訊案桌，慢條斯理說：

「我李定如今是御史中丞，奉詔命專門審理你的案子。我如今有的是水，你看……」招手叫端水的獄卒把水端給蘇軾看，蘇軾伸手去接，李定手一揮：「慢著！一碗水在我手裡算什麼，我手裡還有你的一條命，一條命，懂嗎？如果你願意同我合作，不僅讓你喝水喝個夠，還可以把你的一條命還給你，你說合作不合作？」

蘇軾又已開始神智迷糊，張口就說：

「合作合作，我不要命，你給我喝水吧！」

李定大笑：

「哈哈哈哈！你命都沒有了，還喝水幹什麼？看來天才與傻瓜也相去不遠。」

蘇軾說：「是是，不遠不遠，水很近很近……」一指獄卒手中的大碗，想掙扎起來去喝，反而摔下去了：「我我，我喝不到啊！」

李定說：「喝得到喝得到，就不知你跟我合作有誠意沒有。」

蘇軾說：「有誠意，有誠意，我誠意要喝水，要喝水。」

李定說：「有水喝，有水喝，只要你寫一份供狀，承認你『以詩賦文字譏諷朝政』，承認《錢塘集》是一部『謗世』之作，馬上有你喝不完的水，你寫不寫？」

「是是，我寫，寫水，寫水……」

「混帳！寫什麼水？是寫供詞，再喝水。」
「是是，寫供詞，喝水，供詞喝水。」
李定交代獄卒：
「把蘇軾拖到乾地方，再給他一個小案桌，一套筆墨紙張，叫他好寫供狀，一邊寫一邊給水喝。」
眾獄卒很快就按李定的吩咐辦好，把蘇軾拖到一處乾地方，面前一張案桌，上面有毛筆紙張。
蘇軾提起筆來，喊著：
「給我水喝，喝水就寫。」
李定說：「給他喝一口。」
獄卒連忙端了水來，蘇軾筆一放，雙手抓住碗，撲口就喝，喝，喝，一連喝了三大口，眞比蜜還甜。
獄卒要拖碗，就是拖不開。
案桌上的李定飛跑過來，抬腳一踢，碗已稀碎跌了，水又潑了蘇軾滿臉，他又伸出舌頭舔水了。
李定罵那端水的獄卒：
「你你你！你眞比豬還蠢！快去快去，拿幾個小酒盞來，蘇軾寫一段，喝一盞水，再寫一段，再給一盞水。」
挨罵的獄卒自然很快又辦好了，他提了一桶清水來，還有十幾個小酒盞，小盞裡全都盛滿水，一盞一盞隔開放，全都在蘇軾拿不著的地方。

李定說：「看見了？蘇軾！你能寫多少，就有多少水喝。你快寫吧！」

蘇軾又拾起剛才丟掉的筆，在硯台上蘸好了墨，傻愣愣地邊寫邊念，「三口大水澆大火，澆火不熄燒死我……」

李定飛快跑過來，一見蘇軾果然這樣寫，脫口就罵：

「混帳蘇軾！你裝傻！不行不行！重寫！」一下抓過蘇軾已寫的字，啪啪兩下撕了，「我念，你寫。行不行？」

蘇軾說：「行行行，有水就行，沒水不行。」

李定說：「給他一盞！」

蘇軾接手就倒進口裡，恨不得把小酒盞咬碎也喝了。

李定說：「蘇軾你寫：『罪臣蘇軾入仕多年，未蒙重用……』給水兩盞！」

蘇軾接過兩盞水喝了，便也照著邊念邊寫了：

「罪臣蘇軾入仕多年……」

黑影裡的蘇邁再忍不住了，高喊衝出：

「爹！寫不得啊！」

眾獄卒一驚：「有奸細！」幾下竄過去，把蘇邁抓住了，拖到了李定面前。

蘇軾大喊：

「邁兒，你怎麼當奸細？」

蘇邁說：「爹！我不是奸細！我給爹送晚飯來，爹昏迷不醒，我想等爹醒了吃完飯，我好帶了碗筷出去，所以還在這裡。我不是奸細！不是奸細！」

李定又笑起來：

「哈哈！眞是天助我也！蘇邁！你在這裡正好，我不會說你是奸細！」抓起蘇軾剛寫的紙，「你爹這寫的什麼呀？字不成字，歪歪扭扭。」啪啪又兩下撕碎了，「還是你幫你爹寫吧！寫完他簽個名就行。」

蘇邁說：「我不寫，也不叫我爹寫。」

李定說：「好哇！你可以不寫，也可以不叫你爹寫。可是你爹他會聽你的嗎？」

蘇邁對蘇軾說：「爹！這個供詞你千萬寫不得，他這是要你的命啊！」

蘇軾說「我的命？我的命？我的命在那裡，在那裡……」指著一排溜十多盞水，掙著要去搶來喝，被兩個膀大腰圓的獄卒拽住了。

蘇軾掙扎高喊：

「我要命啊！我要命啊……」向水撲去，但又被按住了。

李定說：「蘇軾你聽清楚，不是我不把你的命還給你，是你兒子蘇邁攔阻啊，你要命就向你兒子去要吧！」

蘇軾轉向蘇邁：

「邁兒！邁兒！給我命，給我命。」還是指著水。

蘇邁也被抓住動不得身，只能乾喊：

「爹！那不是命，那是毒藥！是要你老命的毒藥啊！」

蘇軾已分不清是非曲直了：「毒藥就是命：毒藥就是命！」

李定說：「蘇軾！你兒不聽話，他不替你寫，你就得不到命。你自己寫吧！寫完就有命了。你寫不寫？」

蘇軾說：「我寫我寫，再喝一碗就寫。」他已經連一「碗」和一「盞」都分不清了。

李定布置獄卒：

「拿起筆給蘇軾，叫他喝兩盞就寫。」

蘇軾又連喝了兩盞水，拿起筆來，但是再寫不成字了，手抖得厲害，猶如殘荷擺水，落不了筆。

李定連忙上前，一把奪過了筆說：

「你這個樣子還能寫什麼？你已沒有命了，沒有命了！」

蘇軾急得肩膀一衝一衝：

「我要命！我要命！」

李定說：「蘇軾！現在你的命抓在你兒子蘇邁手裡。你只要說得他代你寫供詞，你的命就馬上到了手。你快對他說：蘇邁替我寫！蘇邁把命還我！」

蘇軾已只會照話說話了：

「蘇邁給我寫！蘇邁把命還我！」

蘇邁說：「李定！你挾嫌報復！你狼子野心！你痴心妄想！你打死我我也不會幫我爹爹寫！」

李定說：「蘇邁！你罵我挾嫌報復也好！罵我狼子野心也行！我都不在乎你，你一個人能罵倒我嗎？我還是御史中丞，是皇上面前的紅人！我倒提醒你注意：你以爲你父親真的只是口渴要喝水嗎？不，不不！他在發高燒，神志受阻了，光是幾碗水救不了他的命。只要你幫他寫了供詞，我不但等他喝水喝個夠，還要去叫醫生。不然你爹真的沒命了。你認爲不是這樣嗎？」

蘇邁說：「這正是你的狼子野心所在，你假惺惺要治好他，又要騙了他的供詞去借皇上的刀子殺了他！與其這樣，還不如不治他爲好！」

李定說：「難怪蘇邁你這樣想，你想偏理了。你別忘記，皇帝又不是我一個人的皇帝，就算你幫你爹寫了供詞，我要皇帝把你爹殺了，皇帝就一定會依從麼？那不是你爹還有活下去的希望麼？「可是，如果你強著不幫你爹寫供詞，我不幫他去治病，他就非死不可。我頂多報他一個畏罪自殺，什麼責任沒有。這不反而是你害死你父親了嗎？」

蘇邁心裡嚇一跳：李定說的這話不是沒有一點道理。不如我先幫爹寫了，再到外邊去請人多活動，把我爹救出來。也免得爹爹今晚再受苦。

蘇邁已打定了這個主意。一看父親又已昏睡過去了。忙說：「好了好了，李定你的陰謀不會得逞了。

我爹爹他已不知道口渴要喝水。」

李定說：「蘇邁你是做夢！你小鬼頭鬥得過我閻王爺？」隨即大喊：「來人！再提一桶水把蘇軾潑醒！」

幾乎是轉眼之間，又是一大桶水潑在蘇軾頭上。他又被激醒過來，伸舌頭舔水比剛才更貪婪，並且高喊：「要水命！要水命！」比剛才更迷糊不清，更強烈發抖。

李定說：「蘇邁！你看見了，你再不幫你爹寫供詞，他今晚就沒命了。我報他『病死牢房』也沒任何責任，你就成了親手殺死父親的劊子手！起碼也是對你父親見死不救！你還有何話說？

「退一步講，你剛才不衝出來搗亂，你爹他早寫完了供詞，早就得到了醫治，也早安頓好了。可是你這樣一鬧，鬧得你爹不得安寧，手也越抖越厲害，現在是連筆都握不住了。你再仔細想想清楚：是做殺害你父親的劊子手，還是幫他寫供詞救人？」

蘇邁已無可奈何，大哭大叫：

「哇哇！我寫，我寫我寫！」

於是，一個奇特的「逼供成招」出現了。

李定念詞，蘇軾復述，蘇邁代筆錄記，是一場要命的鬧劇啊！

剛寫了兩句，李定拿過一看，見蘇邁已改動了供詞，啪地一撕說：

「好啊，蘇邁！你太陽還沒出山哪，就想同我玩把戲！重新再來！審判謄記員聽著，蘇軾這一份供詞你也記錄一份，等一下我要拿你的記錄和蘇邁代筆所寫作對照！蘇邁你聽好，你若改動一個詞，你爹就沒命了。重新開始！」

蘇邁不敢再搗鬼改動了供詞，這一份「蘇軾供詞」便如此泡製成功：

罪臣蘇軾入仕多年，未獲重用，未甚擢進，兼朝廷用人多是少年，多係新銳，所見與軾不同，軾以此作詩賦文字譏諷。意圖眾人傳言，以軾言為當……軾《錢塘集》乃謗世之作……參與輳詩詞文字往復之同夥有：王詵、王鞏、孫覺、李常、劉摯、文同、范鎮、蘇轍、劉恕、陳襄、錢藻、秦觀、司馬光、張方平、祖無頗……累計達四十多人。

李定核對與記錄無一字差異，乃由蘇軾簽名，蘇邁簽名代父執筆。

李定馬上一改獰猙面目，嬉笑著說：

「哈哈！這才是眞誠的合作嘛！蘇軾水管喝夠，再馬上延醫治病，全由蘇邁陪同辦理，以使其父子一心。」

蘇邁說：「我願意今晚在獄中照顧父親，在獄中過夜，如明天父親未好，我照常服侍。」

「照准！」李定說完，揚長去了。

蘇邁立即上街，花重金請了名醫進獄爲蘇軾治病。自己則又顛顛簸簸，爲父買藥，熬藥，餵藥，當晚幾乎沒有睡。

三天之後，蘇軾才眞的康復了，清醒了。

清醒的蘇軾一看蘇邁也在獄中，驚詫莫名地叫了起來：

「啊？邁兒！你犯什麼法？怎麼也進了監？」

蘇邁撲通跪下說：

「爹！孩兒對不起你，孩兒把你的命給賣了！哇哇……」

蘇軾更為大驚：

「什麼什麼？邁兒會出賣我？」

蘇邁說：「是啊，爹！是孩兒賣了你。」

梁成插話說：

「蘇公子！也不能這麼說。」

蘇軾問蘇邁：

「這位獄卒是……？」

蘇邁說：「這是獄卒長梁成大哥！多虧了他這個好人，他處處護著你。只是爹爹你的命眞的抓在李定手心裡了，是孩兒不孝，出賣了你啊！哇哇……」

梁成說：「蘇大人！我向來敬重大人的文才官品！你在杭州修湖，在密州撫孤，在徐州抗洪水，我早都聽說過了。今後有什麼事你找我就行。蘇邁公子說他出賣了大人你，其實是李定設計陷害你啊……」這便把幾天來的情況從頭說了一遍。

聽完梁成有頭有尾的敘述，蘇軾抱起蘇邁說：

「邁兒！這哪裡是你出賣了爹爹呢？是你救了爹爹啊！不這樣，爹爹怕早都沒命了，還能熬得過這三天？李定狼子野心早有算計，你要是不在這裡，他還會幹得更狠毒！

「現在好了，邁兒，死生由命，富貴在天，孔老夫子這一句話要在我身上起作用了。我一生沒作虧心事，對得起天理良心，對得起黎民百姓。我不信天會懲罰我！

「可是，這次因爲我糊裡糊塗，牽扯了朝廷內外四十多個親密朋友，我已經對不起他們了。

「邁兒！現在別的辦法沒有，我這裡已經安定，有你梁成大哥照顧就行了。你到京城去找找熟人，究竟找誰我一時想不出，反正你去找就會有。我把能救我的人告訴你。

「我思謀過了，能救我的是四個方面的人：其一是朝廷後宮，太皇太后、皇太后都對我有好印象，她們說話皇上不聽不行。

「其二是朝廷的老臣，現任丞相吳充公，前任丞相介甫公（王安石），都可以說上話。

「其三是京城百姓，如果百姓們一齊呼喊要保護我，皇帝不會不考慮。

「其四是我過去任過職的州府：杭州、密州、徐州、湖州，如果這些地方的百姓和官員都爲我說公道話，皇上也不會一點不聽。

「這四方面的人出來說話，能不能救我我也說不準。反正是盡人事，聽天命吧！我個人死不足惜，連累四十多個親友我死不瞑目啊！哇哇……」也忍不住泣不成聲了。

梁成說：「蘇大人吉人天相，一定平安！」

蘇軾忍住哭泣問：

「邁兒你帶了多少錢？」

蘇邁說：「爹！錢事你放心，我把家裡錢都帶來了」。

蘇軾說：「這就好，請人辦事，又要走遠路，我們要出足吃住費用啊！你給梁成大哥送幾百兩銀子來，他上下打點打點，我在這裡日子就好過了。」

61

愛色奸官醉樓出醜
群情鼓蕩京城呼聲

李定這幾天眞不知該怎麼過好了。蘇軾這個心目中的敵人，已經緊緊地攥在自己手心裡了，一份送他去見閻王的「供詞」，由他兒子代筆，有他本人簽名，已是如山的鐵案，縱是神仙下凡，也已救不了蘇軾。十年之仇，今朝得報，他高興了但也是坐立不安。他想笑，想叫，想向世人宣布：我李定才是「十年報仇」的眞君子！

李定邀約了幫兇舒亶、何正臣到自己家裡飲宴慶祝，喝得酩酊大醉還不過癮。三個人都覺得未能盡興。

第二天酒醒之後，年青的何正臣說：

「李大人！承你家宴款待，盛情十分。但家裡總有妻妾礙手礙眼，哪有街肆酒樓歌伎陪醉的野趣啊？哈哈！」

舒亶是三個奸人黨群中的老二，他說，

「何老弟是耐不住寂寞了，哈哈！好辦，改天我作東，到御街邊醉仙樓吃晚宴，三個人有六個陪酒女總夠了吧。一半唱，一半喝，喝完唱完隨你去怎麼樂！哈哈哈哈！」

李定說：「樂是樂，說歸說，正事還不能耽誤了。這幾天趕緊把蘇軾的個人罪行分門別類整理出來，再把追查清剿他同黨的步驟擬訂一下。等把這些都準備好了，我趁進宮面聖的時機察顏觀色，等得皇上眞正爲『皇權強化』高興萬分之時，我再把這『癰疽大患』蘇軾反詩案端上去，使皇上大吃一驚，也就不難御批我等追剿他的餘黨了。二位說是不是啊？」

何正臣說：「李大人決策高超！你對待蘇軾採用『焦渴致命』的策略，就遠比我對他『棍棒交加』強多矣。」

兩天以後下午酉牌時分，在御街旁曲院街那個醉仙樓裡，就是當年章惇奉了王安石之命，爲邀約蘇軾參與變法而宴請蘇軾的那個醉仙樓，舒亶此次宴請李定、何正臣二位同黨，共慶三人聯手制伏蘇軾成功。

舒亶遵守承諾，請了六個絕色女子陪酒，三個唱，三個喝，輪流著來，直把三個讒人奸官灌得朦朧醉眼，不辨是非，問啥說啥，無所保留。

六個女子中最年輕漂亮的是花小蕊。

李定是三人中的「老大」，當然什麼都得讓他先挑。他醉眼惺忪，摟抱著花小蕊說：

「瞧你這臉，眞正的面如滿月。看你這嘴，實在的蜜如櫻桃。比我家兩個妻妾都強到天上去了。哈哈！來來來，再餵我一口酒，兩片肉，我才有勁頭採你這小花蕊啊？哈哈哈哈！」

花小蕊說：「李大人！這酒啊，肉啊，花蕊啊，能少得了你大人的嗎？」隨即用自己的嘴滿含一口甜酒，口對口灌給李定喝下去，然後問道：「李大人！你要的我都給你，你的事就不能告訴我一丁點嗎？我們是第一次聚首，我還半點不了解你呢！」

何正臣及時插嘴說：

「花蕊姑娘！算你有福氣，李大人是執掌御史台大印的御史中丞，掌握著朝廷裡裡外外上上下下數以萬計官員的生殺權柄，是當今聖上的第一紅人！」

花小蕊故作驚奇地說：

「哦？御史台？不就是烏台嗎？聽外面傳說：朝廷正在辦一個什麼『烏台詩案』，是眞是假？」

何正臣說：「眞眞眞！哪能假呢？這案子正是李大人一手經辦。主犯蘇軾已是死罪難逃！」

花小蕊撒嬌似地說：

「李大人！果眞是這樣嗎？那小女子就是三生有幸了。我再給大人餵幾口酒吧！大人給我把事情說得更細緻更實在一些……」隨即端起酒杯，含酒於口，欲灌而不灌……

李定求酒不得，連連說：

「確是如此，確是如此！本官已把主犯蘇軾的罪行搜集匯齊，並把對他四十多名餘黨搜查抄家的奏折擬好，只等找個皇上高興的機會呈上去了。」

花小蕊這才把口裡的酒餵給李定喝了，搖搖頭說：

「李大人！你這話未免太言過其實了吧？未必你這烏台詩案不只可殺一個蘇軾，還能撂倒一大批人？

都是誰呀?只怕都是些提不起的小人物吧?」

李定未及說話,何正臣倒先賣弄了:

「笑話!是些小人物?有當朝駙馬王詵,朝臣典範司馬光,工部尚書王素的兒子王鞏,詞壇新秀秦少游,應天府太守張方平,應天府簽判蘇轍,湖州通判祖無頗,齊州太守李常……你們看,哪個是小人物?李大人這一棍子打下去,叫他們全倒下了,哈哈!」

花小蕊把這些名字都牢牢記在心裡,然後朝五個姐妹使一個眼色說:

「姐妹們!三位大人有這麼大的喜事,再一小口一小口喝甜酒怎麼行?都換大杯,換白酒,喝一個盡醉方休!」

這其實是一道事先約好的行動口令,六個人於是一齊動手,兩個姑娘挾持一個男人,灌他們大碗大碗喝白酒。

不到一盞茶工夫,李定、舒亶、何正臣三人全都趴倒了,爛醉如泥,人事不省,趴在桌子上動不得身了。

於是,每兩女挾持一男,半拖半提朝外走,一路走一路輪流喊著:

「各位先生讓一讓,讓一讓……這是御史中丞李定大人,監察御史舒亶大人,監察御史里行何正臣大人,三位大人酒喝醉了,請先生們讓個道,讓個道……」

這故意反覆喊著的喝道詞令,果然達到了目的,醉仙樓內賓客同聲大嘩,紛紛議論:「爛醉如豬,眞夠丟醜！」

花小蕊等人扶著三條醉豬出得門來，街上已黑，不見人影。便有三架帶棚的花哨馬車迅速駛來，每架馬車上有兩個壯實男人跳下，各抬一條醉豬上去，六個女子也分上了三輛馬車。男人們和女人們誰也不說一句話，只是相互用眼色交流。互相一看便全然明白了用意。

六個女人分坐在三輛車裡，抿著嘴巴偷偷笑。

馬車轔轔，一路快駛，來到皇宮門外，立刻被把守宮門的禁軍攔住了，吼問：

「什麼人？不准進！」

第一輛馬車趕車人立刻回答：

「在下是御街醉仙樓酒家的夥計。車上是御史台三位大人：御史中丞李定大人，監察御史舒亶大人，監察御史里行何正臣大人；三位大人請了六個陪酒姑娘陪酒，結果三男六女全都爛醉如泥。

「本酒家老板害怕三位大人出事，特叫我們臨時到翠玉樓妓院租了三輛花車，把三位大人送來宮裡，恐怕要請御醫連夜診治，不然怕有生命危險。萬請禁軍校衛進宮通報一聲。」

禁軍不信，掀開三架花車門簾一瞧，果然是李定、舒亶、何正臣三個，醉死如豬，每人身上都趴著兩個「醉死」的女子。

三個男人已經嘔吐得渾身污穢，馬車裡酒味衝鼻，連女人身上也是髒物滿身。

禁軍捂著鼻子走離馬車，大喝一聲：「候著！」

立刻進宮去了。

大約是一碗茶久工夫，宮內當值的內侍宦官梁惟簡出來了，又親自掀門簾看過三輛馬車，捂著鼻子罵道：

「爛醉如豬，成何體統！」立即對禁軍喊道：「奉聖上口諭，咱家已驗明確係李定、舒亶、何正臣三人，著令抬進宮去交御醫診治。六個女子宮中不管，各自回去診治吧！」

禁軍上車，把六個「醉死」的女人扒開，背著三個男人進宮門去了。

三輛馬車駛離宮門，六個裝醉的女人一齊哈哈大笑。

在第一輛馬車裡，花小蕊說：

「李敬，楊雄！你兩個和小琴姐想的這個主意眞是太好了。」

原來這是蘇家老傭人們設計的一個報復行動。第一輛車上的趕車人李敬，便是從小和蘇小妹一起玩大的蘇洵的書童，後來當了蘇家的僕役領班，是他趕馬車送蘇軾上任杭州通判。第一輛馬車上另一個男子叫楊雄，他就是蘇府老管家楊威的兒子。楊威早二年病了，仍不肯離開沒有主人居住的南園蘇宅。後來蘇轍只好把南園賣了，才把楊威趕到他家裡去和老婆孩子住在一起。每天在家裡生悶氣，練自己的老武功。過著半瘋半癲的生活。

李敬、楊雄和原蘇軾家的樂伎小琴常有來往，聽了傳言，說是蘇軾被李定陷害入獄，正急著沒辦法了解實際內情，便和京城街頭各瓦肆歌伎們聯繫，密切注意李定等人在各酒樓妓院的行蹤，這些表面的正人君子常到這些地方去尋歡作樂。果然便遇到了今天醉仙樓灌醉他們的時機。

小琴已經二十五、六歲，十分成熟，變成了京城瓦肆歌舞樂棚的領袖人物。她的歌棚叫做四季歌棚，表示不分春夏秋冬全都興旺。小琴怎麼也忘不了與蘇軾暗戀私交的深情。

眼下，小琴正在歌棚裡焦急地等待李敬等人的消息。

三輛馬車載著歡歌笑語駛來，小琴起身迎接，開口就問：

「李敬！事情辦得怎樣？」

李敬說：「沒有半點差錯，三頭豬再做不出人樣子來了。哈哈哈哈！」學著李定三人的醜相，引得大家全都大笑不止。

小琴說：「現在還不是笑的時候。小蕊你快說說打聽的情況怎麼樣了？」

花小蕊說：「李定眞的狠毒，他已經逼蘇大人寫了供詞，承認《錢塘集》是『謗世』之作。李定不僅要致蘇大人於死命，還準備藉這個機會打倒四十幾個忠臣，內中有駙馬王詵，老臣司馬光，蘇大人弟弟蘇轍，蘇小姐丈夫秦少游……」

小琴說：「這事情太嚴重了。小蕊你問清了沒有：李定到底把坑害一大批忠臣的奏折送到皇上那裡去了沒有啊！」

花小蕊說：「問清了，還沒有。李定說，奏折都已寫好，要趁一個皇上高興的機會送上去，就保證能御批下來。」

小琴說：「這就好。我們要抓緊叫京城內全部歌舞棚都唱起來，主要唱今天晚上的醜事，不怕唱得聲音大，不怕唱的人多；等一下李敬、小蕊你兩個去找我們的編歌先生，把今晚上的事情從頭到尾講清楚，叫編歌先生至少編出十個小歌段來，我負責送到各個歌棚去。」布置完後，小琴突然又問：「小蕊！你打聽清楚了沒有：李定誣衊蘇大人的哪些詩詞是『反詩』？」

花小蕊說：「哎呀，小琴姐！這件事我沒打聽出來。那三個傢伙都半醉不醒，已經在我們身上亂摸亂捏。我心一慌，就使眼色要姐妹們把三個傢伙灌醉了。」

小琴沉思地說：

「這就有一點麻煩。我原想要各歌棚大唱蘇大人詩歌，可分不清哪些被定為『反詩』；只怕唱錯了，反而惹朝廷發怒了，那樣對蘇大人不利啊！」

楊雄說：「小琴姐！我看不一定。你們都知道我爹是練武的人，他就常說：『歪打正著，這句話其實有武功道理，打在人家意想不到的地方，就叫做歪打；他剛朝那個認為不會挨打的地方躲去，碰巧就挨打了，這就叫正著：上下連起來，便是歪打正著。

「小蕊沒能弄清李定誣衊蘇大人哪些詩是『反詩』，你們就乾脆把《錢塘集》從頭唱到尾，唱他一個三百六十遍！還特地到皇宮外邊高坡上去唱，讓皇上也聽得見，帶動京都全城都唱，皇上又不能捂著耳朵過日子，也不能把歌女都捉去。聽得多了，皇上或許會想：蘇軾的詩老百姓都喜歡，這個人怎麼殺得？說不定這就正好把蘇大人救下了。」

小琴笑笑說：「楊雄這說法也許對，也許不對。如今也只好照他這說法，把蘇大人《錢塘集》通本唱下去了……」

李定、舒亶、何正臣被抬進御醫房，幾個老御醫爭先恐後咒罵。

「酒歸人吃，糟歸豬吃。醉如死豬，不知羞恥！」

「個個醉成豬樣，怎當朝廷御史？」

內宮侍宦傳下了皇上的口諭，不給這三個人治是不行。但御醫們都厭惡已極，診治慢慢騰騰，巴不得三個人多受一點苦。治起來更是手狠，給他們三個服用了上嘔下洩的藥物，說是要換胃云云，實際是要他們出盡醜相，受夠活罪。

御醫們早都睡去，只要幾個禁衛軍勇招呼，說：「反正死不了，叫他們多受點罪吧！看他們下回是不是還這樣喝！」折騰了一個晚上又一個清晨……

皇帝趙頊聽了侍宦梁惟簡的報告，氣得火冒三丈，脫口大罵：

「三個是人又不是豬，真是丟盡了朝廷的臉！」

清早，趙頊醒來頭句話就問：

「李定他們三個人酒醒了沒有？」

梁惟簡跪奏：

「尚未醒酒。」

趙頊又倒下床去：

「今早免朝！他三人何時醒來何時奏朕。不准他們離開！」

直到巳時，李定三個醒了酒，一看是御醫房，個個羞愧想走，也記起了昨晚醉酒的醜事，巴不得早早離開。

梁惟簡擋在門口：

「皇上口諭：三人不得離開！」

李定、舒亶、何正臣三人撲通跪下說：

「梁公公！請代臣向皇上謝罪，臣等知罪了。」

梁惟簡也不叫他們起來，說：

「奉皇上口諭，三人酒醒後要我去奏報，三人聽候發落！」

三個人嚇得跪著不敢起來了。

梁惟簡走到趙頊寢宮外，跪奏說：

「啓稟皇上！李定、舒亶、何正臣三人雖已酒醒，但個個嘔吐，渾身污穢，狼狽不堪……」梁惟簡在心裡厭惡這些奸佞酒鬼，不免對他們惡意地諷刺一番，最後才說：

「三人正跪在御醫房等候聖裁發落。」

趙頊在床上抽身而起，怒不可遏，嚴厲頒旨：「今日午朝！令李、舒、何三人上殿，不得換裝，保持原樣……」

午朝殿上，趙頊身著皇冠冕服，滿臉嚴肅，一絲不苟。

滿朝文武，誰敢有半點懈怠。

李定、舒亶、何正臣三人，身著嘔物污穢的衣服，跪在殿前不住地發抖。

趙頊對梁惟簡說：

「梁卿！你把昨晚所見李定、舒亶、何正臣三人的醜惡行徑當殿說來。」

梁惟簡說：「臣領旨敘述。昨晚戌牌時分，宮門禁衛來報：三輛妓院花車，載著李定、舒亶、何正臣停在宮門之外，係三人在御街醉仙樓喝酒，買下六女作陪。結果，三男六女，全都爛醉如豬。酒家怕朝臣出事，特送回朝交御醫房醫治。咱家未敢擅專，立即奏稟聖上。

「聖上口諭，命咱家去宮門外察看，如係屬實，抬三人進御醫房治療。咱家奉旨去宮外看來，李、舒、何三人均已醉死，各坐一車，身上各伏有二個煙花女子，亦已醉得人事不知。咱家照聖上旨意，命禁衛將李、舒、何三人抬進御醫房治療。

「幾個老御醫忙了一晚半晝，至今天巳時，李、舒、何三人始醒。聖上命他三人原裝上殿，不得換衣，故三人如此狼狽。咱家向諸臣敘說完畢，謹此復旨！」

滿朝文武，無不作睥睨之狀。

趙頊問：「李、舒、何三人有何話說？」

三人回答：「臣等知罪，下不為例。願以查處蘇軾詩案戴罪立功！」

趙頊發怒了：

「住口！身為朝廷重臣，豈可如此越軌？妄談戴罪立功？拖下去給朕各責四十板！」

李定、舒亶、何正臣三人被拖入側廊責打。不時傳來三人「唉喲唉喲」的哼聲。

朝臣們竊竊訕笑。

忽然，宮牆外高坡上傳來強勁的歌聲：

御街醉仙樓，
非仙望酒愁。
凡人但喝醉，
飄飄欲仙遊。
昨晚來三客，
御史正風流。
三人買六女，
比酒賽觥籌。
焉知不爭氣，

九人倒地頭。
酒家怕出事，
送客不敢留。
車至宮廷外，
侍宦仔細瞅。
三男果御史，
罵其如豬狗。
抬其宮內治，
御醫是高手。
可憐陪酒女，
棄之在街頭。

趙頊聽到這歌聲，氣得咬牙切齒：「李定、舒亶、何正臣！你三人把朕的臉都給丟盡了！」
宮牆外歌聲又起，這次不是上邊那樣的五言古詩，而是詞牌《西江月》：

御街醉仙樓上，
海量各自吹噓，

突見三人醉如豬，
都道本朝御史。

御史朝廷重臣，
酒應適可而止，
似此豬般人不齒，
怎把朝政輔助！

趙項火氣更大，吼了起來：「李定、舒亶、何正臣，三人均停止視事一個月！」
話還未了，牆外歌聲又唱。這次又換成了七言律詩：

皇朝京城本特殊，
今古奇觀別處無。
三名豪客比海量，
進門御史出門豬。
不信請到御街上，
醉仙樓上正歌呼。

御史成了下酒菜，
邊談邊飲笑滿樓。

趙頊拍案而起：「李定、舒亶、何正臣三人，追加停止視事一個月，共停兩個月，閉門思過，退朝！」

四季歌棚成了京城聲援救助蘇軾的秘密指揮部，小琴、李敬、楊雄等每日在這裡聚會商談。他們不僅把編歌先生編的《西江月》、《醉仙樓》、《三醉豬》等詩詞送到各個歌棚去演唱，還把這些歌詞雕成刻版，印成貼紙，在大街小巷到處張貼。

與此同時，他們還派人透過各個不同渠道了解朝廷內部對這件事的反應，又及時編出新歌傳唱和張貼。

趙頊杖責李定、舒亶、何正臣的第二天，街上的傳唱和貼紙便有了新的內容：

西江月・斬醉豬

皇上天縱英明，
不容下流朝臣，

三條醉豬職被停，
兩月不輔朝政。
善惡忠奸有別，
四十大板太輕，
皇上當更發雷霆，
朝中奸臣斬盡。

京城裡陡然熱鬧起來，妓院，酒樓，雜耍場，瓦肆歌棚……這些大宋京都的晴雨表，一下子有了談不完的新聞趣事，三醉豬在談論中被想像發揮，添油加醋，各酒樓妓院生意特別興隆起來。

四季歌棚又率先將蘇軾的《錢塘集》掛牌「整本演唱」，那美麗的西湖景色，那人間的世態炎涼……吸引了成倍增長的聽眾。

年輕的楊雄好不得意地說：

「小琴姐！一座京城都叫你炒熱了，燒開了，只差沒爆炸。你瞧京城這個熱鬧勁頭，我看你這一手准把蘇大人給救活了。」

小琴說：「楊雄蠢寶！幾首歌就把朝裡的事情唱得轉來，那像蘇大人這樣的忠臣好官就不會被貶離京了，更不會蒙冤下獄了。」

「我們這個辦法，頂多拖延一下李定呈報陷害蘇大人奏章的時間，達不到最後解救蘇大人的目的。這一來還延長了蘇大人在牢裡受苦的時間，要快些想出新主意才好。」

小琴沉思少頃，突然對李敬說：

「李敬！要你想辦法接近押解蘇大人來京的皇甫遵，了解有不有蘇大人親人跟隨來京的情況，你了解得怎麼樣了？」

李敬說：「了解過了，皇甫遵押解蘇大人進京時故意選在三更半夜進城，生怕有人看見。聽說是走水路來的，皇甫遵一下船便把官船打發走了，不知去了什麼地方。

「後來才聽說皇甫遵那兇神惡煞的兒子皇甫憲，不知怎麼在押解途中死了。皇甫遵怕是爲這事傷了心，一回朝就向皇上呈了奏表，請求致仕退休，他才四十多歲便回河北老家鄉下去了。他也是黑天黑地裡走的，好像再怕被人見到。

「小琴！這事我看就不要打聽了，要打聽也沒地方打聽。蘇大人家裡要是有人來了，一定會來找我們。」

小琴說：「也就只好這麼辦了。呃，李敬！你仔細想想，蘇大人要是有親人來京會是誰？」

李敬不加思索，脫口而出：

「蘇邁！只有蘇邁！他今年該二十歲了。」

小琴問：「那蘇邁來了你認識不認識？」

李敬說：「很難講，我送他到杭州時，他才是個十來歲的孩子。不過總記得一點他的影子。」

正在這時，蘇邁一衝而進，拖住李敬喊著：

「李敬叔，李敬叔！我可找到你們了。哇哇……」忍不住哭了起來；忽又轉向小琴說：「小琴姑姑，小琴姑姑！沒你這些貼紙，我眞還找不到你們呢！」隨手掏出許多貼紙來。

李敬、小琴也驚喜得熱淚漣漣，爭著說：

「蘇邁！都長這麼高了？是還有一點小時候的模樣呢……找著了就好，別再哭，別再哭。」

被冷落一旁的楊雄一把抓住蘇邁說：

「蘇公子！我爹天天念叨你們呢！」

蘇邁不解地問：

「你爹？你爹是誰？」

李敬忙作檢討：

「都怪我忘了介紹，蘇邁！他叫楊雄，是楊威老伯的兒子。」

蘇邁轉又抱住楊雄說：

「啊！楊雄！你爹他老人家好嗎？」

楊雄說：「他呀，一年三百六十日，清靜的日子少，瘋癲的日子多。總是在家裡又哭又叫，又吵又鬧，說他這個守屋的奴才，沒等到主子回來反而把屋賣了，是他的罪過，是他的命相不好，沖剋了主人家的運道。他一天到晚吵著要替你們報仇，要把陷害你家的奸臣賊子斬盡殺絕。爲這事，他原先病懨懨的樣子反而好了，成天練他的什麼霹靂神功！」

蘇邁說：「那帶我去看看他老人家！」

李敬說：「不行不行，蘇邁，楊老伯現時是神志不清，盡說胡話，我們連你爹被抓的事都沒敢告訴他呢，怕他受不住眞急癲了。

「目前我們最要緊的事是想辦法救出你父親，還不知道我們能不能出上力。蘇邁，你爹這件事到底是怎麼發生的？」

蘇邁說：「這完全是李定那傢伙設計陷害我爹……」便把一切情由，全數說了。

大家一聽，更對李定恨之入骨。

小琴問：「蘇邁！你爹就沒說過怎樣可以救他出來麼？」

蘇邁說：「說了。爹說有四個方面的力量可以救他。一是後宮太皇太后和皇太后；二是現任丞相吳充公和前丞相王安石公；三是京城老百姓；四是他過去當過官的杭州、密州、徐州。爹說，這四方的人都出來為爹說話，他就有救了。

「現在，京城百姓這方面不用擔心，有你們這些歌聲貼紙就夠了。

「其他那些地方，只要有門道去活動，要盤纏，要打通關節，我們還有些錢。賣掉四川老家祖業，賣掉京城南園蘇宅，還存有銀子好幾千兩。就是我找不到門道啊！」

李敬和小琴幾乎是爭著說：

「門道我們大家來找。沒路的地方也能走出路來，蘇大人告訴了這四個奔頭方向就好辦了……」

62 西湖道場消災解厄 禿山滾木殺滅靈蛇

在杭州西湖蕉荷村那塊廣袤的地坪裡，多年前曾搭台慶祝修浚西湖之成功；現在用木材和茅草搭建了一座很大的道場。道場橫九丈，豎九丈，得九九八十一方丈之數。所用木材全是清一色的杉木，無論是立柱、椽檁、板壁、門窗，全都是杉樹。這是取其精純筆直之意義。

所蓋的全是密實的茅草。這是依照《太平經》記載的傳統方法所實施：「凡精思之道，成於幽室……當養置茅屋中，使其齋戒……還歸精舍靖處，思之，念之。」

道場間架結構爲六牆五間。正中一間既高且大，屋頂正中豎行大書「天尊閣」三字，是用紅漆寫在漆成黃色底子的杉木板上，四圍漆以藍色框邊，十分醒目。這居中一間即是用來做道場的處所。兩旁各二間爲供道人歇息和放置道場法器的地方。

大門上方，書寫著「蘇軾解厄黃篆道場」八個大字。

道場座南朝北，這是蘇軾被押去了位居北方的汴京城的緣故。按通常規矩，這道場必須座北朝南。

在居中那間又高又大的「天尊閣」屋內正中，設了一個香案，擺放著一摞蘇軾的詩文，其中手寫的多爲殘篇隻字，只有一本《錢塘集》是正式刻印的版本。

這些東西的最上方，是蘇軾過去親筆題寫的名字：蘇軾子瞻。

兩旁是蘇軾的生辰：景祐三年十二月十九日午時（此爲當時的陰歷年月，按此推算爲公元一〇三七年一月八日）。這份生辰還寫了干支：辛亥（年）辛丑（月）庚辰（日）壬午（時）。

這份生辰八字爲主持道場的可久法師所寫，可久即是海寧縣鹽官鎭安濟寺的住持。因誤信柳暮春、錢伯溫請人仿蘇軾字體所寫《看潮五絕》爲蘇軾眞跡，勒立了詩碑……他認爲蘇軾厄運因這詩碑而起。因此，他非親自來主持道場爲蘇軾解厄不可。

可久本是僧人，而道場需由道人舉辦。佛、道兩家有許多相通之處，當時的許多高人實際上兼通佛、道兩行。可久法師便也是兼通佛、道的高手。此次黃籙道場他便完全按道教禮儀辦理。他本人亦著道袍而非袈裟。

可久並不眞知道蘇軾生於午時。他與蘇軾交厚，知道蘇軾出生年、月、日，並沒問及時辰。這與那時還只以年、月、日推算壽夭窮通有關係，當時所謂「算八字」還是「算六字」，即以年、月、日的干支六個字來算吉凶禍福，不講時辰。

早四年，可久與當代易學大師邵雍（字康節）同遊西岳華山，會見了一位自稱「子平」的異人老者。這老者問邵雍：「知道你的出生年、月、日、時否？報來老朽爲你測算壽年。」

邵雍說：「知道是知道，不是說推算壽年貧富只需年、月、日，而不需時辰嗎？」

異人老者說：「誤也，阻也，此乃過往算命術數未能普及天下之根源也。老朽子平正是要來作此矯正與疏通之實事。故自號『子平正疏通』也。邵先生盡可報來，老朽爲你測算。你可用《易經》術數推之相較，看相法可多。」

邵雍報了自己的年、月、日、時，異人老者用左手拇指在其餘四指中循環往復，算過之後說：「邵先生壽年僅剩二年矣！」

邵雍一驚：「哦？子平先生此算之結果，與鄙人易占之結果完全相同。我就再好好遊山玩水兩年吧。」

隨行的可久說：

「未知子平先生此術可否傳人？」

異人老者子平說：

「能得可久法師推廣，乃子平術之榮耀也！」於是異人將「子千術正疏通」盡數告知了可久。

可久當時又問：

「倘算命者並不確知自己之出生時辰，又作何辦理？」

子平說：「男子要午離午，女子要子離子。這是說：男子最好午時生，最差子時生；女子則恰好相反。據此推之，男子用『午』時算出最好之結局，用『子』時算出最差之結局，取其二者之中間結果，相去不遠矣。女子反之亦然。」

此次可久爲蘇軾做解厄道場，當然以最好的「午」時當作蘇軾之生時了。

邵雍果於二年前六十七歲時逝世，證明「易經術」與「子平術」都正確。可久當更篤信無疑。

香案桌上除蘇軾名字和生辰八字之外，便全是只有道人們自己認識的符、咒、篆了。

「符」是各種圖形，取自於天上雲彩變幻。

「咒」是天神語言，取自於雷電聲響變幻。

「篆」是寶冊，記錄有關天官功曹、十方神聖名屬的冊文。

以上這些「符」、「咒」、「篆」全用朱紅寫在或畫在黃紙上，故稱「黃篆道場」。

這一天道場開場，聞訊趕來的民眾數以萬計。

可久選在這特大的地坪裡做道場，也便考慮到了人會特別多這個因素。

可久親自請來的七七四十九名道士，分執鐘、磬、鈸、鈒等演奏一番之後，可久便逐一念誦章奏符篆名稱——

「開通道路章！」

「煉度沐浴章！」

「啓告玄穹解穢章！」

「元始符命救苦眞符！」

「元始符命長生靈符！」

「玉清寶篆破地獄眞篆！」

「玉清寶篆救苦難眞篆！」

……

最後是：「啓告齋醮宗旨章——」

維年月日。大宋朝廷命官蘇軾子瞻，受奸人讒言陷害，以詩文蒙冤入獄。

道徒可久等眾人，受杭州黎庶之托，乞祈天庭官曹、地府獄值、過往神聖、十方真人，共為蘇軾消災解厄。

天眼高張，指罰奸佞；地門緊鎖，不納軾魂；十方神聖，抑惡揚善；萬保蘇軾子瞻無恙平安。俾其更竭心力，勤政愛民，創立勳業，再度餘年……

可久讀得莊嚴肅穆，沉沉穩穩，聲音不算很高，卻似乎相鄰兩人之間連續傳遞開去，使在場萬人全都聽見了，並和這祝禱文字之內容全都連通一氣了。

讀完之後，可久將以上所有的「符」「咒」「篆」疊放在一起，將最後所讀之《啓告齋醮宗旨章》放在最上邊，燒焚以後，灰燼便放進盛著燃香的大爐磬裡。

可久指揮道人再擊幾道法器之後，便領著七七四十九名道人圍著九九八十一平方丈的大道場轉了七圈，隨後對大家說：「今天為了讓大家方便觀瞻，我們在道場周圍轉。

「以後，每天由七名道徒輪值，在天尊閣內圍著香案轉，早、中、晚各轉七圈。七人一組輪滿七天之後，下一組七人再輪七天，如此循環往復，這道場要一直做下去；而不是通常做道場那樣的七七四十九天結束。

「蘇子瞻此次災厄，本是天意安排。貧道其實早已推算而知，但天意不可違拗，必須順其自然。然蘇軾子瞻最後必將平安脫險，時間將在一百天以上。

「各位鄉親父老為解救蘇子瞻災厄義厚情深，以後只需在家裡不時念誦祝禱即可，禱文只有六個字：

「蘇、軾、子、瞻、平、安！」

萬眾散盡之後，黃東順、任海春把可久法師叫到了一間小房子裡。

早等在裡邊的黃東順姐姐黃翠芝撲通跪下說：

「大法師幫小女子出一口氣吧！我就是那個吳中田婦黃翠芝，我害得蘇大人因寫一首《吳中田婦嘆》進了大獄。蘇大人一抓走，我也失了魂，耳朵裡時時聽著一句話：『黃翠芝你害了蘇大人，你有罪！』弄得我吃不好，睡不好，受活罪啊！

「我弟弟東順告訴我，真正的害人精是柳暮春、錢伯溫和柳謀順。大法師幫我除了三個害人精吧！哇哇哇！」哭泣不止。

可久說：「你如此有把握，我一個人除得了他們三個人？」

黃翠芝說：「大法師有大本事。安濟寺那塊大石碑，法師一聽說是冒牌貨，一腳就踢碎了！」

可久說：「上天有好生之德，老朽以慈悲爲懷，要我動手萬萬不可。」

黃東順說：「大法師！三個奸賊殘害忠良爲惡，蘇軾大人愛民如子是善，大法師今天宣揚法旨，其實就是『抑惡揚善』四個字。大法師爲何光說不實行？」

可久說：「天網恢恢，疏而不漏。三個奸賊絕逃不脫死路一條！」

任海春笑起來：

「大法師是答應動手了？」

可久說：「我不動手。」

任海春說：「法師不動手，誰奈何得錢伯溫？他一根靈蛇煙桿，只怕百把人攏不得身！」

可久說：「百把人攏不得身，幾百人怎麼樣？幾千人又怎麼樣？今天來的是多少人？」

黃東順說，「我明白了，大法師要我們利用大家的合力來除奸。可是不行啊！他們三個人比狐狸還狡猾，柳暮春、錢伯溫連門都不出了！」

可久問：「那麼柳謀順呢？他那個花花公子，能躲在老鼠洞裡不出來麼？」

任海春說：「我們早打聽過了，柳謀順如今躲到京城什麼地方去了。連老婆也帶了去，影子都找不到。」

可久說：「你們想一想，能使柳謀順動心的是什麼？」

任海春說：「女人和錢！女人在京城裡有的是，他老婆也管他不著……他也不缺錢！」

可久說：「他會嫌錢太多麼？他岳丈錢伯溫不是沒有兒子，只有他老婆錢秀果這一個女兒麼？他也是柳暮春的獨生兒子，是不是兩個家裡一根獨苗啊？」

黃東順笑了：

「啊哈！懂了，大法師提醒的好：兩根金線釣蛤蟆。只要想辦法叫柳謀順吞下釣餌就是了。」

可久說：「且以其人之道，還治其人之身。多想想陷害蘇子瞻那塊詩碑是怎麼立起來的吧！告訴你們：柳謀順在汴梁住在『京城杭州綢緞莊』……」可久說完再不回頭，走出去了。

柳謀順把老婆錢秀果帶到京城來有自己的目的。岳丈錢伯溫有億萬家財，但是沒有兒子，錢秀果是獨生女兒。只等錢伯溫一過世，億萬家財自然歸了女兒，自然也就到了女婿柳謀順手裡。

但是，錢秀果並無姿色，卻是一個心地狠毒的女人。如果把她留在家裡，她會慫恿父親帶一個兒子繼承家財，她再和父親帶的兒子勾勾搭搭，那家產便沒有柳謀順的份了。所以，柳謀順此次用盡計謀，把錢秀果帶到京城來了。

汴梁「京城杭州綢緞莊」是柳謀順的一個分店。錢秀果來了以後才知道自己上當了：名為「京城杭州綢緞莊」老板娘，實際上是被軟禁在這裡。

身居豪華的小公館，錢秀果卻只能以淚水洗面，她暗暗在心裡罵柳謀順：「好你個小流子！你只小心些，看我不給你戴上綠帽子再收拾你！」他原本喜歡私下裡叫柳謀順為「小柳子」，如今一結仇，「小柳子」變成了「小流子」。

柳謀順雇了兩個打手看守錢秀果，一個叫牛滿田，一個叫苟莊清，兩個人都是高壯粗蠻，醜得不像個人樣。

牛滿田是個缺口嘴，也叫「豁口」，就是個兔子嘴巴，上唇成「凹狀」。眼上是倒豎的劍眉，一副蠻相嚇得人死。人家叫他「牛滿……牛滿……」起初是去掉了後邊的「田」字，慢慢演變成「牛蠻」，倒也和他的像貌性格相吻合。

苟莊清是個大胖子，眼睛壯得只留下兩個小洞洞，鼻子壯得像一個特大的大蒜頭，嘴巴壯得像一條大毛蟲轉成了一個圈。他「苟莊……」的名字慢慢演變成了「狗壯」。

把錢秀果交給這樣兩個打手看管，柳謀順十分放心；未必錢秀果會看上這兩個醜八怪？

這天傍晚，輪著牛蠻當值守人。忽見錢秀果打扮得十分嬌艷，卻是在叩頭對天，哭泣不止。再一看，她右手裡正拿著一把新剪刀，慢慢地舉起，舉起……哎呀！這不是要刺喉自殺麼？

牛蠻高喊著猛衝過去：

「老板娘！老板娘！使不得！使不得！」一把抓住錢秀果的右手，硬生生地把剪刀奪下來了，一邊訴說：「老板娘你這一死，柳老板能饒得過我嗎？老板娘你吃有山珍海味，穿有綾羅綢緞，用有金銀寶山，還有甚麼事想不開要尋死？」

錢秀果仍自哭哭啼啼：

「嗚嗚，嗚嗚，連這個都不懂，你還是個男人嗎？」

牛鑾說：「我那玩意又沒閹了，怎麼不是個男人？我在妓院裡一晚幹得三個婊子！」

錢秀果說：「你你，你知道一個晚上要三個女人。一個女人好久好久沒有男人呢？寧死也不願守活寡！嗚嗚……」

牛鑾笑了：「哈哈！原來老板娘是爲這個事。那我行不行？」

錢秀果說：「你？你要是在柳老板那裡頂不住，把我供出來，我不更受罪？」

牛鑾說：「哪能呢？我樣子長得醜，人並不蠢。只要老板娘願意……」趁機一把抱住了錢秀果：「三個女人都不要，我每晚只要你一個人……」

錢秀果豈有不樂意？這正是她實施一個惡毒計謀的開始。

從此這一對狗男女如膠似漆。

很快，牛鑾成了錢秀果的「心上人」；錢秀果透過牛鑾的途徑，給父親錢伯溫寫信了。

爹爹！

你老人家想像不出，女兒在京城受了多大的罪。柳謀順把我軟禁起來，他白天黑夜到外邊尋花問柳。他的本意是想謀奪我們的家財，根本不是想著我。

爹！怪我以前糊塗，不讓你帶一個兒子來繼承家產；我原想我繼承家產之後，柳謀順會對我言聽計從。現在我才知道，我那只是幻想，如今我願意改過。

爹！我已在京城找了一個如意郎君，名叫牛滿田。只要爹你想辦法不聲不響除掉柳謀順，我就可以帶這個如意郎君回家入贅，繼承我家的億萬家產了。如若不然，我家的億萬家產落到柳謀順手裡，女兒就是死路一條，還會死不瞑目……

錢秀果心裡明白：不把牛鑾說做「如意郎君」，這封信根本送不出去；而現在就和牛鑾私奔回家，又必然逃不出柳謀順的手掌；憑著父親出神入化的「靈蛇吐信」，柳謀順必將頃刻身亡。到了那時，哼……

一個月以後，錢秀果接到了父親派專人送來的密信——

秀果愛女：

來信收悉，內情盡知。想不到柳謀順對女兒如此薄情，他這也是對我的侮辱，我豈能容他。

現在，我設想了一條除掉柳謀順的計策：我後邊另外修書一封給你，是說我已經病危，要是隔兩個月見不到你，就準備在家鄉帶一個兒子繼承香火，當然也是繼承我的家業。你把那封信交給柳謀順看，他既是想得到我家財產，就會說陪你一塊回杭州來見我。

到那時，你就要你的如意郎君一起回來。你臨動身時派人送一封快信給我，報告你們動身的日期。我就會派人扮成綠林強盜，在離杭州二十里路那個青杠寨附近，神不知鬼不覺殺了柳謀順，把你「搶」回家，你的如意郎君就可入贅了。

這個計策天衣無縫，憑爹的功夫要除掉柳謀順如同彈一個指頭那麼容易……此信你看過之後立即燒掉。

底下是引誘柳謀順上鉤的信函。

錢秀果自然把這封信給牛鑾看了，以便使他爲自己賣命更死心塌地。然後，兩人又一同看錢伯溫來的第二封信——

秀果愛女如面：

爹已病入膏肓，難過今年年底，盼你和夫君速歸。如你二人兩個月內不回杭州見爹一面，爹只好臨終前在家鄉帶一個兒子，以繼承我錢家香火祖業。你和夫君商定在京城啓程日期後，應先派一快馬前來報信，以免爹懸念。你等則乘馬車隨後跟進即可。

切切此情。賢婿處不另紙。

父　諭

錢秀果對牛鑾撒嬌說：「牛郎！你看我爹計謀有多周密。這下你放心了吧？」

牛鑾喜不自勝：

「不許你說『我爹』要說『我們爹』，我也有一份……」

二人燒了第一封信，又纏綿得難捨難分。

牛鑾及時把柳謀順叫到綢緞莊櫃台上來了。錢秀果拿著信怒氣衝衝往柳謀順面前一丟。

柳謀順沒好氣地說：

「你的事急不急呢？我生意忙得很。」

錢秀果說：「那是我爹的來信，你自己看急不急吧！」

柳謀順一看信，猛地站起來：

「牛鑾！送信人在哪裡？我要親自見他。」

牛鑾說，「回大老板話：我怕送信人有詐，已經把他關在後邊屋裡了。」

柳謀順說：「牛鑾作得好，我要親自審問他。」

送信的是個青年，一見到柳謀順倒先問了：

「柳姑爺！我替老爺給姑姑送信來，本是一番好意，爲何把我關起來？未必老爺臨死前想見一下女兒都犯了法？」

年　月　日

柳謀順問：「你叫什麼名字？」

「我叫錢長遠，管錢老爺叫公公，是隔得遠些的本族晚輩。」

柳謀順說：「我怎麼在錢府從沒見過你？」

錢長遠說：「我沒在錢府當差，是錢老爺病狠了，臨時找我送信來。」

柳謀順說：「錢府那麼多門丁家卒，怎麼不叫他們來，反叫你外邊人送信？」

錢長遠說：「姑爺你是不知道啊，杭州城裡現在像是滾水開了鍋。自從蘇軾被抓以後，杭州去好多百姓到湖州爲蘇軾送行；一回杭州就爲蘇軾做解厄生辰道場，頭天有一萬多人參加。後來每天也總有一、二千人去看。

「錢老爺怕這些刁民趁機鬧事，每天叫家卒兵丁練槍練棍，防守家門。錢老爺一病，武功就沒有了，守門全靠家丁。就派人到族間尋訪會騎馬的人。我是個獵戶，會騎馬，才被選上了來送信。」

柳謀順仍有疑慮，又問：

「你家住哪裡？」

錢長遠說：「我住白果灘。姑爺不信請問姑姑。姑姑！我是白果灘『長』字輩，你想想看我是不是叫老爺爲『公公』？」

錢秀果對這些事本不甚了解，但爲了實行爹爹已定好的計謀，樂得作證：

「正是正是，『長』字輩是我爹的侄兒輩，自然管我爹叫公公。白果灘那一支錢家人口最發達。」

柳謀順當機立斷：

「那我們明天回杭州，秀果你快給岳父大人寫信，還叫長遠騎馬先走，早點告訴岳父大人使他放心。我們隨後坐馬車去。」

錢秀果自然很快就把錢長遠打發走了。

柳謀順把牛鑾、苟壯叫到內房裡悄悄布置說：

「你兩個騎馬，悄悄跟在我和夫人的馬車後邊，負責一路上的保鏢看護。到時我另有重賞。」

牛鑾正求之不得呢，忙忙應諾。心裡說：

「你不叫我去我也會跟著去呢！到時候你見閻王去吧，我才是錢家的入贅上門女婿呢！」

一路上錢秀果不多說話，裝做爲垂危的父親焦急萬分的樣子。實際上她知道父親健壯如初，哪有半點病痛，不過是自己寫信請父親想出的除掉柳謀順的計策而已。她一心只想早一天到達父親信中所說的那個青杠寨。其實她一點也不知道這個「青杠寨」是在什麼地方。

這一天，太陽還老高的時候，錢秀果、柳謀順坐的馬車，和牛鑾、苟壯兩人騎的兩匹馬，先後進入一個狹長的谷地。忽然前後左右衝出來一百多個蒙面「強盜」，人多勢眾，全都有棍棒刀槍，三下五除二，一下子便把四個人全抓住了。

「強盜」頭子打發趕馬車的說：

「你快逃回京城去吧！我們只是窮得沒法活了，攔路搶幾個錢，不要人的命！你小心不要對外人亂說。」

趕車人嚇掉了魂，趕著馬車往回飛跑而去。

錢秀果四處張望，不見父親的身影，忙問強盜們：

「這裡是青杠寨嗎？」

「強盜」頭子說：「錢小姐！這裡離青杠寨還遠呢！小姐相公你們受騙了，錢伯溫他根本沒有病，更沒有帶兒子繼承香火祖業的事情。這不過是我們衣食無著，想個法子向二位借點銀子而已。數量不多，二十萬兩，錢小姐和柳公子兩人各十萬兩。

「但是，此錢要二位的父親大人帶了銀票來換人，派別人來送錢我們也不要，小心你們兩人的命好了。

「交錢換人的地點：青杠寨。時間：正是今晚。今天是十六日，滿月到天光，好辦事。你二人快快給各自父親寫信吧。我念，你們寫，若要擅改，當心狗頭！」

錢秀果、柳謀順哪敢抗拒，兩封信很快就寫好了——

父親大人見字如面：

不孝兒（女）被人設計，一起抓到了青杠寨，請大人速帶十萬兩（二人共二十萬兩）銀票來贖人。派別人來不行，非大人親來不可。報官不行，大人若報了官，兒（女）立時斃命。

不孝兒　**謀順**　親筆

不孝女　秀果　親筆

柳暮春接到這信，立刻就嚇昏了，要馬上報官。

夫人哭哭啼啼地說：

「嗚哇哇哇，你不要兒子的命了？你不要我還要，我就這一個兒子啊！」

柳暮春說：「我們家哪裡一下子拿得出十萬兩銀票？謀順他有錢也不在家，都在生意上！」

夫人說：「你不會去找親家翁先借著？等放了謀順回來再還他。」

夫人立即叫僕人泡了人參湯給柳暮春喝。柳暮春終於有了精神，坐馬車到了錢伯溫家裡。進屋一看，親家錢伯溫正把靈蛇煙桿耍得密不透風，馬上膽壯了不少。憑他出神入化的武功，說不定一兩銀子都不要就救出兒子來了。

錢伯溫練功終於收了式。

柳暮春揚著兒子的信湊上去說：

「親家翁！你收到了沒有？」

錢伯溫說：「收到了。」

「怎麼辦？」

「我撕了。」

「兒子、女兒不要了？」

「怎麼不要？」

「我拿不出十萬兩，先借親家翁的行不行？」

「我家裡有千百萬兩銀子，就是一兩也不給強盜！」

「是不是馬上報官？」

「多少官兵能抵得上我的『靈蛇出洞』？」

「親家翁是要去救他們回來？」

「你說我救他們不了？」

「當然救得了，當然救得了！」

錢伯溫已穿好衣服，把靈蛇煙桿繫在了腰間，說：

「那我們走吧！」

柳暮春嚇得一退：

「我我，我去反而礙了你的手腳。」

錢伯溫說：「你不見信上說了嗎，我們不是兩人親自去，他們就會殺人。你不想要兒子了？我們身上帶銀票沒帶銀票他們不知道，你少去一個人他們可是一跟就瞧見了。」

柳暮春說：「那那，那多少帶幾個人去吧？」

錢伯溫說：「帶人管屁用，百把人攏不得我的邊。『靈蛇吐信，百人喪命！』我這不是自吹，等一下你看看就知道。那青杠寨只是個普普通通高山坡，哪有什麼寨子？地名叫寨子罷了。那山上光禿禿的，一棵樹木都沒有。強盜選在那裡作案，可見愚蠢到家。光禿禿我靈蛇好舞，叫他們一個也跑不掉！……」

二人來到青杠寨，錢伯溫也一下子驚了：原本光禿禿的山頂上，果然壘起了高高大大的寨子門。在滿月清輝之下，寨子頂上燭光映天，果見女兒秀果和女婿謀順被高高地吊在兩根柱子上。

女兒在柱子上高喊：

「爹爹！爹爹快來救我！快來救我們！只要送銀票二十萬兩，他們馬上放人，馬上放人！」

錢伯溫藝高膽大，雖然吃驚了卻不慌張，蹬蹬蹬就往山上跑。

柳暮春沒有武功，哪裡跟得上，連忙喊：

「親家翁等等我，等等我！」

錢伯溫急了，不耐煩在山上等，倒退幾步，提起柳暮春，運起輕功向山上跑去。

剛到半山腰，山頂上數千人同聲吶喊：

「除奸賊！除奸賊！……」一下把山頂的寨子樓推倒下來，巨大的滾木，如排山倒海，如猛虎下山，連綿不斷，嘩嘩啦啦……

錢伯溫被柳暮春緊緊抱住，要扯煙桿扯不出，要展輕功飛不起。加上滾木互相撞擊，有的彈得老高，有的又挨地翻滾，有的又攔腰掃來……

不到半盞茶時間，柳暮春已經肝腦塗地，錢伯溫也蹦跳幾下頹然倒了，被砸得血肉模糊。

柳謀順與錢秀果早已被放下樹桿。柳謀順還沒弄清是怎麼一回事，就被幾個「強盜」抬著往山下一扔，一陣吼聲又起：

「除奸賊！除奸賊……」柳謀順眨眼成了肉泥。

錢秀果見父親已死，大哭號啕。

「強盜」頭子對她說：

「錢小姐，你沒害人，你回去掌管你錢家的億萬家財吧！」

錢秀果似乎猛然醒轉；一下子成了億萬家財的主人，「兔唇」、「豁嘴」牛蠻一定會胡攪蠻纏來霸占。於是心生一計，要趁此機會除掉牛蠻。她三幾下解開荷壯身上的繩索，鼓動他說：

「荷壯！荷壯！你快把牛蠻推下去，牛蠻壞死了，他強姦了我！你幫我推他下去，壓死了，我跟你好，我跟你好！」

荷壯豈有不想這好事的道理，二人忙把捆綁著繩索的牛蠻抬起來，往山下丟去，一下子就被滾木砸碎了。

「強盜」頭子對錢秀果說：

「錢小姐！我們本想留下你的命。你既如此狠毒，就是自尋死路了。你今天能殺死牛蠻，改天也一定能殺死荷壯。別怪我們手下無情！」手一揮，幾個蒙面人捉住了錢秀果，抬著往下一丟，轉眼成了肉餅。

山上的滾木終於全部滾下去了。

「強盜」頭子對荷壯說：「荷壯！你快去杭州府報官，就說一大批『強盜』為了給蘇軾報仇，將幾個惡賊處死了，叫他們來收屍！你現在成了唯一的見證人，你不馬上去報告，將來一有事你就說不明白了。」

荷壯嚇得渾身打顫說：

「小的，不敢。小的不敢！」

「強盜」頭子說：「快走！就這麼說。再不走把你也一起砍了！」

荷壯拔腿就跑了。他一氣跑到杭州府衙，天還沒亮。他只好等到天大亮了開了門，才進去照實說了。

衙役官兵自然也驚呆了，立刻跟著荷壯到了青杠寨。

荷壯立刻目瞪口呆：青杠寨哪有一根木頭，哪有什麼屍體……只是山坡上有磕磕碰碰的痕跡，地上血跡斑斑……

當官的一看便全然明白，卻故意裝糊塗說：

「荷壯！你怕是做惡夢了吧？今後對誰也不准再亂講，小心治你造謠惑眾的大罪！撤兵回衙！」

當然，這是黃東順、任海春等人牽頭，領著數千黎庶，按照可久法師的指引，用巧計除奸，然後又迅速消屍滅跡，給官家留下了一個「數人失蹤」的開脫藉口。

所有的「強盜」全都蒙著臉，那頭子正是黃東順。官家到哪裡去找數以千計的蒙面人。

63 蘇仙嶺下神風道骨 為夫納妾小妹歸天

李定、舒亶、何正臣都知道被陪酒女郎捉弄了，挨了四十大板苦刑，還遭受了停職兩個月的羞辱。他們沒辦法去找陪酒女尋仇，便把仇恨全集中到蘇軾身上去。尤其是李定，他決定加快報復的進程。等不到停職兩個月期限到達，他已開始自己的活動了。

久為京官，李定知道皇上最關心的是自己的皇權是否鞏固，最擔心的是皇權受到削弱的威脅。於是，李定從個人自責的角度呈上了一份採取報復措施的奏章：

臣啟陛下：

感戴天恩，杖責治罪，咎由自取。酗酒之過，殊非等閒，伏惟延誤對蘇軾亂黨之追剿，危及社稷皇權。蓋因亂黨首犯蘇軾已自招供：入仕多年，未獲重用，以此作詩賦文字譏諷，《錢塘集》乃係謗世之作。

蘇軾已招供參與其詩詞文字往復謗世之同夥有：王詵、王鞏、蘇轍、秦觀、司馬光……累計達四十多人。自蘇軾之親眷戚友，到皇族內臣，人數之眾，範圍之廣，觸目驚心。如不及早鏟盡，豈不禍及皇權安危。臣之罪責，莫過於因酗酒延誤此大政也者。

乞皇上聖明察處。附呈蘇軾供詞。

此一招果然見效，趙頊一見李定這個奏章，火冒三丈，哪裡還記得勒令李定等人停職二個月的聖旨呢，連蘇軾的供詞內容也不及細看，只看那四十多個同黨的名字便大筆一揮，批曰：

此案著御史台速辦，繳蘇軾同夥往還文字證物交有司勘查……

李定如獲至寶，立即召攏舒亶、何正臣說，再不要顧及那「停職兩月」的詔令了，馬上開始緝贓活動，獄卒步騎，全面出擊。

追繳罪證贓物的重點，便放在蘇軾的親屬及朝廷重臣之中。

已因蘇轍、蘇軾牽連被貶數次的秦觀，如今已遷居湖南郴州，編管橫州（今廣西南寧）、雷州（今廣東海康）。所謂「編管」，實爲大範圍軟禁，即只能在編管的範圍之內活動，受地方官約束，較大範圍的活動即需向當地官員報告。

秦觀一家居住在蘇仙嶺下。蘇仙嶺以蘇仙公故宅在此而得名。

《神仙傳》記載著一個傳奇故事：漢朝時候，在今湖南郴縣城東約半里處，住著一個叫蘇仙公的人，他以仁孝聞名於世，積德修行不輟。在漢高祖劉邦兒子劉恆爲文帝的時代，蘇仙公得道了，成仙之前他對母親說：

「明年天下疾役，庭中井水，簷邊桔樹，可以代養，井水一升，桔葉一枝，可療一人。」說完之後，蘇仙公騰雲駕霧而去。

第二年果有時疫流行，他母親遵照兒子的囑咐，以井水和桔樹枝葉療治病人，果然一一治愈。

很久以後，不知何處飛來一隻白鶴，停在郴州城牆上，有人想用獵槍彈射白鶴，白鶴以腳爪寫出字說：

「城廓是，人民非，三百甲子一來回；吾是蘇君，彈我何爲？」

當地人知是古之蘇仙公返回故里，指點迷津，無非是教人積德行善。馬上在蘇仙公故宅旁邊蓋了一個開利寺，禮佛參禪，廣行善事。

從此，蘇仙公故宅旁邊的山便叫做了蘇仙嶺。其實這嶺並不十分高峻，眞是「山不在高，有仙則名」。

蘇小妹自與秦觀結婚以來，沒有過多久舒心的日子。秦觀的一再被貶，除與二蘇被貶有牽連之外，主要還因爲他自己也抵牾新法，且因秉性高傲常與上司摩擦，仕途屢見坎坷，其境遇已比蘇氏兄弟更糟了。

當蘇軾還在擔任密州、徐州知府時，秦觀已被貶爲處州監酒稅的小官。

處州在今浙江南部麗水丘陵山區，晴雨變化好快。秦觀夫婦住在州府旁邊一個靠山腳的房子裡。這裡掛名是一個州府城池，實際上城裡才一、二千人口，小的可憐。

監酒稅是個小而又小的州官，就是監督催繳酒稅，一個小小州府能有多少酒稅可收，秦觀談不到有任何的名位。他的房子就更加破小不堪了。好在他家裡人丁單薄，除秦觀、蘇小妹二夫婦外，只有一個丫環小香。蘇小妹這麼些年來生過三個兒女，可是一個也沒有成器，都在幾歲時夭折了。這當然也拖垮了蘇小妹的身體，她彷彿時時都在病中。尤其喜歡咳嗽。

偏偏遇上初秋寒冷的天氣，蘇小妹在家裡坐著無聊，想用繪畫和繡花來消磨日子，突然發現絲線和顏料都沒有了，便打發丫環小香趁雨停之機上街買這兩樣東西去了。

一陣陰沉的雷聲滾過，蘇小妹禁不出脫口自語：「身上好冷。」隨即身上漸漸發抖。雨隨雷至，蘇小妹直覺得這雨水涼進了骨髓。抬頭一看，果不，屋上正漏下水滴，好幾顆眞的漏到身上來了，恰好又滴落在胸前。她連忙躲開。

奇怪，漏雨躲開了，身上的寒意卻驅趕不走。寒意不僅不散開，還在身上越聚越攏，身上的顫動也更劇烈，似乎再也止不住了。終於腳下輕飄飄，站都站不穩了，蘇小妹馬上跑進房去，一頭撲在床上，連忙睡進被窩。

剛剛來了一點熱氣，止住了全身的顫抖，蘇小妹又突然連連咳嗽起來：「咳，咳咳，咳咳咳……」好似有一口濃痰，卡在喉嚨裡就是咳吐不出。她知道有咳不能忍，有痰不能吞，於是更用大勁去咳：「咳咳咳咳！」咳出來了，猛地作嘔，強行忍著，把濃痰吐在床前，啊！怎麼痰裡帶血？

蘇小妹自己被自己嚇住了。她讀過不少醫書，幾乎全都寫著「咳血者，肺癆之兆也……」這可怎麼辦？這可怎麼辦？眼下丫環不在，還好自己剛才見雨停了，叫丫環小香去買顏料和絲線，不然叫她見了這樣吐血就太不好了。

蘇小妹一想，不好，往常這個時候少游總會回來，反正稅衙裡也沒有什麼事，不過是去應個卯而已……他這時候回來可不好，叫他看見自己咳血，該引起多大的恐慌？

蘇小妹掀開被子走下床來，差一點沒有站穩，只覺頭皮發麻、眼睛一黑，屋子轉起圈來。還好她手快，一下抓住了床沿。總算頭暈發黑只不多久，她馬上恢復了常態，趕緊到門角拿了條帚，提起撮灰屑的小木盆子，到灶屋裡裝了一點草木灰，把自己吐的一大堆帶血紅痰蓋住，又乾乾淨淨掃了出去。

在長期的貶逐生活中，蘇小妹早已由嬌小姐變成了能幹的少婦，這些家務小事也早就會作了。丫環當然也早不是在娘家時的綠萼，而是到一處地方臨時雇請。到這處州來雇請的小香，主要事情也不僅是招呼蘇小妹，而是要兼作煮飯、洗衣、掃地等家務事；或者把丫環叫做家庭女傭人更好了。

蘇小妹沒注意自己的體子已垮到了這步田地，只做一點掃地小事就累得氣喘吁吁了。好在地已掃淨，再無牽掛，她便又脫鞋上床，和衣躺下休息。

雨時大時小的下著，秦觀一頭撞了進來，邊收雨傘邊喊：「夫人！夫人！」

蘇小妹往日聽這喊聲倍感親切，夫君真是個可心人，自己生三個孩子都沒留住，他一點不怪自己，說這是命裡注定。尤其是第一個兒子，頭一兩年長得挺好，秦觀父母將小孫子看做是心肝寶貝，接到江蘇高郵老家住了一年多。後來十歲時突然得天花死了，家裡老人亂怪，其中也怪媳婦沒有帶好。

秦觀忙對父母作解釋說：

「爹，媽！孩子留不住是我秦家福氣不好，怎怪得小妹呢？她當母親的還不想把孩子帶好嗎？」這樣體貼入微的夫君到哪裡去找？蘇小妹往常一聽丈夫的叫喚就甜甜如蜜。今天卻完全不一樣了，好像自己做了什麼錯事似的。隔了好一陣，才像剛睡醒似地應了一聲：

「少游！我在這。」

秦觀循聲走到房裡，見蘇小妹和衣躺著，大驚失色：

「小妹你怎麼了？」跑攏一看，小妹兩頰緋紅，不但沒有病態，反而更顯姣美。秦觀心裡一顫，撲上去就要親吻。

不料蘇小妹頭一偏說：

「少游！碰上小香回來了多不雅？」

秦觀嗨嗨一笑說：

「不會，我剛在街上見到小香了，你不是叫她買顏料嗎？她沒帶傘，下雨回不來。小妹你今天肉色特別好，頰上白裡透紅，惹著我來親！」邊說邊又撲下嘴去。

蘇小妹一聽心裡倒更涼了：臉頰潮紅，這不正是肺痨的初期病症？那麼自己這肺痨已是鐵定無疑了！這病可是會傳染，尤其是夫妻之間口對口親嘴時候傳染更厲害……我怎麼能夠再害少游？怎能讓他也傳上這病？

蘇小妹猛地從被子裡抽出手來，一巴掌堵住秦觀的嘴說：

「少游！不要嘛，不要嘛！大白天的……」用勁把秦觀一推，她也抽身坐起，臉上紅暈馬上退掉，變成了一張寡白泛黃的臉，穿鞋下地，走到一邊去。

秦觀好不莫名其妙，愛妻從來沒有這樣對待過自己，今天這是怎麼了？怎麼了？他馬上追了過去，抱住蘇小妹說：

「夫人今天是怎麼回事？是不是病了？瞧你臉色又一下子寡白泛黃。」

蘇小妹極力避開秦觀，不把嘴對準夫君說話：

「少游！萬一小香撞回了，那有多難爲情！晚上吧……」

秦觀覺得蘇小妹似乎瞞著什麼事情。但他知道小妹的脾氣，她自己不說，問也白問，便也暫時不理她，回到書房裡看書去。

到了晚上，蘇小妹突然說自己月信來潮，要小香幫她另外在一間房子裡攤好了床鋪，一個人早早睡下了。她要小香給她調好了一大碗蜜糖水，放在床頭。她口裡說是口乾舌燥想喝糖水，實際是想用糖水壓住咳嗽。這在醫書中也有說明，當咳嗽初起，猛喝兩口水可以壓得下去。而且她知道肺癆需要營養，蜜糖有較強的滋補作用。

秦少游睡在隔壁，輾轉反側老睡不著。他的生活情感也格外細膩，這反映在他的詩詞作品中便是婉約的風格。

秦少游對愛妻小妹的月信期記得很準，小妹上次月信到下次月信才過了一半稍多，小妹說今晚月信是假，躲著自己是真。這不是太反常了嗎？秦少游輾轉難眠，卻是想不出其中道理。

直到第二天拂曉，秦少游才迷迷糊糊睡去。等到醒來時發現上午已過半了。四處不見夫人和丫環小香的人影。秦少游很覺奇怪，正要開門出去時，發現大門裡有夫人留下的一張條子。

秦郎：

見你睡得正香，沒有叫醒你。天氣突然轉晴，正是難得的機會，我和小香出去，看初秋山景。要明天才得回來。你自己做一天飯吃吧！酒稅署裡你去告一個假，反正也沒有多少事做。

小妹 即日

秦少游一看天，果然紅日高照。這丘陵地區初秋也是個娃娃臉，說變就變。昨天還是陰雨連綿的哭臉天，今天又成大晴的笑臉天了。

這「遠眺」怎麼連晚上都不回來呢？秦少游甚感怪異：小妹和小香晚上歇哪裡呢？雖然處州城很小，但是城外可看的山地卻大，能看初秋景色的山嶺實在太多了。到哪裡去找她們呢？既然她們都打定主意不回來睡，那肯定是跑得很遠，住客棧了。好在每個小鎮都有幾家客棧。

公署裡沒事幹，去點個卯就回來。不知小妹她們的去向，秦少游整天心神不安，書也看不進去，在家坐也不是站也不是，乾脆取出那一小箱青田石刻，細細觀賞。這些寶石頭倒是百看不厭。

這些石刻是青田縣主簿徐君送來。青田縣是處州的治下，主簿是縣令的助手，主管文書、簿籍、出納官物等，是一個縣的實權派人物。

秦觀偕夫人蘇小妹來處州任監酒稅一職後，有一天素昧生平的徐君突然來訪。秦觀原任朝廷太學博士兼國史編修官，在編纂本朝開國一百多年來的《實錄》過程中，堅持去掉一些好大喜功的條目，恢復實事求是的文風，被人彈劾為「任意增損《實錄》，詆毀歷代先王政績。」貶出京都，做了個監酒稅小官，心情自不愉快。這天正待在家裡，突聽有人報白：

「青田縣主簿徐大人駕到！」

秦少游立即出迎，看見徐君已是近五十歲的人了，慈眉善目，一派儒雅之風。他一進門便笑眯眯地說：

「久聞秦大人是蘇門四學士之首，又是蘇府乘龍快婿，詩詞歌賦，婉約絕塵，殊甚敬仰，特來拜望。」

秦少游施禮答謝：

「徐大人過獎了。學生學文不精，從政疏漏，屢遭貶徙。承蒙如此不棄，實屬大喜過望了。還望大人多多提攜。」

徐君說：「提攜不敢，有幸攀交，不知秦學士對敝縣青田石有無興趣？」

秦少游說：「久聞青田石為石之奇珍，有白、灰、褐、綠、黃數種，其微有透明者更佳，號為石凍，作玩具、作刻石、作印章，與福建閩侯之壽山石凍並列為刻石之冠。唯只聞其名，尙未見其容也。」

「哈哈！秦學士果然學富五車，深明其妙。下官帶有若干敬贈，未知學士喜愛與否，故不敢造次見呈。秦學士既如是說，則徐某此行不枉也。」徐君說完，把一包青田凍石取出遞上。

秦少游一看，眼界大開，這五顏六色的尤物，哪裡像是石頭，分明是把各種顏色染了不同的水質，再將這些水凍凝而成。在各種各樣天然造型基礎之上，稍加雕刻，便成各種形象的草木、花卉、小貓、小狗、小猴、小雞、小鼠、小鳳凰……栩栩如生。

秦少游連連說：

「天工造化，造化天工，夠我這輩子欣賞了。」

徐君說：「秦學士！如此看來，下官另有一件小禮物相贈，學士也是不會嫌棄了。」

隨即又將帶來的一塊刻石遞上。

這刻石不算高大，約如一個臉盆大小，雕鑿成橢圓豎立的鏡屏形式；是絳紫色本底，中間夾有雲彩樣的花紋；花紋剛好又有黃、白、灰、褐、綠等幾種交相穿錯，大多像是雨絲一樣的細細絲條，美到極處。

在其「鏡屏」部分雕刻著一首詞，正是秦少游的作品：

浣溪沙・春閨怨

秦觀　字少游作

漠漠輕寒上小樓，
曉陰無賴似窮秋，
淡煙流水畫屏幽。

自在飛花輕似夢。
無邊絲雨細如愁，
寶簾閒掛小銀鉤。

徐文美書　**徐文立**勒

秦少游快要瘋癲了，他兩個手掌似拍似搓似揉似握，好像不知要怎樣辦了，只顧嘿嘿地笑著。

在旁觀看的蘇小妹提醒夫君說：

「少游！你怎麼連道謝的話也忘記說了？徐大人，讓我猜猜看，瞧這書法娟秀，莫非這『徐文美』是令嫒麼？這勒石刻字刀法有力，或許『徐文立』是徐大人令郎吧？」

徐君大笑：「哈哈！秦學士夫人一猜就準，可見蘇小姐洞房之夜『三難新郎』是實在不虛了。」

秦少游也湊趣了：

「徐大人你還誇她，再誇她就不叫蘇小妹，而叫蘇大姐了。」

事有湊巧，不久以後，徐君引領著女兒徐文美陪她弟弟徐文立來拜秦觀爲師時，徐文美眞地把蘇小妹叫做了「蘇大姐」。

原來徐文立久仰秦觀之文才，有意拜秦觀爲師。他姐姐寫得一筆好字，飄逸俊美。他便請姐姐作書，由他刻石，寫刻秦觀這一首膾炙人口的《浣溪沙》作爲拜師的見面禮；事先由徐君來送給秦觀，看他願意不願意收學生。

秦觀自是滿口應承，於是舉行了簡樸的拜師禮，徐文美也一同前來了。

轉眼幾個月過去，徐文立常常拿了詩文來請秦觀批改。只是再也見不到徐文美，秦觀彷彿失落了什麼一般。徐文美容顏俏麗，說話謙和，知書達禮，除了聰明才智方面不及蘇小妹，秦觀覺得她其他方面比小妹一點不差。

眼下蘇小妹不知爲何突然「留條賞秋」而去，秦少游困惑不解，便又取出那一大堆青田石刻來觀賞。

當天下午徐君飛馬而至，一下揭出了謎底：蘇小妹根本不是去遠眺賞秋，她坐馬車到了青田縣，親自登上徐君家門。她提出要把徐文美小姐納爲夫君秦觀的小妾。

徐君稱呼秦觀的口氣已經變了：

「少游！當今天下，男人三妻四妾並非奇事，但夫人因丈夫納妾而爭風吃醋者很多。像尊夫人蘇小妹這樣親自爲夫君納妾者，至少在我是第一次看到啊！少游你的想法怎樣？」

秦觀說：「大人！我有兩點想不明白，也就不好表態。我希望當面向大人說出來，不知大人意下怎樣。」

徐君說：「你說吧！」

秦觀說：「第一是，從昨天起，小妹對我突然變了，我莫名其妙，這是爲什麼？在弄清這個問題之前，我不能答應納妾。我心裡隱隱約約覺得，好像我一納妾，我的夫人蘇小妹就會離我而去。我希望大人能理解我這種心情。」

徐君說：「少游，我能理解。你說的這事我也奇怪：夫人爲丈夫納妾，總不是很正常。我和小女都再三問過尊夫人，可是她就是咬住一句話：『我願意！我願意爲夫君辦任何事情，你們不久便會完全明白。』她這樣一說，我們也就不好再說什麼了。少游，你再說你第二個想不明白的事情。」

秦觀說：「第二是，徐大人，據我了解，男人納妾有幾種情況：一種以權勢壓迫人同意做妾；二種用金錢買人做妾；三種是一些丫環下人迫於身分低微只有做妾。

「可是『秦觀如今我一無權勢、二無錢財，而大人的令嬡文美小姐又非丫環下人之類，大人你現在的地位不說比我高多少，起碼也不低到哪裡去，我怎麼能要大人的令嬡來做妾呢？萬一我的地位再降下去，不是要生出許多麻煩麼？那時我怎麼對得起大人和文美？」

徐君說：「少游！這事你就過慮了。你的夫人蘇小妹比你看得透徹。她說，她第一眼看到這塊《浣溪沙》的刻石之後，馬上就斷定小女文美是心儀你少游。我還當著尊夫人的面問過小女：她願不願意做小妾？她說，以蘇大姐的聰明才智而言，她能做個小妾已很榮幸，她不感到委屈。這事少游你該放心了吧？」

秦觀想了好一陣，才鄭重其事地說：

「請徐大人回去叫小妹先回來吧！等她回來我和她商量商量。」

秦觀認爲，自己把這門親事答應下來，蘇小妹就將離自己而去。他寧願留下蘇小妹也不同意納妾。

誰知徐君帶這口信回去之後，蘇小妹並沒有回來，丫環小香也沒有回來；只是蘇小妹派人送來了一封信：

秦郎！

你怕失掉我而不願納妾，我不知該怎樣感謝你。但我為你納妾是自覺自願，徐文美做你的小妻也是自覺自願；你這樣堅持拒絕就是既不理解我，也不了解文美；對她父母家人也不夠尊重，她父母家人早已說了依文美心願而行。可你偏偏拒絕。

既然如此，我就暫時不回去了。你不要來找我，你也找不到我：我並不住在文美家。我有小香陪著，你只管放心好了。

秦郎！只要你親自到徐君主簿大人家裡去，表示迎娶文美小姐為妾，為妻我自然就回家了。

秦郎！明天七夕，你願意你我牛郎織女天各一方麼？

妻 蘇小妹

秦觀接到這封信，更是矛盾萬分。小妹如此堅決爲自己納妾，絕不會沒有原因；自己只覺得疑團越來越大，更下不了到徐君家去的決心。

七夕是美好的夜晚，往年夫妻廝守，無甚感觸，今年妻子突然不歸，且無法去尋找，秦觀倍感孤獨。別無他法，秦觀在屋外徘徊不已，天上弦月已快西沉，全然沒有光澤。銀漢星河燦爛，牛郎織女隔河傾心，牛郎還挑著一對小兒女，正朝鵲橋上飛奔。

忽然，那如絲如縷的浮雲升起，像要給飛奔中的牛郎織女蒙上聖潔的輕紗，或者要爲他倆牽更多懷念的絲線，那輕紗正在兩星之間慢慢地飄逸著。

霎時，微微西風吹起，似有秋天玉露降臨。這如雲似水的柔情蜜意，絲絲縷縷，牽連著對愛妻的掛念。小妹，你在哪裡？你在哪裡？

小妹！你這樣要使我在孤獨中下定納妾的決心，又怎知我心裡在說：只要你我心心相印，情愫纏綿，又何必朝朝暮暮相處在一起？

突然，秦觀腦海中詩如泉湧，飛快吟出一首新詞。

鵲橋仙．七夕

纖雲弄巧，
飛星傳恨，
銀漢迢迢暗渡。
金風玉露一相逢，
便勝卻人間無數。

柔情似水，
佳朝如夢，
忍顧鵲橋歸路！
兩情若是久長時，
又豈在朝朝暮暮！

秦觀認眞地將這首《鵲橋仙．七夕》謄好抄好，派人送到了徐君家。

隨即，他便收到了步和原韻的詞作。

鵲橋仙

步秦郎原韻《七夕》反其意而用之

纖雲非巧，
雙星何恨，
銀漢人間共渡。
金玉伴君三相逢，
豈不見普天無數！

花落流水，
追魂逐夢，
相聚且斷歸路！
情愫綿綿無盡時，

蘇小妹
徐文美

何厭棄朝朝暮暮！

秦觀一看便知，和詞是愛妻蘇小妹的作品，卻同時署上了徐文美的親筆簽名，可見她二人絕非隨意的談笑，而是已有鐵定的決心，只對自己瞞著什麼事。爲了解開這個謎底，也爲了消除日夜思念的凄苦，秦觀到青田縣主簿徐君家裡去了，向徐君跪拜說：

「小婿願納令千金爲妾！」

於是眞相大白：蘇小妹已患肺癆，必須與夫君和家人隔離，一心靜養。

秦觀感慨萬端，更覺得小妹此情此意，足以留傳千古。

納妾之事很快玉成。秦少游、蘇小妹、徐文美三人和睦相處，只是蘇小妹在餐飲食宿上和一家人嚴格分開，不共碗筷，不同衾枕，日子倒比先前更爲和順，其樂融融。

轉眼一年過去。徐文美生下了白胖小娃，自是全家人的寶貝。

偏是政途又生變故，處州地方窮鄉僻壤，百姓十分貧窮，拖欠稅款十分嚴重。秦觀對百姓心慈，下不了催繳追逼的狠手，納稅任務遠未完成。朝廷怪罪，撤去秦觀監處州酒稅官職，將他遷居（發配）郴州，編管橫州、雷州。

這便是一家四口搬住蘇仙嶺下的來龍去脈。丈夫與妻、妾之間，恩愛相處。

天下本無事，庸人自擾之。

秦觀無所事事，每日攻讀詩書。爲了表達自己「既來之則安之」的豁達心境，秦觀寫下了一首言志詩，以作爲對那些庸人的回答。那些庸人們訕笑地問：

「秦少游，你都到這個份上了，還苦讀詩書幹什麼？」

秦少游以詩作答：

揮汗讀書不已，
人皆怪我何求；
我豈更求聞達？
日長聊以消憂。
尺蠖以時而詘，
其信亦非他求。
得歸良是不惡，
未歸且自淹留。

秦觀將這首詩送給在病床上咳血的愛妻蘇小妹看，愛妾徐文美亦陪侍在側。

蘇小妹看過詩後難得地一笑說：

「秦郎有這樣豁達的境界，爲妻即使去了也該瞑目了。本來就應該豁達看待一切，當去則去，當留則留，官場上的事更應看淡些才好！咳！咳咳……」連咳了好一陣，徐文美忙端起一個面盆，爲蘇小妹接住了咳出的痰血。

秦觀馬上接著端到外邊倒掉了。

等他回來後，蘇小妹接著說：

「秦郎！徐妹！我這幾天胸裡好悶，腦裡很亂，好像這幾天會發生什麼事情似的。

「我只怕走不多遠了，只望我一去世，秦郎趕緊把徐妹扶正，你們的日子還長，我在九泉之下也心滿意足了。」

徐文美說：「蘇姐！吉人天相，你不會有事的……」

話還未了，她弟弟徐文立慌忙跑來說：

「姐夫！蘇姐！姐姐！大事不好呢，子由托人捎信給我爹；子瞻犯了什麼『烏台詩案』，已被抓到京城御史台監獄去。子由要姐夫清理一下詩文書信，有與子瞻來往的趕忙燒了。」

「啊？惡運終於來了！咳咳！咳咳……」蘇小妹又連連咳血。徐文美殷勤招呼。

秦觀端來了時時備有的救急人參湯，親自餵愛妻吃了小半碗，等蘇小妹平穩下來，忙試探著問：

「小妹，聽你話裡的意思，你早就知道大哥會有這次厄運？」

蘇小妹說：「世外高人蜀僧去塵，還在十多年前就已寫信給大哥作了預告。」

秦觀一驚：「十多年了，你從來沒說過，也沒聽誰提起過一絲半點。這到底是怎麼回事？」

蘇小妹說：「那封信只有大哥和我看過，連爹都沒有告訴呢。這類壞事誰願提起？巴不得事情不發生。唉！如今既已來事，我就把十多年前那封信的事說一下吧……」

這便是信封上有四句偈詩的那封信：

「雲遊落定，子瞻有幸。如若飄浮，唯從天命」。

這便是內中告誡「汝家正值昌盛，吾卻不賀也」的那封信。信中二十二疊四十四字隱語偈詩告曰：

「野鳥鳴，野鳥鳴叫叫友朋……且勸歸林隱聲名，聲名戰戰兢兢。」

蘇小妹將這老故事過細講了一遍。全家無不驚慌。

秦觀說：「小妹！大哥這下可慘了，進了大牢該不會有什麼三長兩短吧？」

蘇小妹胸有成竹地說：「不會！大哥才四十掛零，假如他是一碰坎坷就倒的短命人，世外高僧就不會那麼鐵心鐵意給他送信作警告。

「我看，大哥這一生的文名會在坎坷中挺立老高老高。少游快清清詩文信札，與大哥有關的全燒了吧。別給大哥添麻煩！」

「好！」秦觀順從地清理去了。

天意安排有準：秦觀剛剛把一些詩文信札燒完、把家裡打掃乾淨，門外就響起了馬蹄聲，幾個御史台兵勇獄卒兇猛闖進，宣讀牒文：

罪犯蘇軾，謗訕朝廷，已被捕入獄。今奉皇上御旨，著即搜繳秦觀與蘇軾往還文字證物交有司勘查……

哪由分說，這幫人翻箱倒櫃，遍處搜查，自然是一無所獲。

獄卒大為不滿，怒吼起來：

「大膽秦觀！你將罪證罪物藏於何處？」

病床上的蘇小妹抽身坐起，瞪眼高吟：

蘇仙嶺下問蘇公，
未必不識蘇家心。
積善滿門何遭害，
斬惡豈忘驅雷霆……

詩未念完，頹然倒下。一代天之驕女，蘇小妹死未瞑目！

獄卒們嚇得屁滾尿流，一溜煙走了。

秦觀、徐文美夫婦痛哭失聲，呼天搶地，連喪事都有勞周圍鄰居幫忙，才算操辦完畢。

一連多少日子，秦觀再無歡樂，徐文美也不打攪。秦觀每晚在戶外徘徊，然後到蘇小妹墳上去祭奠拜跪，寄托無盡的哀思。白天美麗的譙門樓上，夜晚卻吹來悲哀淒婉的《小單于》樂曲，彷彿在替自己的愛妻招魂……

轉眼年關又到，秦觀將懷念愛妻之情，寫成了一首新詞作。

阮郎歸

湘天風雨破寒初，
深沉庭院虛。
麗譙吹罷小單于，
迢迢清夜徂。

鄉夢斷，
旅魂孤，
崢嶸歲又除。
衡陽猶有雁傳書，
郴陽和雁無。

64 立足清廉司馬膽壯 聲援蘇軾何懼牽連

司馬光到洛陽來專修《資治通鑑》已經八年。八年中司馬光也遭受了多次的衝擊，朝廷中的奸人們從來沒有放過這正直的老臣。最嚴重的一次幾乎使他斷送政治生命。

那是大野心家奸賊呂惠卿短暫當政的時候。呂惠卿連對待「恩師」王安石都恨不得置其於死地，他能不向洛陽司馬光大興殺伐嗎？

洛陽，形勝之地，周朝、東漢、曹魏、西晉、北魏、隋朝、武周、後唐八個王朝的首都。全城周長六十餘里，市井甚爲繁華，寺院達一千三百餘座，有著更勝於京都汴梁的輝煌歷史。宋朝自太祖趙匡胤開國以來，一直把洛陽當陪都看待，在這裡設立了一整套品位極高的朝制機構，安排致仕退休的老臣，蓄積隨時待用的新進謀士。這裡離汴京才三、四百里，最快的驛車一天一夜即可趕到，單騎駿馬還要快些。

洛陽，有遍布全城的園林別墅，裡面都住著威名顯赫的人物，簡直就是過去權力的象徵，也是未來繁榮的標誌。

司馬光奉旨專修《資治通鑒》於洛陽，他在一個叫尊賢坊的地方購置了二十畝田土，辟建爲園，名之爲「獨樂園」，取意於孟子的話「獨樂樂」；司馬光自號迂叟，意思是迂腐老人，在此園獨樂。

園中建有藏書五千卷的「讀書堂」，有會友、飲宴、賦詩的「弄水軒」，有避暑勝地「種竹齋」，有遍種藥材的「採藥圃」，有稱雄天下的洛陽牡丹齊備的「花園」，花園旁邊有賞心悅目的「澆花亭」……園內最高建築，便是「見山台」上的「見山樓」，係建於小山頂上的三層樓閣。登上此樓，則全園盡收眼底。

莫看園內建築如此眾多，其實都是極簡陋的竹木磚石結構。比起洛陽那些王公大臣的豪華別墅來，獨樂園只有自慚形穢。

這天，司馬光獨樂園裡來了一個稀客：御史留守台的官吏馮布安。他指名要見司馬光，見了第一句話卻是問：

「司馬大先生，下官竊聞孟子有云：『獨樂樂，不如與人樂樂，與少樂樂，不如與眾樂樂。』此是司馬大先生將此命名爲『獨樂園』的本來意思吧？」

司馬光一聽不對，這話很有一點找岔子的味道。孟子這話的意思是「獨樂」不如「共樂」，與少數人共樂又不如與「眾人」共樂。這與自己建立這「獨樂園」的意旨剛好相反。馮布安何以這樣問呢？很顯然，馮布安問話的意思是說：我司馬光以掛名「獨樂」爲掩護，實際是要籠絡眾人，搜羅黨羽，爲他日上台執政蓄積力量。這與朝廷最可惡的結黨營私有何不同？馮布安眞是「來者不善」，「善者不問」啊！

司馬光當然迎頭反擊說：

「馮大人所言差矣！孟子的話誠爲善哉，但那是王公大人之樂。司馬光乃閒散之人，不可及也。」

馮布安豈會善罷甘休，他又反問說：

「聽你之言，乃是求取顏回之樂了。孔子曰：『飯疏食飲水，曲肱而枕之，樂亦在其中矣。』是這樣吧？」

司馬光一聽；這是想從另一個方面引誘自己上鉤。顏回是孔子七十二賢人中的佼佼者，很受孔子器重，如果自己承認是追求顏回之樂，不是想搞「賢人執政」的野心昭然若揭麼？

司馬光又擺手否認：

「昔日顏回一簞食，一瓢飲，不改其樂。那是聖賢之樂，司馬光愚昧之人，不敢及也。」

馮布安再進一步問：

「那麼，司馬大先生的『獨樂』是何意思呢？」

司馬光說：「小鳥築巢而居，不過一枝而已；鼴鼠飲用河水，不過止渴而已。世界萬物各盡其分，司馬光閒散之迂叟，不過是獨善其身之樂也……」

馮布安見無縫可鑽，悻悻然走了。原來他正是奉了當時執政呂惠卿的旨意，前來尋隙滋事之徒。結果無功而返。

此計不行再生一計。

這天，司馬光家的老僕人呂良去雜買務購買糧米，雜買務即購買糧油日用雜品的店子，糧油雜品人人不可或缺，所以生意特別好，人也特別多。呂良聽見有人在大聲說話，便認眞聽聽是講些什麼事情。

只聽馮布安說：

「喂喂，諸位諸位，不要吵鬧，聽我講個大新聞，你們知道司馬光的《資治通鑒》總是寫不完是什麼原因嗎？……對了，都不知道吧？我來告訴你們：這是司馬光在玩故意拖延的把戲，爲的是多得朝廷賞賜筆墨絹帛和果餌金錢。一天修史未結束，一天賞賜照領；他樂得一輩子修不完呢！司馬光是詐騙皇上的不忠之臣，不是什麼『朝臣典範』……」

他事先買通安插的爪牙便趁機議論攻擊：

「司馬光原是說一套，做一套，表面一套，暗中一套，騙子奸臣……」

呂良怎容得對司馬光的如此誣蔑，便大聲吼叫起來：

「大家莫信，大家莫信！我家老爺根本不是貪圖錢財之人。大家都曉得，當年皇上詔令司馬老爺當樞密院副使，那官職相當於副丞相，只要拿錢，不要辦事。我們老爺硬是九辭不接聖旨，卻甘願來修史書，享清苦。馮布安大人你這樣誣蔑我們司馬老爺做什麼？」

馮布安哪把一個老僕人放在眼裡，越更高聲哄笑：

「哈哈哈哈！癩蛤蟆跳在座凳上，不是『人屎』也像人屎！你一個下賤僕人懂得什麼？」

呂良哪受得了這分氣，連糧米也不買了，抽出扁擔就朝馮布安屁股掃去，一邊還大喊著：

「我要代替老爺教訓你這個畜牲！教訓你這個畜牲！……」

馮布安屁股上挨了幾扁擔，抱頭鼠竄而走了，口裡也不示弱；

「有本事到公堂上見！」

呂良氣喘吁吁，挑著空擔子回來，徑直走到《資治通鑑》編纂室──讀書堂，向司馬光的兒子司馬堅等人一五一十訴說了馮布安造謠生事的經過，當然也不敢隱瞞自己打了馮布安的事實。司馬堅只覺得頭皮一麻，心想：壞大事了。眼下先安定局面吧。於是對在座各位編書史家說：

「萬望各位叔父大人多加留意，切莫將這件事講給我父親母親聽。他們經不起這猝然的打擊了。請各位叔父大人幫忙想點主意，看怎樣收拾這個殘局？」

呂良知道自己犯了大錯，只好呆傻地回到自己的住房去。

在這些編書史家中，范祖禹素有「月暈而風」的敏感，還有「水銀洩地無孔不入」的細密思維，他很深沉地說：

「這事非同小可，謠言詠傷只是一個表象，眞正的目的是要打倒司馬老師。馮布安敢於如此放肆，必定有很硬的後台……我看只有找劉郎幫忙了。」

范祖禹所說「劉郎」叫做劉安泰，時年二十八歲，是熙寧二年的進士，時任洛陽御史留守台司理院文書。他爲人正直，崇尚清廉，向來敬重司馬光的文德人品。司馬光因反對王安石變法而貶至洛陽修史書，劉安泰不避世俗輕薄，常到獨樂園來，所以書局裡人人都熟。

司馬堅說：「范叔這個建議很好，我看今晚上我們一起到劉郎家裡去吧！」

沒能等到晚上，當天下午天快黑時，劉安泰自己到獨樂園來了，向司馬光遞上一份文書說：

「司馬大先生，這份文書須請過目。」

狀告惡奴行兇案

……是日辰時三刻，有獨樂園惡奴名呂良者，倚仗判西京御史台提舉宮觀使司馬光之權勢，於雜買務逞強，強買欺主，橫蠻市肆，並以扁擔為兇器，追毆朝廷命官西京御史留守台當值官員馮布安。氣焰囂張，無人敢阻，旁觀黎庶吶吶，怯於司馬光威勢而不敢言。致使被害者馮布安負傷而逃，臥床致殘。

此等惡奴藐視法度，大膽欺天，何曾將朝廷放諸眼裡？

此風不壓，朝政何堪？狀呈司理監察院秉公懲處惡奴，並追究家奴主人司馬光之應負罪責，對受害者給予醫治……

司馬光一看大驚失色，漸漸雙手發抖，說話已惶恐萬分：

「呂，呂，呂良跟我數十年，絕不會做出此等惡事……」

劉安泰說：「司馬大先生！晚生起初也是這樣想，恐是所告非實吧？爲愼重所見，晚生已察看過臥床的受害者馮布安，他臀部確有一道青紫色的挨打傷痕，成一直線，與狀告之兇器扁擔正相吻合，案子便推不掉了。

「倘使我司理監察院硬推，馮布安將越級上告到朝廷刑部，不但事件無法平息，還將使晚生被牽連而難辭其咎。

「晚生身居司理監察院，職在審理民訟。責任在肩，還望司馬大先生體諒，先把呂良叫出來訊問一下吧！」

司馬光一下子茫然起來：

「呂良，呂良！我之同年兄弟！你何以一下子糊塗起來？唉！怕是天意也。堅兒！快叫呂良叔！」

司馬堅一下跪倒說：

「爹！不用找呂叔了，確有其事啊！」

司馬光一下子癱倒在地，這件事對他的打擊太大了。他已經是五十七歲的老人，成天過著清貧的生活，粗茶淡飯，只求一飽。埋頭於浩如煙海的史籍當中，為得去粗取精，去僞存眞，刪牴牾矛盾之文詞典故，補核實之詳情糾葛，又常常是半夜無眠，他整個的人形都已枯瘦如柴了。一個數十年不離身前身後的老僕，突然變態生事，這是不祥之兆啊……

司馬光不是擔心案件本身，這案子頂多出幾個錢給馮布安治好病就行了。但是透過這件事反映出來的前景便太暗淡了，這是家門必遭不幸的先兆之像啊！

司馬堅趕緊跑過去，攙起倒地的父親，送到一張躺椅上讓他躺下：「爹！先什麼都別想，休息過來再說。」

劉安泰其實已了解了案情，此事起因於馮布安對司馬光的謠言詠傷，呂良的行爲是「義僕護主」，並無太大的罪過。有所謂「義犬尚知救主，義僕豈能不如？」這道理足以使馮布安的狀紙成爲一張廢紙。但是作爲辦案人員，決不容許介入案件中去，不能爲原告或被告任何一方出任何主意，否則將受嚴懲……劉安泰有主意只能悶在心裡頭。

突然呂良聞訊衝了進來，撲通跪在司馬光前面說：

「老爺！你放心，奴才犯法，奴才擔當！我只要求劉大人在司理院准許我與馮布安當場對質：他誣蔑老爺貪圖錢財是何道理？」

司馬光在躺椅上一驚而起：

「什麼？呂良你說馮布安說我貪圖錢財？這事從何說起？」

呂良朝范祖禹望了一下，范祖禹用眼光鼓勵他全部講出來。呂良於是理直氣壯地說：「老爺修《資治通鑑》，人都累瘦了，書稿比人還高。可是馮布安誣蔑老爺故意不把史書修好，拖一天可多領一天的朝廷賞賜。」

司馬光大喜過望，連忙下地扶起了呂良：

「呂良！我的好兄弟！有你這樣的好兄弟我放心了！」回頭對劉安泰說：「安泰！你部署一下，讓呂良和馮布安對簿公堂！」

「好！」劉安泰爽朗答應。這其實正是他心中的想法，只是不便由他自己說出來而已。

就在第二天，劉安泰安排原告馮布安與被告呂良在公堂對質。劉安泰故意把在洛陽的致仕老臣全請來旁聽。

馮布安起初以爲自己必定勝訴，既能打倒司馬光的名聲，又能爲自己撈得一筆治療費。

誰知呂良將事情的起因陳述之後，當場反問說：

「各位大老爺！我家老爺告訴我：歷史上義犬救主、義馬救主、義牛救主的故事多之又多，各位大老爺難道希望自家的奴才還不如一條狗、一匹馬、一頭牛嗎？」

庭上立刻大嘩，致仕老臣們一窩聲驟起，責罵馮布安造謠惑眾，惹事生非！

馮布安落得一個自己挨了打，反而受嘲弄的下場。他不敢把背後的指使人呂惠卿捅出來。

事情完滿解決，司馬光及其家奴呂良沒有傷損一根毫毛。

司馬堅終於看出這是范祖禹的功勞，是范祖禹全面權衡了利害關係，暗暗給呂良面授機宜，使司馬光及書局裡任何官員都沒露面，僅由一個僕人便把大事化小，小事化無了。司馬堅於是對范祖禹說：

「范叔！水銀洩地，無孔不入，你的思辯對策眞是神了。」

范祖禹反而皺起了眉頭：

「小司馬你不要高興得太早了，這件事還沒有最後完結呢！只怕還有變故……」

果然沒有多久，一輛華貴的雙馬四輪車輦，轔轔地駛入了獨樂園的扉門。沒有任何通報。

呂良按慣例攔車詢問：

「請問是哪位大人駕到？」

身著宮廷僕役服裝的青年馬車夫破口大罵：

「混帳東西！連朝廷內侍梁公公的車輦都敢攔阻麼？」邊說邊揮鞭來打。

呂良一把抓住了甩來的鞭子。他在司馬光家幾十年，從沒露出過武功根底。其實他武功卓絕，膂力過人。眼下拽住鞭子，使馬車夫扯鞭扯不動，揮鞭揮不開，只得嗷嗷地叫著：

「梁公公！梁公公！司馬光家惡奴果然無禮！」

呂良卻抓住鞭子從容不迫地說：

「奴才請問梁公公是否馬上要見我家主人？」

梁惟簡從黃幔紅頂的馬車裡走下來，只當沒有看見呂良拽住了馬鞭的樣子，冷冷說了一句：

「帶路！我正是要見司馬光！」他頭戴黃綾無翅宮帽，腳踏黃綾高腰宮靴，已經器宇軒昂地朝前走了。

呂良握住鞭子輕輕一帶，便將宮廷車夫扯下車來，摔倒在一丈開外。「唉喲」哼了一聲，不敢再造次，自個爬起來認倒楣。

呂良幾步跨了過去，走在梁惟簡前面帶路。梁惟簡頭也不回，假裝沒有注意馬車夫摔倒和叫喚的聲響。

司馬光認識這位中年宦值梁惟簡，他是福寧殿內皇帝身邊的人物，極爲受寵。那年司馬光給皇帝講授「蕭規曹隨」的典故，被呂惠卿當面折辱；而後司馬光更義正詞嚴地呈上了自己的奏表《諫止變法疏》，皇上有意怠慢，不當面接見，就是要這位梁惟簡轉呈的奏章。但那是奉旨意辦事。所以司馬光與梁惟簡並無過節。

司馬光眼下以禮接客，他朝東邊汴京方向撲通跪下說：

「臣司馬光遙祝皇上萬壽無疆，華年永駐！梁公公從皇上身邊而來，定然帶來了皇上的關懷諭示。」

梁惟簡說：「司馬大先生大安請起。咱家此次前來，既未帶皇上聖旨，也未持皇上諭示，但咱家絕非恣意妄爲。

「咱家此行的目的，是檢校書局自成立以來領取尚方筆墨絹帛及御府果餌金錢賞賜情狀。但咱家絕不延誤司馬大先生修史之舉，願依書局帳目自行檢校，無需書局派員佐助。

「只希望司馬大先生能讓咱家在獨樂園有穿堂入室之便。」

司馬光說：「一切聽從梁公公之囑咐。帳目即刻全交。請梁公公在鄙園最高處見山樓歇息和檢校。登上見山樓，本園無遺漏，全在公公眼皮底下了。至於穿堂入室，鄙園任一地點，均視梁公公有幸賜步爲光榮。」

官事官辦打官腔，一切便已安排停當。

晚上，書局的同人們聚集在弄水軒，共同猜測議論皇上此舉之目的。

司馬堅說：「爹！檢校書局之舉，完全是當年誣陷蘇軾販賣私鹽案的翻版。當年爹多次揭露呂惠卿是邪惡小人，如今他當了執政，自然要向爹爹下手。」

范祖禹說：「小司馬的看法我不敢苟同。上次處理蘇軾販私鹽案，動用了刑律之劍，由刑部派數十人去各地調查。此次前來查帳，來的是皇上身邊之紅人，而且是不帶聖旨的悄悄暗訪，這樣既給了老師以面子，又留下了多種回旋的餘地，不會造成尷尬。

「老師！依學生看來，皇上派梁惟簡以私訪面目出現，恐還有對老師進行私下考核的意思，說不定正是要重用老師的考查手段呢！老師是不是將有所『善待』梁公公的考慮。」

司馬光笑笑問：「祖禹！你認定的『善待』之舉是什麼呢？是否要給梁公公以錦衣玉食般的特殊款待呢？嘻嘻！」

范祖禹也笑笑說：

「我猜老師對梁公公的『善待』照顧，便是和我們一視同仁，全是家常便飯。我們吃啥他吃啥！哈哈！」

司馬光難得地大笑了：

「哈哈！知我者，祖禹也……」

於是每日三餐，全由司馬光老妻張氏親自料理，數盤菜蔬，少量肉食，飯菜磣牙澀舌，濁酒亦張氏家作米酒，薄而淡味，全都難以下咽。這與內宮的錦衣玉食，簡直有天壤之別。

但是梁惟簡絲毫不能發作。因爲官居二品的司馬光的食物與自己完全相同。單從官品上看，他司馬光的二品比我梁惟簡的五品高得太多……

經過五天的全面校檢勘察，書局到洛陽八年以來，從沒向朝廷領取過任何「尙方筆墨絹帛」、任何「御府果餌金錢之賜」；書局全部費用，都用司馬光「提舉宮觀使」的個人薪俸開支。這種眞正的兩袖清風，整個朝廷除了司馬光已沒有第二個，眞不知那「貪圖銀錢賞賜」的謠諑之言，何以竟加到了司馬光頭上？

梁惟簡覺得在獨樂園五天受了極大的震動，他根本沒有想到在宮廷之外，在洛陽陪都，竟有司馬光這樣的高官，過著如此清貧的生活，還在孜孜修史，精進不息。這「朝臣典範」四個字眞是所言無虛！

梁惟簡走時，對司馬光已有深深的敬意。但他不能有所表示，皇上有諭示在先：不得對司馬光「說什麼或暗示什麼……」就這樣悄無聲息，半夜三更起來，叫宮廷馬夫駕上華貴車輦走了。

留給司馬光的是一個難解也不想去解的「謎語」。不過這「謎語」後來有了滿意的答案：王安石終以正直無私而二次出任丞相；呂惠卿奸佞小人，終於得到徹底完蛋的必然結果。

獨樂園仍是自個兒「獨樂樂」……

然而朝廷紛爭並不因幾個頭面人物的消失而結束。呂惠卿徹底完蛋了。王安石二次任相時間也不長，又已重回江寧府。新的奸佞小人李定、舒亶、何正臣等，又粉墨登場、製造了陷害蘇軾的「烏台詩案」，牽連全國上上下下四十多名朝廷命官。自古以來，「龍種」身上的「吸血龍虱」，眞是生生不息，死而又有，奸人佞黨，讒害忠良，這不是歷史發展的必然現象麼？皇上的臉，也眞如娃娃臉，說變就變。趙頊頒發了詔令，竟然向司馬光這樣的忠臣也開刀了！

這次到獨樂園來的不再是仕宦私訪，而是眞正的刑律之劍。

御史台的獄卒，進得獨樂園，兇橫野蠻，毫不講理，向司馬光遞上皇上御批字樣：

「繳收與蘇軾謗訕朝廷有關之往還詩詞實物……」而後厲聲宣布：「司馬光不得阻攔！獄卒奉旨搜查罪證，阻攔者以抗旨論處！」

司馬光面對朝廷所在的東方跪下，嗚咽泣訴說：

「皇上：蘇子瞻以詩爲魂，終以詩爲累。臣與蘇軾分別八年，無由相見。往還文字，只有一宗。「蘇子瞻在密州時，『磨刀入谷追窮寇，灑涕循城拾棄孩』之餘，曾將一個土台修復，命名爲『超然台』作《超然台記》一篇，以此自得其樂。並以老友之情誼，將該文寄予，另贈予詩一首《司馬君實獨樂園》，予回謝蘇軾詩一首：《超然台詩寄子瞻學士》。往還文字，僅此三篇，無須獄卒搜尋，下官當予奉上。」

獄吏蠻不講理說：

「三篇先呈上！搜查仍進行！」

但是，翻箱倒櫃的結果，除了讀書堂五千卷藏書，除了已完成之《資治通鑒》堆若人高之手稿，再無司馬光與蘇軾往來之隻字片紙。

獄卒們於心不甘，忙將司馬光所繳之三篇文字仔細看閱，看有無「謗世」內容。如果沒有一星半點，似乎回去就交不了差。

超然台記

凡物皆有可觀。苟有可觀，皆有可樂，非必怪奇偉麗者也。餔糟啜醨，皆可以醉；果蔬草木，皆可以飽。推此類也，吾安往而不樂？

夫所為求福而辭禍者，以福可喜而禍可悲也……

而園之北，因城以為台者舊矣，稍葺而新之，時相與登覽，放意肆志焉……且名其台曰超然，以見予之無所往而不樂者……

獄吏反覆研讀此文，找不出半點謗訕譏諷朝政之詞句。《超然台記》不過是記述了這樣的思想情趣：世上所有的物類都有可見的形狀。因有這可見的形狀，一定會有帶來愉悅快樂的地方，不一定非有怪奇偉大美麗的性狀不可。吃酒糟，飲薄酒，都可以得醉；果品蔬菜草木等等，都可以填飽肚子，照此類推下去，我到什麼地方尋找不到快樂呢？……

我在密州一個花草菜園的北邊，依城而築有一個舊的土台子，我稍加修整使之有了新貌，便常與友朋登台觀覽四方，舒心適意甚覺快活……我把這土台子取名爲「超然」，從中可見我到什麼地方都不會不快樂……

獄吏反覆咀嚼蘇軾此文的意旨，無非是在尋覓一種「超然於物外」的哲理解脫而已；他抄寄給司馬光，無非是想喚起深居「獨樂園」裡的老文友一點辛酸的情感共鳴而已。這怎麼也扯不上謗訕譏諷朝政啊！

獄吏豈肯就此罷休，便繼續從兩人的詩歌唱和中尋找罪證。他首先琢磨蘇軾的來詩。

司馬君實獨樂園

青山在屋上，
流水在屋下，
中有五畝園，
花竹秀而野……
才全德不形，
所貴知我寡。
先生獨何事，
四海望陶冶。

兒童誦君實，
走卒知司馬……
撫掌笑先生，
車來笑喑啞。

獄吏這下可高興了，蘇軾在這首詩中讚美司馬光有才有德不被人看中，不能得到重任。然而他名滿天下，連兒童走卒皆知，大家都在祈求他出來主政，訕笑他不該近年來不參政不議政而致聲音喑啞……這不是爲司馬光鼓吹張目的反詩麼？

再看司馬光的復詩：

超然台詩寄子瞻學士

使君仁智心，
濟以忠義膽。
嬰兒手自撫，
猛虎鬚可攬……
萬鐘何所加，

儋石何所減。
用此始優遊，
當官免阿諂。
鄉時守高密，
民安吏手斂。
乘閒為小台，
節物得周覽……

獄吏這下子更高興萬分，司馬光稱讚蘇軾既仁智又忠義，他慈愛撫育孤女，他勇猛可攬虎鬚……蘇軾已是德馨萬鍾，豈望你再添加多少；他已是巨大儋石，又豈會懼怕你將其削減。他這樣在地方官任上優哉遊哉，正好可以避免身爲朝廷京官必不可少的阿諛諂奉。他在密州當太守，那裡便民安吏閒，太平無事。蘇軾乘閒修一個小小土台，超然物外向世界瀏覽……

這不是鼓勵蘇軾擴張罪行，並彼此同流合污的罪證麼？

獄吏趾高氣揚，自以爲逮著了蘇軾與司馬光結黨謀反的重要罪證，飛揚跋扈，離開獨樂園回還京都。

司馬光朝京都方向跪倒哀訴：

「皇上啊！天公啊！痛哉子瞻，詩魂以詩爲累，千古奇冤！天若祈佑大宋，必先救此詩魂！否則，民心必將喪盡……」

65 公主經血奸邪逗樂 駙馬小計四卒喪生

在京都搜繳詩賦罪證的是獄卒而非獄吏。因爲屬於京官之列的獄吏畢竟有限，分派去郴州、洛陽、許昌、商丘、密州、湖州、杭州、揚州、福州等地，已經感到人手緊了。京城就在御史台眼皮底下，有什麼事情一下子便通了天，派獄卒去搜繳罪證應無不可。李定、舒亶、何正臣三人以爲很有把握。

搜繳對象之一的王鞏，時年三十五歲，是眞宗趙恆皇帝宰相王旦的孫子，是當朝工部尙書王素的兒子，是遭貶老臣現任應天府知府張方平的女婿。

王鞏平常即與當朝宰相吳充過從甚密，對蘇軾、蘇轍二兄弟的文才更是傾羨有加。被蘇轍派往湖州給蘇軾送信的王適，便是這個王鞏的弟弟。

王鞏追從二蘇學習詩文，然後四處游學，立志要以已故蘇洵二十七歲始發憤游學而終成大器爲榜樣，不在京都已經六年。

御史台獄卒手持皇上聖批抄查「詩賦文字證物」的牒文，一徑奔向先皇宰相王旦的相府。往日王相府已是一派落敗景象，現任工部尚書雖是高官重臣，但總沒有了相國的威勢。家丁豈敢對御史台獄卒說三道四，只得任憑獄卒們翻箱倒櫃，鬧得雞犬不寧。

可是抄來查去，都是幾年以前的實物，其中蘇軾的文字僅僅是他寫給王鞏的一篇《硯銘》，即壓在硯台底下的格言短語：

月之從星，時則風雨。
汪洋翰墨，將此是儀。
黑雲浮空，漫不見天。
風起雲移，星月凜然。

這些人生感慨，怎樣也難和「譏諷朝政」聯繫起來。但看星月夜雲，誰能阻擋他時有風雨。這和文人學士追求之汪洋翰墨，竟是何其相似：一時黑雲漫不見天，等得風雲逐走，不又是星月光輝麼？

找不到「罪證」回御史台交不得差，獄卒們便把並非王鞏與蘇軾的詩文信札交往也囊括在內，一起查抄。

這下可好，找到了現任宰相吳充幾年前寫給王鞏的信件若干，內中有語言涉及新政：

……竊以為變法新政來勢過猛。誠如皇上所明察：大宋立國百年，積貧積弱已成定勢，累為沉痾。

然沉痾重病，且以人比擬，不先用稀湯粥水將其養活，輔以些許參湯滋補，使其體質稍壯，再配服慢藥治療，豈能將其救活耶？

試問垂危之病人，突施猛藥，即使該藥正對病症，他又能承受猛藥而立起麼？……

獄卒一看，高興極了，這不是明目張膽反對皇上變法麼？於是便要將其帶走。

王府老總管謝剛挺身而出：「此非蘇軾信札，不在查抄之列。且寫信者乃現今宰相吳充大人，獄卒豈不有所諒解？」

獄卒瞪眼吼叫：

「管他那麼多！變法是皇上御旨推行，不管是誰反對，都應追查到底，你一個小小的王家總管，連朝廷上的事也要管嗎？」

謝剛說：「十年前皇上親自推行變法新政，而具體執行是宰相王公安石介甫。如今連王公也已二次罷相，回返江寧出任知府。獄卒現時追究變法議論者的責任，不覺得多此一舉嗎？」

獄卒說：「議論變法？謝總管故意化大為小了。這信中言詞已經是對皇上推行變法的激烈反對，怎麼說成僅僅是『議論』而已？不管什麼人在什麼時候，有對皇上持異議的言論行為，都必須追查到底，管它當年主持變法的王安石是否還在位呢？將信帶走！」

謝剛說：「獄卒越權查抄，有辱法紀！」伸手來奪信件。

獄卒抬手推開謝剛：「辱法不辱法，等交上去再說！」將信抓過藏進公事袋中。兩人推來搡去，漸成鬥毆。謝剛拳腳很重，一拳頭便把獄卒鼻子打出血來。獄卒抱頭喊叫，哼痛逃走，投訴於大理寺。這與洛陽呂良毆打馮布安幾乎完全相同，都是「義僕護主」；同樣是被打的一方《狀告惡奴行兇案》。所不同的是，洛陽有「劉郎」劉安泰等人維護正義，呂良、司馬光一方勝訴；京城由於御史台李定的一手把持，大理寺也不公道，判決謝剛、王鞏一方敗訴。其判詞爲：

……被查抄之王鞏，係罪犯蘇軾之同黨，在蘇軾所供四十餘人之列，故爾，王鞏之所有往來文書信札詩詞歌賦等，全在查收之列，不管來信之對方是何人等。

查：王鞏家奴謝剛目無法紀，毆打御史台正執行公務之獄卒，以致傷面龐額鼻。著令謝剛罰銀二百兩，以作受傷者之醫療用項。另處王鞏家罰銅二百斤，以儆效尤……

這下子把寫信人現任宰相吳充得罪了，使他更堅決地站在了營救蘇軾之一方；比早先只是對李定、舒亶、何正臣行爲提出質疑前進了一大步。

朝廷爭鬥的局面愈演愈烈了。

受了大理寺袒護判決的鼓舞，御史台獄卒便大搖大擺到駙馬府去了。不過，到駙馬府去的不是普通的獄卒，而是有名的「四烈卒」。他們分別姓牛、姓朱、姓苟、姓馬，這四個人平時也只到有身分的人家去執行公務；一般的人家他們還看不上眼。

由於他們兇橫霸道，屢屢得逞，洋洋得意自稱爲「牛朱苟馬四烈卒」。

老百姓全都稱他們爲「牛豬狗馬四孽畜」，對他們恨之入骨。

「孽畜」從來沒有像現在這樣風光過，他們以前莫說是到駙馬府去查抄，簡直連踏進駙馬府門檻的機會都沒有。

今天，他們決定要抖抖威風，出出惡氣。

駙馬府邸深宅大院，富麗堂皇。四人趾高氣揚朝裡走。

四孽畜中老牛爲長，號爲牛頭。他進府便大聲喊著：

「聖上諭示：罪犯蘇軾已入獄認罪招供；王詵爲蘇軾謗訕朝政之同黨。著令王詵交出與蘇軾往還之詩賦、信箋、文牘、繪畫。如其不交，將厲行奉旨搜查！」

王詵早已通知蘇軾燒掉與朋友唱和之詩文信札，當然他自己早就燒乾淨了。他對所謂之搜查根本不予理睬，幾個獄卒豈在他當朝駙馬眼中。任憑牛頭大叫，他置若罔聞，拒不露面。

牛頭一聲高似一聲喊著：

「王詵出來！王詵出來！……」

蜀國公主抱病在床。她得的是難以啓齒的婦科病，經血不調，經期發痛，欲流又止，時間很長。對這種病，女人總是諱莫如深，甚至不承認這是病，因而儘量裝成若無其事的樣子。

聽牛頭叫喚得不像話，她起床出來應酬說：

「公差獄卒，公主這廂來見了。然公差當知禮法，駙馬都尉的名諱也是爾等可以大呼小叫的麼？」

牛頭驚異於蜀國公主的美色，病態懨懨卻是攝魂奪魄，他淫邪地望著公主說：

「多謝公主教誨，在下獄卒雖爲末流，然而手捧聖命，便不得有損聖尊。」心中暗想，此時正好一窺公主駙馬的簾幃生活秘密，哼哼哈哈笑了幾聲之後說：

「駙馬王詵既不願屈尊見面繳呈詩文信札，在下便不得不入內搜查了。」

所有書信均已燒毀，蜀國公主何懼搜查，便順梯下樓說：

「公差奉有聖命，自當搜查無妨。不然爾等回去也無法復命。」

牛頭說：「公主體諒：在下牛、朱、荀、馬四烈卒非是一般差人，知道搜尋各種罪證物件從何下手。此類證物，豈會收在顯眼之地麼？各位兄弟，進王詵臥室查抄去吧！」

蜀國公主說：「四烈卒休得無禮……」本想說出本朝有制：皇室後宮不得擅闖擅搜！公主臥室便在此「後宮禁闖」之列。

但哪裡等得公主說完，四孽畜早已闖進公主臥室去了。

公主臥室向來無外人敢於闖入，她在痛經期換下的經血小衣便隨處亂丟，每天多達一、二十件。

四孽畜進入臥房，本就有無聊笑鬧的想法。所謂搜尋「罪證」一無所獲，卻是各人拿了一件公主的經血小衣打趣起來。

「啊哈！這是什麼？」

「民間無此聖物，定是『送子觀音』給公主送子投胎的信物吧？哈哈哈哈！」

蜀國公主勃然大怒，堵住了房門口說：

「大膽孽畜！休想活下命來！禁卒哪裡？快將『牛豬狗馬四孽畜』捉拿下來，連同各自所攜本宮穢物，捆綁一起，押隨本宮轎後，隨本宮進後宮，奏請太皇太后發落！」

四孽畜已知闖下大禍，丟棄經血小衣欲奪門而逃。但蜀國公主當門叉手而立，擋住了去路，只放駙馬府禁卒進房捉人。

駙馬府禁卒早得了王詵密令，在早任何人不准出頭與獄卒接頭。意在惹怒獄卒使其行爲出軌，以便捉拿治罪。這時機會到了，豈不迅速動手，不幾下便把四個人捉住了，捆了個結結實實；每人繩索上都吊有一件公主的經血小衣。

公主怒氣未消，厲聲喝道：

「備轎進宮！犯人押後！」

王詵這時出來了，攔阻說：

「公主夫人息怒！大天白日，讓四孽畜攜公主穢物街頭一走，公主皇家威嚴何存？不如先將四犯押下，待晚間天黑，候有太皇太后懿旨，再將四犯押至何處爲妥。公主還是自行先進宮稟告吧！」

蜀國公主一聽這話有理，便自個上轎進宮。

她一進後宮內門，就止不住眼淚婆娑，嗚嗚咽咽叫了起來：

「太皇太后！給孫女兒作主！孫女兒被人欺到頭上來了，哇哇哇哇！」搖晃欲倒。

後宮宮女趕忙過來扶住她說：

「公主怎麼了？公主怎麼了？」忙就扶著她向太皇太后寢宮慢慢走去，一邊又提醒說：

「太皇太后這一向也病了呢！」

蜀國公主驚呼：「啊？太皇太后病了怎麼不告訴我們？」

宮女說：「太皇太后有懿旨：不讓告訴任何人！太皇太后說：人固有一老，老固有一死，我都已經六十四歲，活得夠長了。還沒到歸天時候呢？怎麼去打擾子孫？老來有個三病兩痛何足奇怪。」

說著走著，已經來到太皇太后寢宮門外，太皇太后曹氏已經聽見了，她斜躺在「鳳凰起舞」的便榻上，有氣無力說：

「是誰來了呀？宮女又絮絮叨叨了。」

蜀國公主搶跑幾步，跪在臥榻前說：

「太皇太后！孫女兒給太皇太后請安！太皇太后千歲，千千歲！」再也止不住了，「嗚嗚，哇哇……」眼淚不斷線地流。

曹氏太皇太后微微欠起身子說：

「起來說吧！是誰欺負我孫女兒了？給蜀國公主看座。」

宮女馬上搬個凳子放在臥榻前，公主坐下說：

「孫女看見老祖宗病成這個樣子才哭的呢！」

曹氏太皇太后說：「傻孩子，別騙祖母了，我聽見你一進宮門就哭了呢！若沒有人欺負你，你會如此傷心地哭？」

蜀國公主說：「老祖母如此耳聰目明，是兒孫們的福氣呢！老祖母！不用孫女說，你老人家也該猜出來了，在我駙馬府裡，還有誰能欺負我呢？」

曹氏太皇太后勉強一笑說：

「這麼說是你那皇帝弟弟欺負你了。你倒說說看，是不是因爲蘇軾寫詩『謗訕朝政』那件事呀？」

蜀國公主還沒來得及開日，她母親皇太后高氏進來了，老遠就喊：

「我那乖女兒在哪裡？」

蜀國公主忙起身跪迎說：

「女兒給母太后請安，皇太后千歲，千千歲！」

高氏皇太后攙起女兒說：

「在後宮裡，眼下又沒別人，行這大禮幹什麼？聽宮女說你一進門就哭哭啼啼，是不是有人欺負到女兒頭上來了？快給祖母太皇太后稟報，太皇太后定會給你作主！」

蜀國公主說：「稟太皇太后，稟皇太后；孩兒今天蒙受了奇恥大辱……」

話才起頭，忽聞內侍在門外唱引：

「歧王顥、嘉王頵二位王公駕到！」

這是後宮的特例朝制；女眷內親等如公主等人，可以不用通報而直接進入，而男賓即使是皇帝本人到來，也必須先通報而後進入。這是男女有別的禮儀制度，不能兒戲的。

歧王顥（名爲趙顥），與嘉王頵（名爲趙頵）都是皇帝趙頊的弟弟，當然也是蜀國公主的弟弟。

曹氏太皇太后聞報欠起身來，宮女趕忙給她後背塞上厚厚的軟墊，讓太皇太后靠在軟背墊上舒服一些。曹氏太皇太后坐好後說：

「傳二位王爺進宮。」

趙顥與趙頵進宮來雙雙跪下說：

「孫兒向太皇太后、皇太后請安！……」

還沒來得及呼喚「千歲千千歲」，曹氏太皇太后便插斷說：「起來吧！起來吧！在後宮沒外人就不必行朝拜大禮了。你二姐弟怕是爲同一件事情來的吧？是不是爲蘇子瞻『烏台詩案』下大獄的事情啊？平常事情從大往小排；今天這事我要倒轉過來，從最小的說起，一步一步往上推。先由嘉王頵說。」

趙頵說：「老祖母還如此精明，實是我們兒孫之福。我今天來正是爲蘇軾入獄之事。太皇太后，皇太后！以文字成獄，將貽笑歷史後人啊！」

趙顥說：「孩兒也爲此事而來，沒成想老祖母早有先見之明。文字成獄，歷史上只有秦始皇一人而已。他焚書坑儒，暴君惡名傳千古。太皇太后不可不爲我大宋皇朝聲譽著想啊！」

蜀國公主說：「兩位弟弟王爺還是泛泛而論，我卻是已深受其害了。

「皇上誤信李定、舒亶等人羅織罪名，將蘇子瞻拿下大獄。皇上還給御史台發了詔令，著獄卒連我家駙馬府都來搜查，說是查抄什麼與蘇軾共同謗訕朝廷的反詩罪證。

「御史台根本不把駙馬府放在眼中，連個獄吏也不派，只來了牛朱苟馬四烈卒。這四個烈卒在京城臭名昭著，連小孩子童謠都唱：『牛豬狗馬四孽畜，殺來喝血又吃肉。』

「這四個人眞是豬狗畜牲！他們哪裡是搜什麼罪證？四個人闖進我的寢居，把我的經……」蜀國公主實在說不出「經血小衣」四個字，只好改口說：「我的污穢小衣被他們四個人各拿一件觀賞取笑。嗚嗚，孩兒的臉都丟光了。哇哇！」嗚哇大哭，再也不抬起頭來。

趙頵火冒三丈：

「太皇太后，皇太后！姐姐受此奇恥大辱，兩位太后還能坐視不管嗎？」

趙顥說：「再這樣下去，連後宮也會被御史台的人不放在眼裡了。兩位皇太后住在深宮內院聽不見，如今汴京城里到處都在傳唱蘇軾的詩詞，演唱《西江月》，揭出了御史台李定、舒亶、何正臣三人的醜惡嘴臉。光唱還不夠，還印成貼紙滿城貼著呢！簡直不堪入耳，不堪入耳。孩兒帶了一些，兩位皇太后看後便知孩兒所言句句是實。」邊說邊拿出一摞「貼紙」，放在曹太皇太后臥榻旁几案上，補充說：「古語有云：『足寒傷心，民寒傷國。』不可不愼，不可不愼啊！」

趙頵見哥哥掏出了「貼紙」，又湊上一些說：「孩兒這裡有今天街上最新的貼紙，請二位太后詳察：

⋯⋯民怨沸騰，何以安國？」

曹氏太皇太后厲聲制止說：

「夠了！你們想把我氣死嗎？」果眞喘了幾口大氣，幾乎就接不上氣來了。宮女慌忙端來隨時備有的救急人參湯，蜀國公主接過餵了好幾口。曹太皇太后才緩過氣來，繼續厲聲斥罵：

「三姐弟還不跪下？」

趙顥、趙頵聞聲忙就跪了。蜀國公主把人參湯碗往宮女手裡一送，也跪下來，同時開始微微顫慄。三姐弟誰也鬧不清太皇太后突然發這麼大的火是什麼原因，低著頭不敢直視老祖母。

曹氏太皇太后稍爲緩和一點聲腔說：

「剛才你三姐弟一進宮便行朝制大禮，我都說沒有外人在，大禮可以免了。現在，老祖母卻要你們跪下聽從教誨，不然你們不知道事態有多嚴重！

「你們難道忘記了祖宗朝制嗎？後宮不得干預政事！你們想要老祖母臨死了還犯下破壞朝制的罪過嗎？

「你們記住：作爲皇室公主王公，必須勿狂勿躁，懂得維護皇室的尊嚴！你們也不想想，離開了至高無上的皇室權威，你們的公主王公還作得下去嗎？

「記住：今天的事這裡說，這裡止，再不准你們亂嚷嚷了。你們起來吧！有話再說兩句，無話就走。我要休息了。」

蜀國公主不肯起來，跪著哀求說：

「太皇太后，四烈卒擅闖孩兒寢宮，不是朝政大事。他們犯了朝制禁條，理當重判重罰。求太皇太后為孫女作主！」

曹氏太皇太后說：「你起來吧！這事倒是要認眞查處，不然，改天他們連我後宮都敢闖了。你把他們怎麼樣了？」

蜀國公主說：「孫女已命駙馬府禁軍將四人當場捉獲，連同他們手執觀賞取笑孫女的污穢小衣，一起捆綁，等候太皇太后懿旨發落！」

曹氏大皇太后說：「捆得好！你回去叫禁軍將他們押解到大理寺去投訴吧！我會傳懿旨叫他們嚴加懲處！」

蜀國公主已經站起來了，聞言又慌忙跪下說：「太皇太后！使不得！使不得！如今大理寺已被李定等人把持，只按御史台的眼色行事。

「太皇太后可能還不知道吧！御史台獄卒前去查抄前丞相王旦的家，無理取鬧，惹惱了王府管家謝剛，兩相毆鬥，本來御史台無理。但投訴的結果，是判處謝剛敗訴，罰銀二百兩作療傷費，還罰王府銅二百斤以儆效尤。其實被打之人也才出了一丁點鼻血，根本無傷可療。

「孫女請求太皇太后下懿旨將他們處死，千萬不能交到大理寺去！」

曹氏太皇太后說：「四烈卒行為不檢，這事也犯不到死罪啊！好了，我給大理寺捎話，判他們先責四十大板，再關五年監牢，加罰五年苦役，你的氣也就出了。」

年輕氣盛的趙頵說：

「太皇太后！這處罰太輕！」

曹氏太皇太后說：「不要多嘴！你們都去吧！」

三姐弟只好怏怏不樂出宮。

曹氏太皇太后又說：「慢！顥兒、頵兒把你們的『貼紙』拿走！」

趙顥說：「太皇太后你還沒過目啊！」

曹氏太皇太后對宮女說：「去把我們的拿來！」

宮女迅速取來了一大摞貼紙，原來連今天新貼的都已齊備了。

三姐弟異口同聲說：

「我等錯怪太皇太后了。原來太皇太后比我們更關心『烏台詩案』！」

曹氏太皇太后說：「你們姐弟都不小了，但對於一個開國一百多年的大宋皇朝來說，你們又太年輕了，沒有經歷過磨難啊！叫你們母親再開導開導你們吧！」

高氏皇太后把三個兒女帶回自己的寢宮，柔聲慢調說：

「你們以爲只有你們才關心蘇軾嗎？老祖母比你們關心得多！蘇軾向受先皇寵愛，他在民衆中聲譽如此之高，幾乎全京城的人都在營救蘇軾，他們透過各種關係來說服太皇太后和我，貼紙也是還沒貼就送進了內宮。目的是要太皇太后和我去給皇上求情。

「太皇太后告誡我說：『沉默，冷靜。冷靜，沉默。不到時候不能亂開口！』老祖母當年輔佐太先皇平定後宮叛亂，那個舉火報警的方法有多聰明，叫宮女剪一綹頭髮以作黑夜救駕的憑證，這謀略又是何等精巧！她難道會想不出救蘇軾的辦法麼？

「告訴你們，太皇太后每天都派人暗中打探與蘇軾案情有關的情況，還及時轉告了我。杭州黎民百姓爲蘇軾做解厄生辰道場，兩個多月了見天不斷。

「太皇太后已派人查明，此案最初的起因是杭州前知府柳暮春、他兒子柳謀順、他親家錢伯溫三人合謀羅織蘇軾的『罪行』，實際全是陷害。可是這三個人突然失蹤了。太皇太后已猜出是杭州黎民百姓暗中將三個奸人處死了。

「太皇太后聽到這件事後長長嘆息說：『唉！水能載舟，也能覆舟，千古一理，黎庶不可欺！』孩兒們各自回去吧！目前皇上並沒有要戮殺蘇軾的打算。所以她告誡我：時候不到，不能亂說。

「顥兒，頵兒！我知道準是京城有人來活動你們，叫你們吵著太皇太后出面救蘇軾。是這樣嗎？」

趙顥、趙頵說：「母太后猜得一點不差。」

高氏皇太后說：「這事你們以後不要管了，你們想管又管得了嗎？我們都指望太皇太后吧……」

蜀國公主離開後宮時一則以喜，一則以憂。喜的是蘇子瞻有太皇太后關愛救護，憂的是太皇太后對四孽畜的處罰太輕。

可她回家裡一看，家裡一片大嘩：牛豬狗馬四孽畜已吊死在駙馬府，李定、舒亶、何正臣三人登門找麻煩，說王詵謀殺了三個獄卒。

蜀國一聽四孽畜死了，心裡好不痛快；又一看李定等人登門問罪，害怕王詵會出事端。

誰知王詵面對李定、舒亶等人的大吵大鬧只是一言不發。

一看公主進了屋，王詵馬上站起來，迎著夫人大聲宣講：

「這下好了！這下好了！公主已從後宮太皇太后那裡告狀回來了，李、舒、何三位大人無須多費口舌，等我當眾念誦完這一奏表，你們再去後宮核實好了……」

御史台牛朱茍馬四獄卒自縊情狀

臣駙馬都尉王詵呈奏陛下。是日上午辰時三刻，御史台牛朱茍馬四獄卒來到駙馬府……闖入公主臥室。並未搜到任何罪證，反而各執一件公主經血小衣觀賞取笑。

公主大怒，命駙馬府禁軍將四獄卒當場捉獲，連同手持之經血小衣一同捆綁。

公主徑去後宮稟報太皇太后，以請處治四獄卒之懿旨。

牛、朱、茍、馬四獄卒自知罪孽深重，趁關押後房無人看管之機，互相解開了捆綁之繩索，畏罪自縊身亡。

王詵踏察屬實之後向御史台報告。御史台李定、舒亶、何正臣三人，聞訊後親到駙馬府看視，證實四獄卒均已自縊身亡……

李定、舒亶、何正臣三人踏察四獄卒自縊現場時，公主去後宮告狀尚未返回。此事只須御史台去後宮請太皇太后與皇太后核實……

乞皇上聖明鑒察。

蜀國公主一聽這個奏表，心裡的石頭落了地。便對李定等人說：

「李、舒、何三位大人！本宮才從太皇太后、皇太后處歸來，並不知四烈卒已畏罪自殺，也就無有串供之類的嫌疑，三位大人去後宮核實好了。

「三位大人將四烈卒屍體搬走自便，本宮現時身體不適，要休息了。」徑到臥房內睡下。

李定等三人情知個中有鬼，卻是無把柄可抓，只得將四孽畜屍體起運，悻悻然走了。

但李定等人並不善罷干休，他們立即也寫了一份奏表，狀告王詵謀殺御史台四烈卒。

趙頊同時接到王詵和李定的兩份奏表，情知王詵謀殺獄卒是實，卻又沒有證據，便怒氣衝衝進了後宮，將兩份奏狀向太皇太後一遞說：

「請太皇太后代孫兒皇處理朝政吧！」

曹氏太皇太后一聽話裡有話，趕忙將兩份奏表看完。知道事情只能平息。於是說：

「聽官家話裡的意思，是本宮干預朝政了。其實數十年來，本宮從不干預朝政已是有目共睹，現在我已病入膏肓，目前已無精力干預朝政，不二天沒入黃泉，更不會干預朝政了。

「我今天要說：蜀國公主適才眞來投告四烈卒暴行。說他們拿經血小衣比喻『送子觀音』給公主送子。蜀國公主是你姐姐，哭得淚人一般，可見受辱非假。

「四烈卒自殺亦在情理之中，御史台告王詵謀殺獄卒無任何證據，何足爲憑？四烈卒之自縊身亡，或者正是天神對邪惡的懲處：他們不是連觀音大士都敢拿來取笑蜀國公主麼？他們被天神處決何足爲怪？

「官家！此事因蘇軾詩案而起。但此案我半點不知情，也無精力多所打聽。但我相信神靈的某種啓示，會對官家處理蘇軾詩案有積極的影響……」

事情便這樣不了了之。

當晚，事情平息以後，蜀國公主問王詵說：

「四孽畜果然會畏罪自殺麼？他們自信李定等人神通廣大，會保他們平安過關。」

王詵說：「公主可還記得我不准你帶他們進後宮麼？一進後宮，他們就活了。留在本府，要勒死他們而後設個自縊現場，不是易如反掌麼？頂多像捏死四隻螞蟻！

「我總算給公主，給子瞻，給我，給我們大家，出了一口惡氣了。哈哈哈哈！」

66 月裡嫦娥納妾丞相 介甫頓悟艷遇情深

王安石回到第二故鄉江寧（今江蘇南京）已經兩年了，仍未從變法失敗、兒子早逝、痛失二弟這三大悲哀中解脫出來。

熙寧十年（公元一〇七七年）初春，他第二次罷相，結束了風雲十年的京都時代，吟誦著自己悲愴的新詩，離開了開始有所厭倦的京都官場。

貧賤只求食與衣，
百日奔走一日歸。
平生歡意苦不盡，
正欲老大相因依。
空房蕭索施帷繐，
青燈夜半哭聲稀。

音容想像今何處，
地下相逢果是非。

貶居江寧，掛的官銜仍是江寧知府，但他已沒有任何從政的興趣。他蝸居在江寧白下門外半山園，吟詠著不盡的悲哀：「誰有鋤耕不自操，可憐園地滿蓬蒿……」苦熬著淒涼的晚年生活。

折磨他的不是自願鋤園作菜的勞累，不是囑咐家丁備辦的清茶淡飯，而是內心裡的三條「蛀蟲」：朝政失敗者的憤懣；理想破滅者的悲哀；追求受挫後的疑惑！他始終解不開胸中鬱結的塊壘：是什麼使自己的十年變法從轟轟烈烈開始，而以淒淒慘慘結束？想當年風風火火北上，只落得窩窩囊囊南歸；至親至愛的二弟安國，從變法中丟棄；唯一的天才愛子王雱，又實際上因變法失敗而早亡。這一切是天意的懲罰？還是人間惡作劇的必然？

王安石對朝政已徹底失望了。失弟逝兒，是心靈上永遠癒合不了的傷口。追悔著十年官場的糊塗，吞食著不善識人的苦果，惱恨自己種瓜得豆，培養提拔呵護的「學生」呂惠卿，竟就是使自己險遭毒手的政敵。這血與淚的代價實在是太悲苦了。

老妻已病體懨懨，臥床難起，思念唯一愛子的苦淚悲聲，不絕於耳，縈懷於胸。爲了排遣時日，王安石苦心編纂著自己一生中最後一部著作《字說》，考證字的圖形起源，發展完善，正誤讀音，多重釋義。

眼下又是雜草乾枯的冬季了，十月將近，孟冬近尾，這天是兒子王雱三十四歲的生日，可憐他已在土裡睡了兩年有多。

老妻再也抑制不住母親喪子的悲哀，邀約夫君同來兒子墓地祭奠……香燭紙錢之下，果眞是「亡者爲大」啊！王安石和老妻雙雙跪倒在兒子墳前嚶嚶哭泣，淒絕哀傷，使冬日的太陽也不敢久聽久看，躲到黑厚的雲層裡去了。

「老爺！夫人！請節哀！」兩聲親切的招呼響在身後。

王安石驚起歡叫：

「啊！『江湖浪人』柳隨風！這幾年你都飄到哪裡去了？」望定了面前的中年漢子。

夫人吳氏乍起歡聲：

「喲！『月裡嫦姐』常思玉！你隨夫君蕩遊，可把老姐姐我想苦了。」拉著眼前如花似玉的女子愛憐不夠。

柳隨風和常思玉兩夫婦雙雙倒頭拜下說：

「老爺、夫人救命大恩，沒齒不忘！」

吳夫人搶在王安石之前攙起常思玉說：

「快起快起！好好的說著話兒，幹什麼又行大禮？家去家去，聊聊這幾年別後的情景。」

四人一起向半山園家裡慢慢走去。王安石思緒萬千，馬上想到幾年前在京都丞相府裡那次幾乎成歡的艷遇。

那是一個月圓的中秋之夜，王安石正處在自己事業的巔峰狀態中，每日文書案卷不絕於手，變法運動已在全國展開。王安石覺得不應使變法有片刻的停滯，便連近在咫尺的相府都不回去了，不捨晝夜在朝廷相國公署裡，草擬奏章，增刪新條款，批閱全國各地來的堆如小山的折子，審時度勢作出決斷，何止是日理萬機！竟一連在相國公署裡七天沒回家去。渴了喝杯清茶，餓了啃點煎餅，睏了就在公署裡簡易床鋪上和衣小寐，往往只睡個把時辰，便覺太久太久，奮然再起繼續幹事。

當時王安石已不太年輕，但尚屬中年壯歲，且有巨大的成功喜悅支撐，根本感覺不到勞累。他當時心裡只有一個想法：牛軛在肩，唯有勉力耕耘了。

兒子王雱進得相國公署，對父親淒苦一笑說：

「爹！記得今天是什麼日子麼？」

王安石這才發現兒子來了，擱筆推紙，猛可地說：

「雱兒！日子天天過，哪天不一般，未必今天特別了？」

王雱說：「今天是八月十五過中秋，爹就一點不記得你自己的詩句：『萬家團圓本天理』了？」

王安石驚乍站起：

「啊？是嗎？哎呀呀，糊塗宰相糊塗過，未知佳節竟自來！好好，馬上回去，馬上回去！是你媽打發來叫我吧？」

「爹！哪裡只是我媽盼望闔家團圓呢？媽好像還爲爹準備了特別的中秋團圓禮物！」

王安石只當是家常閒話，並沒有深入去想。

回到家裡，王安石覺出一股強大的佳節氣氛。相府門簷下掛著大紅閃亮的紗燈，臥室門前的紗燈竟還貼有「喜」字。

王安石心裡說：

「老夫老妻了，還貼喜字？」

夫人吳氏從臥室裡笑吟吟地迎了出來，老夫老妻間騰起深情的依戀，完全用不著再說出口來。

餐桌上擺著幾樣平時最愛吃的菜肴和美酒，王安石頓覺食慾大增。的確，中午只是兩塊煎餅充飢，現時豈不飢腸轆轆？

王安石從不講究客套禮儀，竟像饞嘴小孩一樣，伸手從盤子裡拈起一塊什麼肉放進口裡，立即讚不絕口地說：

「啊哈！知我疼我者，夫人也！這不是我最喜歡的鹿脯嗎？許久不吃了，今天特別香脆可口呢！」

吳夫人說：「相爺過獎了，不過今天這鹿脯多一個滋味，並不是因為相爺久未吃食才覺香甜，而是因為今天這鹿脯係一位新人所烹製，她的手藝勝過老婆子我多矣！」

王安石一聽「新人」這詞很覺意外，糾正說：

「夫人怎麼亂用詞語了？『新人』乃指新結婚的新郎新娘啊！未必你連這個都忘記了？烹調廚師頂多叫做『高手』好了。夫人終日操勞，如今請個廚師也不為過。」

吳夫人詭秘一笑說：

「呵！老爺可真耳尖，連我隨口說一句『新人』就入耳了。今天是中秋佳節，正所謂天上月圓，人間月半，又何如人月兩皆圓呢？我斗膽做主，特為相國聘來了一位烹製菜肴的女子，老爺叫她『廚師』也罷，叫她『高手』也行，反正她是『新來之人』吧，叫叫『新人』又有何妨？眼下我就叫她爲老爺把盞陪酒！」隨即咳嗽了兩聲，自是傳出了暗號。

一個年青女子走進餐廳，向王安石和吳氏斂衽爲禮說：

「老爺安好！夫人萬福！」她根本不知道這裡是宰相府，更不知道這個其貌不揚的男人就是當今叱吒風雲的宰相王安石。連忙補充問：「老爺喜歡小女子做的菜嗎？」

王安石只覺得這位廚師眞是美豔絕倫了，忙說：

「很好，很好！我都許久沒有吃到這麼合口味的菜肴了。既是新來的高手廚師，以後就是自家人了，坐下一同吃飯吧！」

女子一聽老爺叫自己是「高手廚師」，奇怪地瞪眼望著夫人吳氏。吳氏使眼色叫她不要聲張。她才在王安石身邊坐了下來，爲王安石和夫人把酒夾菜，一邊不停地說：

「老爺請！夫人請！」自己只是象徵性地吃一點點。

王安石一邊吃著喝著，一邊心不在焉，仍在想著朝政大事。夫人發現他還是只顧吃近處幾樣菜，遠處的不伸筷子，也不關心那是些什麼菜，便把遠處的菜移放到他面前說：「老爺不想嘗嘗這是些什麼菜麼？」

王安石還沒來得及伸筷子，年輕女子一一爲他添菜解說：

「脆鴨肫肝，江寧香肚，清蒸鰣魚……」

王安石邊吃邊讚：

「哎呀！這不都是江寧名菜嗎？我不到二十歲便隨父親從老家江西臨川遷居江寧，外祖母太夫人常流燒著這些菜給我吃，吃得我嘴饞肚滿。沒想到一晃二十多年，今夜又有幸嘗到此鮮美佳肴了。」已有分酒意，話就多了起來。

吳夫人趁機介紹說：

「老爺！你不想知道這位『新人廚師』何以會燒江寧名菜嗎？你仔細瞧瞧她的打扮。」

王安石這才認眞端詳這位女子，看出她才二十餘歲，十分婀娜多姿，上穿淺紅色緊身窄袖緞子花衣下穿深絳色緞面窄腳褲，越顯出其體態豐潤，穩重不騷，面容姣好，秀麗超群，眉如細黛，眼似晶珠，叩髮高髻，釵鳳簪花。神韻清雅水嫩，是江南水鄉女子特有的豐姿。於是歡快地說：

「你是江南人吧！」

女子點頭微笑：

「祖居江寧。」

王安石興致更起：

「江寧是我的第二故鄉，可也有多年沒去了。紫金山獨龍阜之靈谷寺現時如何？」

女子說：「這東南巨剎鐘聲仍傳之遠遠！」

王安石問：「無樑殿呢？大殿無樑，堪稱古代建築『傑』構？」

女子說：「參觀朝拜的人越更多了。」

王安石問：「唐代三絕碑呢？那可眞是極品，畫聖吳道子作畫像，大詩人李白作像贊，大書法家顏眞卿作書。世間絕無僅有啊！」

女子說：「每天去臨摩字畫者不計其數。」

王安石問：「玄奘塔呢？那裡收藏著唐代高僧玄奘一部分頭蓋骨，算得上天下珍奇啊！」

女子說，「新近又增加了許多佛學寶典，都是唐玄奘去西天迎取的佛經眞品呢！」

王安石問：「夫子廟呢？這秦淮河畔之明珠、貢院、學宮、孔子廟，都是文人的聖殿明堂，不愧爲秦淮燈河甲天下！」

女子說：「老爺對江寧勝景如數家珍，小女子正是那裡的人氏。來來來，家鄉女子敬酒敬菜，老爺是非吃非飮不可啊！喃喃……」

於是王安石興高彩烈，菜來舉箸，酒來添杯，盡吃盡喝，終於醉眼惺忪，幾乎不省人事了，連連擺手說：

「罷了，罷了，頭腦昏沉，只想睡也。」撲在桌面上了。

女子爲他端來熱水，揉好面巾，爲他洗了臉面手腳，扶他進臥房裡去，寬解外衣，扶他到床上睡下，蓋好了被褥。再去收拾了碗筷，抹洗了桌子，清掃了地面……自己又慢騰騰地洗了手臉，終於再沒事可幹，非上床睡覺不可了。

女子走進王安石臥室，走近王安石床邊，看著這其貌不揚的小老頭子，心裡怎麼也不是滋味……心想自己一對恩愛夫妻，兩人年輕輕乾柴烈火，情深意篤，如今夫君被陷害下了死牢，自己爲救夫而賣與這個糟老頭子，眞是太冤枉了。可是不這樣又有什麼法子呢？……罷了罷了，難得這位老人家裡此豪華氣派，老人言談舉止教養極深，非是等閒可比，自己委身於他，救活了夫君一條命，也值得了…夫君啊！夫君！你我今生已無緣分，我只能救了你的人，卻不能再伴你終生，我已是他人之賤妾了……諒我吧！原諒我吧！

女子終於寬衣準備上床。

已睡多時的王安石，酒已醒了大半，飄飄然夢境好香。許是很久沒吃過的江寧菜肴今天突然大飽了福的緣故吧！夢境裡竟然念起了幾年前任職江寧府時的詩句，那是對江寧這座歷史文化名城的感慨萬端

江寧另有金陵、建業、建康等多個名字，曾是東晉、東吳、宋、齊、梁、陳、南唐後主（李煜）等都城，號稱六朝古都；可是歷代王朝的盛衰興亡發展史，不常常是父盛子衰、禍福難料、舊事易忘、今易醉麼？王安石的詩句便是對其大發感慨：

霸主孤身取二江，
子孫多以百城降。
豪華盡出成功後，
逸樂安知與禍雙。

東府舊基留佛刹，
《後庭》餘唱落船艙。

年青女子不知王安石是夢中吟詩，忙接上此詩的末尾二句說：

《黍離》《麥秀》從來事，
且置興亡近酒缸。

王安石睡夢之中渾然不覺，仍然照念了末尾兩句：「《黍離》《麥秀》從來事，且置興亡近酒缸。」幾乎與床邊女子所念同起同落。

床邊女子心裡一動：原來老頭子是在夢中！啊？夢中他怎麼念起當朝宰相王安石幾年前出知江寧府的詩句來了？夢中誦詩，難道這老人竟是王安石？

年輕女子又朝他看了幾眼，怎麼看也不像王安石。想王安石是當今叱吒風雲的宰相，幾年之中雷厲風行，把「變法維新」搞得全國震動，能是這麼一個其貌不揚的小老頭麼？不像，不像……但他言談舉止如此大度渾然，家裡又如此豪華寬敞，這樣的府邸在京城除了皇宮之外，恐怕也再難找了……啊！是他是他！王安石正是他！不是世人都說：王安石有兩樣東西名揚天下麼？一是他的才華，二是他的邋遢……這可正是這老人的寫照了。

想到了這一點，年輕女子備感欣慰：今晚竟能與當朝宰相共枕而眠，實是三生有幸！夫君也該體諒賤荊了。她迅速寬衣上床，吹燈一抹黑，她歡快地鑽進了王安石的被窩……

王安石一覺醒來，感到了某種男人的需要。他已久未回家，自然未與夫人接觸。今晚中秋，酒醉飯飽，醒來難免動情……怎麼？老妻今晚何以如此軟綿細嫩？莫非眞有返老還童的奇蹟？抬頭撫摸，觸到年輕女子豐滿的乳峰，王安石一驚坐起，一看身邊躺著的竟是「高手廚師」，於是厲聲喝問：

「怎麼是你？你是何人？」

年輕女子悄聲軟語說：

「我是夫人爲相國老爺花錢買的小妾！」

「胡來！」王安石起身下地，趿著鞋子走開，喝罵道：「胡鬧，胡鬧！快起床點燃燈火！」

八月十五月滿圓，屋裡沒燈也有好大的亮光，王安石看見「小妾」竟然只穿著薄如蟬翼的綢紗，連忙背過臉去，直等她穿好衣服，點燃好大的燈火燭光。

小妾嚶嚶哭泣起來：

「嗚嗚！老爺！我已經猜到你是當朝宰相，我並沒有騙你和夫人，我確實需要那一大筆錢去救夫君的性命，他是死罪啊……相爺千萬不要把我休了！嗚嗚！」跪地哀求，啜泣不止。

王安石扶她起來說：

「起來起來，我不是罵你！我是罵老妻糊塗。你快說：你叫什麼名字？」

「常思玉，人稱月裡嫦娥。」

「名不虛傳，你夠著嫦娥的美貌了。你丈夫叫什麼？」

「他叫柳隨風，人稱江湖浪人！」

「好一個瀟脫的名號：江湖浪人柳隨風！他怎麼犯了死罪？」

「不不！他沒有犯罪，他是被人陷害了。」常思玉順從王安石的手勢，在一張椅子上坐下來。繼續哀求說：「請相國老爺容我細說我家的遭遇。」於是娓娓道來。

原來柳隨風和常思玉都是江寧人士，雙方父母早亡，兩夫妻相依爲命。柳隨風受聘爲漕運押船，收入頗好，生活得很甜蜜。

誰知漕運官喬本路起了歹心，爲了達到霸占美艷絕倫的常思玉的目的，他設計陷害柳隨風。

早一陣子，當柳隨風押運的一船糧米運到離京城三十里的地方時，喬本路派人放火，將這船糧食燒了，將柳隨風抓去下了大牢，說是連船帶糧要賠一萬兩銀子；這銀子由他喬本路出，條件是常思玉必須嫁給他。常思玉誓死不願嫁給喬本路這狼心狗肺的傢伙，便將家裡的首飾全都賣了，連同積蓄湊了六千兩銀子。下欠四千兩銀子實在湊不齊，常思玉只好自賣自身救夫婿。

常思玉說：「沒想到我竟賣到相國身邊來了。這也是賤妾的造化啊！」

王安石說：「你既已猜出我的身分，我也不再隱瞞。我只問你：夫人出多少銀子買了你？」

常思玉說：「正是四千兩。」

王安石又問：「你夫君現在何處？」

常思玉說，「夫君被我救出來了，但他已不是我的夫君。他今晚住離京城二十里的興隆鎮客棧，明天遠走何方，我都不知道了。」

王安石連忙推門出來，把管家喊醒，叫他趕快派車，由常思玉指路，到二十里外興隆鎮把柳隨風接來。

常思玉死也不肯上車，跪下哭哭啼啼地說：

「相爺，相爺！夫人四千兩銀子已經用了，賤妾心甘情願侍奉相爺！」

王安石斬釘截鐵地說：

「聽話！快去！誰叫你還銀子了？」

常思玉這才高高興興上車接丈夫去了。

王安石餘怒未消，責問夫人說：

「你知道這女子的悲慘身世嗎？你知道她賣身救夫的義舉嗎？」

吳夫人說：「她說她根本沒有丈夫！」

王安石慨嘆說：

「糊塗啊！糊塗！你糊塗，我糊塗，我們都糊塗！你糊塗，買有夫之婦為我做妾，我糊塗，對害民的奸官喬本路一概不知。」隨即將常思玉丈夫柳隨風被陷害一事講了一個大概。

吳夫人說「唉！我只想給你送一份特好的中秋禮物，沒想到把事情辦糟了。」

王安石說：「夫人怎麼突然生出爲我納妾的怪念頭？」

吳夫人說：「介甫你難道就不要女人了嗎？」

王安石說：「夫人你不是女人了嗎？」

吳夫人又長嘆了：

「唉！世人都說女人比男人老得快，果眞不假。你我年紀相當，可如今我看上去至少比你老十歲。你七、八天不回家，我就猜你是嫌我老了。」

王安石說：「什麼樣的天仙美女都只是一堆人肉，只有夫人你是我唯一能寄托感情的老妻！什麼天仙美女我都不要，我只要你。七、八天不回來那是忙朝政啊！你千萬不要再做蠢事了！」

一對老夫妻相擁相抱，又回到三十年前新婚之夜的歡欣。儘管已沒有青年夫妻生活的愉悅，但心靈的相通豈是人肉交接所能取代的麼？

第二天，王安石查處了那個漕運官喬本路，將他送進了監牢。

當柳隨風和常思玉兩夫婦來到相府時，兩夫婦跪在當庭灑淚致謝。

王安石扶他們起來，並誠懇邀請柳隨風入朝爲官，專管一方的漕運。

柳隨風說：「多謝相國的美意，草民恕難從命。我所慮者，漕運司官員並不熟知富商大賈們盤根錯節的大網，而富商大賈卻全都精通以錢制官之權術。均輸之法，成績斐然。但官商勾結，已成公開之秘密，唯閉塞於相國你的耳目而已。古人云：『物速成而疾亡。』殊可危也！」

王安石心裡大為震驚：這江湖浪人柳隨風果然非同凡響。「物速成而疾亡」的論點，不正是幾年前司馬光和蘇軾反對激進變法的主要口實麼？未必如今果要應驗？

人各有志，不能勉強，柳隨風與常思玉夫婦走了，又去過他們的飄遊不定的生活。

王安石的變法果以失敗告終，如今退居江寧都二年多了。

今天，柳隨風夫婦雙雙來到，王安石夫婦自是悲喜交集。

王安石關切地問：

「二位這幾年生活如何？現在居住哪裡？」

柳隨風說，「大丞相！我倆夫婦的事以後慢慢告訴你。我們這次來既是受朋友之托，也是我夫婦二人心甘情願，特來向大丞相告急：當代奇才蘇子瞻，已蒙冤入獄，性命攸關。特來請求老相國出面，運用大丞相的人格力量上書皇上，挽救蘇子瞻！」

王安石大驚失色：

「子瞻怎麼了？你詳細道來。」

柳隨風便將蘇軾「烏台詩案」的來龍去脈講述了一遍。

「天薄大宋，天薄大宋啊！」王安石仰天長嘆，在室內急急地走動起來，不停地打發著自己的感慨：

「文字興獄，國必衰亡，此乃大宋皇朝之大不幸也。
「詩賦乃時代神韻之聲音，乃詩詞家感懷詠物之作品。隨想而鳴，隨興而發，自有諸多可以聯想的闡釋，怎能定於一尊？
「詩詞既非街頭貼紙，有所針對；更非棘署詞訟，褒貶分明。若深文周納，繫之以獄，則天下還有何可信之詩文？
「子瞻口無遮攔，恃才傲物，不免狂狷，長於以詩詞論時議世。頌山川之美善，哀民生之苦淒，憤懣怨恨，狂想奇思，莫不熔爐聚匯，流出筆端。
「作爲詩人，蘇子瞻無愧於時代；作爲朝臣，這並非他的二心。御史台愚蠢的當權者，以爲這是在『強化皇權』麼？以爲這可以鞏固大宋皇朝麼？絕對不能！這是給皇朝、給聖上、給國家臉上抹黑，在黎庶心上插刀啊……
「何正臣不知何許人也，而李定、舒亶卻正是自己一手提拔起來，他們難道又是兩個『呂惠卿』麼？」
王安石突然記起來了，李定是當年那個亳縣主簿，對自己極表忠誠，讚揚變法大業，自己便提拔他爲監察御史里行……當時他老家來人報信：生母過世，要他回去守孝。他以母親是改嫁而來爲由，根本不打算回去守孝。蘇軾曾嚴厲彈劾他，正是自己當時給他轉寰說服皇上，以致皇上寬宥了他，促他馬上回去守孝……
想到這裡，王安石恍然大悟，同時也魂驚魄散：這分明是李定心懷叵測，十年報仇，加害蘇軾。果然李定是一條毒蛇，被我當宰相的王安石所不察，當牠被捉住時將牠救走，養活下來，如今牠又要咬噬捉牠的蘇子瞻了！李定果然是呂惠卿第二啊！

那種因「種瓜得豆」引發自疚的心情，重又使王安石坐立不安了。早三年呂惠卿趁自己罷相又復相之機，欲置自己於死地，當時自己就被這「種瓜得豆」的悲哀困擾了，幾乎有兩年時間未能平伏思緒；沒想到自己剛剛平靜下來，新的「種瓜得豆」的悲哀又在李定身上再現了……唉！老天爺還要折磨我王安石多少次呢？難道總是沒完沒了？

王安石展紙揮毫，立即擬就了一份奏折。

略論詩文內涵外表奏疏

王安石

臣啓陛下。南歸北望，心繫皇恩。

臣竊聞近有蘇軾子瞻者，以《錢塘集》並諸多詩文入獄，難禁魄散魂驚。臣聞詩自古起於黎庶，初為集眾勞作之號呼，以期起止劃一。漸為文人消遣，感時應世，縱橫捭闔，遂成浩瀚汪洋。

詩既感時應世，自不免繫個人之愚見痴情。高興者詠山川壯麗，悲哀者嘆水火無情，憤懣時日光刺眼，纏綿時月色銷魂。或有一菌，曰美味，曰毒蕈，曰不齒於塵野，曰筵宴之山珍，全憑彼時此地之感慨，豈可定於一尊？

古云詩無達詁，蓋此義也。世事內涵外表，難得盡同，詩文豈能例外。以菌觀之，其地之內涵，曰肥曰濕，形之外表，或菌或霉。詠菌之詩，其外表為美、為毒、為不齒、為山珍，反芻其內涵，蓋詩人此彼之間不同之情緒也。其曰有益、有害、有增、有損於地之或濕或肥之根基內涵耶？誠絲毫無礙也！

溯源探史，三皇五帝而今，除嬴政焚書坑儒而外，再有誰以詩文煉獄罪人。嬴政一統中央之國而為千古一帝，然秦二世而亡蓋源此暴政也，嬴政雖千古一帝面獲暴君罵名，垂千古雖香雜臭，不值也！

統而觀之，安有聖世而殺才士乎？臣認定聖上只當以此檢試蘇軾子瞻之忠貞與否，並無殺戮之本心。乞聖上有英明決斷，臣縱入歸九泉，亦代子瞻摯友感恩聖德也。

奏疏寫完，「王安石已毫無沮喪落拓之感覺，他分明覺得，自己披肝瀝膽之言，足以使皇帝趙頊不敢輕開殺戒。而尾後又給趙頊一架下台之梯，說他是以入獄「檢試」蘇軾之忠奸，並無殺戮之本意，這更可在保全皇威臉面情勢之下釋放蘇軾了。

王安石對柳隨風夫婦說：

「你們這一來使我擺脫了喪子失弟之悲哀，奮起營救好友蘇軾，自己也振奮起來了。相信《字說》一書定能早日問世。

「這份奏表，托二位帶到京都，交給我那現任同修起居注的三弟安禮，叫他代我面呈皇上，當面再將我奏折中之言詞有所發揮，或可奏效了。」

柳隨風說：「大丞相！我夫婦二人正是受令弟王安禮大人之托前來求你上表，果然你兄弟二人竟如此同德同心！」

67

偶戲文星獄中絕命
吉人天相死裡再生

蘇軾自寫了那個供狀之後，覺得自己對前途命運已失去了自信，他叫蘇邁分頭去活動營救自己，但絲毫沒有信心。不管有多少人上表、諫奏、說好話、講人情，若是皇帝固執己見，所有的營救活動便會落空。自己的性命實實在在只繫於皇帝的隻言片語！

蘇邁趁送飯之機，給蘇軾捎來了不少好消息，比如李定、舒亶、何正臣在醉仙樓出醜，被皇上杖責四十又停職兩個月；杭州黃東順等人為自己做解厄道場，以及柳暮春、錢伯溫、柳謀順三個奸人突然失蹤，很可能已被杭州黎庶秘密處死……等等等等。蘇軾也只高興了一陣子，過後馬上就覺得用處不大，皇上對這些事情不會看在眼裡。

然而又有什麼辦法，只有聽天由命了。參寥要自己「無心對有心」，說不定平平淡淡之中會有轉機出現。於是蘇軾又慢慢放鬆自己的思緒了。坐在牢裡日子難熬，就做詩吧！

牢獄窗外的榆、槐、竹、柏是在牢中唯一可見的植物，他剛進牢時已作了一首《榆》：「我行汴堤上，厭見榆蔭綠……」

再作《槐》詩已是對「烏鴉」的感慨了：

憶我初來時，
草木向衰歇。
高槐雖經秋，
晚蟬猶抱葉。
淹留未雲几，
離離見疏莢。
棲鴉寒不去，
哀叫飢啄雪。
破巢帶空枝，
疏影掛殘月。
豈無兩翅羽，
伴我此愁絕。

這首詩是借題抒意，當然不必句句是槐，卻將蘇軾被關押的無奈心情，表現得淋漓盡致。其中「棲鴉寒不去，哀叫飢啄雪」二句，不正是自己處境的寫照麼？李定、舒亶等「烏鴉」們，從秋天糾纏自己到冬天下雪；而這潔白無瑕的雪不正象徵自己一身潔白麼？可「烏鴉」們還是「啄雪」不放！接著「破巢帶空枝」，正好是借用了《後漢書．孔融傳》裡的規勸：「破巢之下，安有完卵？」

接下來的詠《竹》詩就更顯骨氣了：

今日南風來，
吹亂庭前竹。
低昂中音會，
甲刃紛相觸。
蕭然風雪意，
可折不可辱……

這簡直是蘇軾雖在獄中但人格高尚不改的寫照！「可折不可辱」乃錚錚鐵石之言。

蘇軾在監牢中見到窗外之柏樹，連想到在自己四川老家和京都南園都有柏樹青森，故此百日看之不厭：

故園多珍木，

翠柏如蒲葦。
幽囚無與樂，
百日看不已……
當年誰與種，
少長與我齒。
仰視蒼蒼干，
所閱故多矣。
應見李將軍，
膽落溫御史。

此詩末尾「應見李將軍，膽落溫御史」二句，有唐朝的兩個典故包涵其中，具有很深的意蘊。

晚唐文宗李昂朝代，有一個叫溫造的人官拜侍御史，時稱「溫御史」，這是個專做壞事彈劾正直官吏的奸官。和他同朝有個李祐，號稱「李將軍」，他戰功卓著，只因多買了一百五十匹戰馬，被「溫御史」彈劾爲「私自擴充軍隊，有謀反朝廷之嫌」，以一百五十匹戰馬謀反朝廷豈非笑話；可惜昏庸的李昂偏偏相信「溫御史」對「李將軍」的這個彈劾，差一點就要了李祐的命。好在李祐爲人忠誠，文武百官都爲之擔保，李昂才將李祐放過了。

李祐事後對人說：「吾夜逾蔡州城，擒賊王吳充濟，未嘗心動，今日膽落於溫御史。吁！可畏哉！」

眞乃是：「將軍不畏敵，唯懼內臣奸！」多麼可怕的歷史畫面！

然而自有天意安排：這個「溫御史」溫造自己最終也死於非命。事情還要稍爲扯遠一點。溫造所居住的房子，是先朝一個叫桑道茂的人所居住。這個桑道茂是個近乎仙道的人物。他家屋內園裡有兩株柏樹，甚爲茂盛。

桑道茂說：「人居木盛則土衰，土衰則人病。」於是命人將數千斤鐵埋在柏樹下，並說：「後有發其鐵而死者。」

桑道茂這裡說的就是《易經》傳承下來的「五行平衡」的思想。《易經》所傳承的「五行」是指「水、木、火、土、金」，這個次序不是隨意而定，是因爲這次序包涵著「順次而生，隔一相克」的因果關係。「順次」看吧：水生木，木生火，火生土，土生金，金生水。「隔一」看吧：水克火，火克金，金克木，木克土，土克水。桑道茂說：「人居木盛則土衰」，是「木克土」；爲了防止「土衰則人病」，必須將「木」克住，而克木的是「金」，鐵是「金」之屬，故埋鐵數千斤於柏樹之下，以金克木，使「木」「土」「金」這「三行」保持平衡，則人也健康無事。

後來這屋就是溫造住下了。溫造耳聞柏樹下埋有大量的鐵，便命人挖掘取走變了錢……可是溫造不久就死於非命，被人報仇戮殺而一命嗚呼！也算是早有天意讓「溫御史」惡有惡報了。

這兩個故事均載於《唐書》與《舊唐書》，蘇軾熟悉得很。他的詠《柏》詩就巧借了這兩個故事，一方面驚呼「李將軍膽落溫御史」；另方面也告誡李定這個當今的「溫御史」你也必惡有惡報！

這首寫於入獄百日的詠《柏》詩，實在是太有深意了。

誰知命運偏偏捉弄蘇軾。

正是在這入獄一百天的節骨眼上，蘇邁忽然發現糧米已經吃完，他要到汴京城外不遠的陳留去買，便交代李敬去獄中給父親送飯。

但小琴振振有詞地說：

「李敬你都去送過好幾次了，這次該我去。我是蘇家老歌女，八年不見我是多麼想見蘇大人！說定了，我去。蘇邁你放心買米去吧！早點回來。」

蘇邁應聲要走。

楊威的兒子急急奔進來說：

「我爹到這裡來了嗎？」

蘇邁停步急問：

「楊公公他怎麼了？」

李敬斥責：

「楊雄你怎麼搞的？不是早說好了要你們看好你爹嗎？他關在那院子裡好好的怎麼跑了？」

楊雄銳：「莫提起！我爹瘋瘋癲癲又不是一、兩天了，他成天在院子裡練他的武功，一天到晚吵吵嚷嚷：『一當練成雷霆大法，我楊威天不怕地不怕，要爲蘇家老、少主人報仇！』我們只能把圍牆加寬加高，都一、兩丈高了，圍住了讓他自己去瘋喊瘋練吧！真要攔他，我們再請幾十個人也攔他不住啊！

「我猜想，是前天李敬哥哥你來找我，談起江湖浪人柳隨風已將王安石大人寫的奏章送到他弟弟王安禮手中那件事，我兩個太高興了，好像皇帝看了王安石大人的奏章，眞把蘇大人給放了。說話就沒注意，不知怎麼給我爹偷聽見了。

「爹他昨天把我抓進他的小院子，立逼我跪在院子當中，叫我說實話。我還是照老樣嘿嘿笑著哄他。他劈面就給了我一巴掌：『打死你這畜牲！你莫跟我裝糊塗！你以爲我眞的瘋了吧！我一點沒瘋，是氣自己雷霆大法老沒有練成功！你和李敬鬼頭鬼腦說王安石大人寫奏章救蘇軾大人出獄，是怎麼回事？再不說實話我打斷你的腿！』

「我爹這話哪裡是瘋話，他其實清醒得很。我沒得法子再瞞他，就將李定陷害蘇大人之事全都說了。

「我爹一聽，火又冒起幾丈高，沒處發洩，又朝我啪啪啪打了三巴掌說：『一巴掌打你蠢豬早不告訴我；二巴掌打你李敬哥也瞞著我；三巴掌打你小琴姐姐也是蠢寶，以爲唱幾首歌就能給蘇大人報了仇！三巴掌活該你一個人受，誰叫你是我的兒子！』

「我爹打完我又把我提起來，像拎小雞一樣拎出了他的小院子，叫我不得聲張。他又進院子去把門一鎖，只聽得裡邊雷滾電擊，一片炸響。我們只能隨他去！

「我爹直到昨晚上還好好的，我送飯菜酒肉進去，他還直誇好吃，吃了平常的一份還不夠，又加了一份給他，他又吃了個乾乾淨淨。喜得我媽都說：『天老爺有眼睛，我老頭子怕會好了！』

「但是誰知，我今天再進院子送飯菜時，爹他早都沒影了。我望著那一、兩丈高的圍牆發怵，心想只怕再高些也攔不住他。直到再出院子，才看見我爹在門背後用土塊劃成的四個大字：『雷霆告成』！我猜想他是到小琴姐姐你這個四季歌棚裡來了呢！」

小琴胸有成竹地說：

「好！這就好！楊老伯是尋李定他們報仇去了。他這樣高的武功不用害怕，只是我們要通知各處歌場，今天更要大聲地唱、加勁地唱、不停地唱，給楊老伯助威就行了。我派人去通知各歌棚吧！

「另外，李敬、楊雄你兩個都到李定住房周圍去，楊老伯十有八九會在那裡下手，你們幫得上就幫他一把！

「嗨！蘇邁你怎麼還沒走？快去買了米回來！」

小琴部署了這一切，便去給蘇軾準備飯菜。她記起在南園蘇宅三年，蘇軾最喜歡吃任媽做的「清蒸鯽魚」，說那道菜「清泰吉利」。於是便去街上買了二斤，放好豆豉、薑絲、胡椒粉、紅椒末等油鹽調料，蒸了好大一蓋碗，趕在監獄開飯之前送進去了。

在梁成的關照下，小琴走到監牢門外，透過了望孔，望著已蓬頭垢面的蘇軾說：

「蘇大人！還記得我是誰嗎？」

蘇軾抬頭驚叫：

「啊？小琴！怎麼能不記得，你在我蘇家三年，你歌舞班大姐大月更陪伴了我十年，我怎麼會忘記你？」不好把兩人私交暗戀之事說出口，接過小琴遞進去的飯菜又繼續說，「只是我今天這個樣子，怕要嚇壞你了。」

小琴自也眼淚婆娑，但她咬著牙說：

「蘇大人，挺住！放心！全京城的人都爲救你而唱你的詩詞，杭州人爲你做解厄道場，柳暮春等三個奸人失蹤，只怕也是被老百姓除掉了，再過兩天……」小琴本想把過兩天楊威懲處李定可能會有喜訊之事說出，一想不妥，便轉口說：

「蘇大人你還是快吃飯吧！」

蘇軾很急切地問：

「再過兩天怎樣？」

小琴含蓄地說：

「過兩天我們還會有喜訊告訴你。你吃飯，別涼了。我給你小聲唱你的詩，就唱你在杭州寫的《望湖樓醉書五絕》吧！」

黑雲翻墨未遮山，
白雨跳珠亂入船。
捲地風來忽吹散，
望湖樓下水如天。

在小琴悠揚的低唱聲中，蘇軾揭開那個大蓋碗，不禁心頭一驚，背上出汗，望著那清蒸鯽魚脫口而出：

「小琴！這就是你『過兩天』要告訴我的『喜訊』麼？」說到最後牙齒已打起顫來。

原來這中間藏著一個只有自己和兒子知道的秘密：以送飯之菜作爲報消息之信物，每天送點酒菜，是沒有變化，如果有特好消息，便送青菜豆腐，意爲「一清二白」；如果有不測之死訊，就用碗送魚，表示「魚死網破」……今天這一大蓋碗清蒸鯽魚，兒子蘇邁不敢來送，只有小琴代勞。「蓋碗蒸魚」，不是「蓋棺論定，魚死網破」之意麼？蘇邁一定忍不住悲哀，只好叫不知送菜秘密的小琴來送了……且看小琴，只知忘情地唱歌，連我叫她都沒聽見，可見死訊確鑿無疑了。

蘇軾望著小琴無憂無慮來回走動輕聲唱歌的樣子，心想這是邁兒的精巧安排，沒有把自己的死訊告訴小琴，免得她在牢裡啼啼哭哭，只用一碗魚來通知自己，讓自己早有思想準備。兒子也是煞費苦心了。

小琴又唱起了《五絕》中的第二首：

放生魚鱉逐人來，
無主荷花到處開。
水枕能令山俯仰，
風船解與月徘徊。

蘇軾被這無憂無慮的歌聲所感染，戰勝了最初的劇烈恐懼，內心平靜下來，反而自覺寬慰，彷彿母親來在身邊說：

「軾兒，怎麼忘記自己要當范滂了？范滂是從從容容鎮鎮靜靜赴死，那才是眞眞正正的男子漢！」

霎那之間，參寥似乎也在耳邊說：

「子瞻怎麼忘記了：且以『無心對有心』！」

這樣，蘇軾完全平復了自己的絕望和悲哀，在小琴優美的歌聲裡，在自己描繪的西湖美景中，把一大碗清蒸鯽魚吃得連湯也沒剩下。

小琴接過空碗，笑得臉上綻開了紅撲撲的鮮花，連連說：

「這就好，這就好！我還怕我做的菜不合蘇大人口味了呢！」

蘇軾話外傳音說：

「小琴！告訴我邁兒：就說我說了：小琴姑姑做的清蒸鯽魚，我吃得心滿意足，別無遺憾！」這是撫慰兒子的父親遺言，蘇軾相信蘇邁會聽得懂。

牢獄對死亡膽量有不可替代的冶煉作用，蘇軾沒有白坐一百天的監牢，他已經有了視死如歸的本領。送走小琴之後，他靜靜地躺了下來，輕閉雙眼，讓眼淚無聲地流淌著，慢慢回味自己雖不算太短，但畢竟只有四十四歲的人生。

首先浮上腦際的是弟弟子由，從很小時候起，兩兄弟便一同苦讀。有一個雨夜，兩人同時吟誦著唐朝韋應物的詩句：「那知風雨夜，復此對床眠……」今後可再沒有這「兄弟對床眠」的樂趣了，還是那一首被弟弟反覆吟誦誇讚的《和子由澠池懷舊》，才真是此生的鮮活寫照：

人生到處知何似？
應似飛鴻踏雪泥。
泥上偶然留指爪，
鴻飛哪復計東西？
老僧已死成新塔，
壞壁無由見舊題。
往日崎嶇還記否？
路長人困蹇驢嘶。

眞是對極了，自己在鳳翔、在杭州、在密州、在徐州，所作種種政績，不過飛鳥偶然留下的指爪而已，有什麼可誇耀的呢？偏是自己還叫蘇邁請人去這些地方活動營救自己，眞是太可笑了。什麼「解厄道場」，什麼「奸人失蹤」，什麼「大臣請命」，在皇上眼裡算個什麼，到頭來還不是「魚死網破」的死訊？

好了，不去想這些。

可是風燭殘年的任媽，此時更頑強地浮現在自己的腦際，兒時餵奶情景不復記得，可是湖州坐在橋上送別的情景便在眼前。母親的心在流血，大郎卻只能做個不孝之兒郎！

妻子王閏之，愛妾大月，你們給了我多少溫馨，多少慰藉，多少甜蜜的纏綿。三子之中，迨兒、過兒是閏之所出，愛之憐之猶自可說。可是對並非己出的長子蘇邁，閏之不也是勝似己出麼？大月就更不用講了，三子均非己出，自己輩份也才是個「阿姨」，然給予三個兒輩的關愛，不正是視同己出麼？夫君眞愧對妻妾了！

蘇軾想到了自己生命的延續；蘇邁、蘇迨、蘇過三個兒子，只怪做父親的無能、無命、無福氣，既不能竭盡父職給予教、讀、婚、配，更不能享受你們的反哺之恩了。來日方長，龍魚榮辱，全靠你們自己去闖蕩了。父親對不起你們。只能在九泉之下給予靈佑了。

親愛的小妹，你在哪裡？你還好嗎？你的聰明絕頂，大哥永遠記在心間。原只盼你免除「早夭」的命運，現在大哥倒要先你而去了。蘇軾哪曾想到，正是自己的「招供認罪」「牽涉同黨」，自己的妹妹早在御史台獄卒搜查妹丈秦觀的那一天，就已經魂歸天國了。

思緒萬千，無由解脫，蘇軾眼淚已經流乾，流在做「枕」衣物上的淚水，甚至又已被自己的體熱所烘乾。天還沒黑，死期也還得「過兩天」，那就來得及寫下自己的《絕命詩》；寫好交梁成轉交子由吧！

李定爲了更多攫取蘇軾的文字罪證，自蘇軾進牢房後便提供了文房四寶，還有一個小箱子做桌案。蘇軾正好盤坐地上準備寫絕命詩，牢門突然打開了。

梁成送進一個犯人，約是三十來歲年紀，舉止文雅，面目清秀，卻衣衫不整，蓬頭垢面，神態中有幾分矜持。蘇軾揣想他也是文人犯了罪，進獄後也不肯低頭。只見他夾了自己的草褥被窩，走到一個角落攤整自己的床鋪。

蘇軾更覺得自己非死不可了，這一百天都是單獨關押，如今接班坐牢的人都來了，自己不是必死無疑麼？

梁成向蘇軾關照說：

「接上面通知，他和你同住。今晚你兒子不來送飯了，由監獄裡管你的飯。」

蘇軾心裡又一驚：死定了！但只一跳而已，既已視死如歸，只有聽天由命。不想事了。於是提起筆來，稍想一會，揮毫寫下了一串長長的詩題：

予以事繫御史台獄，獄吏稍見侵，自度不能堪，死獄中不得一別子由，故作二詩授獄卒梁成，以遺子由，二首：

其一

聖主如天萬物春，
小臣愚暗自亡身。
百年未滿先償債，

十口無歸更累人。
是處青山可埋骨，
他時夜雨獨傷神。
與君今世為兄弟，
又結來生未了因。

其二

柏台霜氣夜淒淒，
風動瑯璫月向低。
夢繞雲山心似鹿，
魂驚湯火命如雞。
眼中犀角真吾子，
身後牛衣愧老妻。
百歲神遊定何處，
桐鄉知葬浙江西。

第一首詩充分體現了兄弟情同骨肉，相約來世還作弟兄。兩兄弟同進同退、同功同名，在中華民族歷史上，蘇軾、蘇轍並駕齊驅，垂千古尚無匹敵。

第二首「桐鄉」一詞用了典故。

漢朝有個賢臣叫朱邑，字仲卿，他是安徽舒城縣人，卻在安徽桐鄉縣爲縣令，自奉甚儉，愛民如子，被人尊稱爲「桐鄉嗇夫」，深受民衆愛戴。後升遷爲山東北海太守，又被擢至朝廷大司農，掌管國家租、稅、錢、穀、鹽、鐵和國家財政收支，對民衆和國庫的錢吝嗇得一毛不拔，後病逝於大司農任上。

朱邑死前遺囑其子說：「我故爲桐鄉吏，其民愛我，我死，必葬我桐鄉，民必祀我。」其子遵其遺囑，不將其歸葬老家舒城，而是葬在桐鄉縣西門外，民衆果然爲朱邑立墳塑墓，建祠祭祀。

蘇軾在獄中聞得浙江杭州民衆爲自己做解厄生辰道場，所以遺囑弟子由將自己葬在「浙江西部」之杭州。

至此，蘇軾覺得後事均已交代完畢，世間再無掛礙了。至於自己牽連了那麼多朋友，自己「以死謝罪」，也別無其他了。他們都是自己的從犯，諒也不會被處死。受點罪孽，絕不會超過自己，也便於心稍安。

蘇軾突發奇想：只要自己「無心對有心」，這死也就並不十分可怕。自自然然，聽之任之而已。自己犯下的詩文罪過原不足道，但牽連四十多位詩文摯友，便是罪不容赦了。不管自己是奴顏卑膝甘願招供，還是被李定威逼寫狀、事實上木已成舟，是自己坑害了諸多朋友，除了以死相謝，還有什麼辦法呢？按太史公司馬遷的說法，自己這一死，也是死得其所了；雖不重於泰山，也非輕若鴻毛了。

蘇軾起身到門邊，想叫梁成來接轉詩稿。

新來的同室難友突然叫道：「難友且慢！」慢步走到跟前說，「在下已聞知足下便是大名鼎鼎的蘇軾子瞻學士，只是無緣得見。眼下同住一牢，算是幸事了。如果可以，想借學士的詩作研習一二。如何？」

蘇軾說：「死期將臨，還有什麼『學士』？更遑論『大名鼎鼎』：難友既然不棄，就請指正吧！」便將二首絕命詩遞上。

難友接詩看完，大喜過望地說：

「蘇學士不枉爲學士也！坦蕩心胸，臨死不忘忠君愛民之大節！可喜可賀！」又把詩遞還。

蘇軾接過詩說：

「死而全節，此亦可喜之事吧？哈哈！」已完全驅除了死的恐怖。

難友說：「本來我也是重刑死罪了，剛進來時突然聽說太皇太后身體不適甚矣，說不定朝廷會實行大赦，又有了一線生機！」

蘇軾大驚說：「啊？太皇太后不豫？哎呀！這可是個不幸。想太皇太后輔佐太先皇仁宗，光是以火報訊招來禁軍剪除內侍叛亂那一宗功業，就足以垂頌千古了。她她她！她本應該有上天賜福延壽啊！」

稍停，凝思少頃，又返回「箱桌」前，趴地又寫了一首詩：

己未十月十五日，獄中恭聞太皇太后不豫，有赦，作詩

庭柏陰陰晝掩門，
烏知有赦鬧黃昏。
漢宮自種三生福，
楚客還招九死魂。
縱有鋤犂及田畝，
已無面目見丘園。
只應聖主如堯舜，
猶許先生作正言。

新來之囚犯已伏在蘇軾身後看過了這首詩作，十分欣慰地說：

「蘇學士確係千古奇才，可惜我學不及也！學士此詩準備如何處置？」

蘇軾說：「我這三首詩同時交給梁成，轉給子由一閱，使他知兄或死或赦，均大度處之，對後人也是一個安慰吧！」

難友十分贊成。蘇軾便喊來梁成交付了詩作。

事情辦完，心無掛礙，蘇軾倒頭睡了，不久便鼾聲如雷。

五更破曉，一聲「提審」叫喚，把新來的犯人提走了。走時，他去踢了蘇軾幾腳，似乎有話要說。但蘇軾根本沒醒，仍是舒心愜意地打鼾。

新囚犯終於什麼也沒有說，走了以後也再沒回來。

68 落地天雷斬殺奸佞 臨終救軾太后永生

李定召集舒亶、何正臣，將幾個月來查抄蘇軾詩案的罪行資料匯集，包括蘇軾的《自供狀》，他對《錢塘集》「反詩」的反省，以及蘇軾與同黨四十多人的詩文信札往來，總計竟達三百餘件。前面有一篇歸總的奏章：

……蘇軾以詩賦文字譏諷朝政，且與同黨四十餘人都有往復唱和，匯總達三百餘件。從中觀之，蘇軾乃此詩案之首領，實屬罪大惡極，無以赦免。伏乞聖上明察決斷，對蘇軾實行特例廢絕，砍頭亦可。其他案犯，罪責等而下之，或貶宮，或遷徙，概呈聖躬親斷……

附呈蘇軾罪行及同黨往復之作共計案卷三百二十七件。

李定親自將這些奏章案卷送至福寧殿，他本想趁當面呈交之機，再向皇帝作添油加醋之解說。趙頊近來爲蘇軾詩案煩惱已極，此案要看的奏章、情狀、案卷已堆積如山，不是三天兩朝可以看完作出決斷，一聽梁惟簡奏報李定又送來三百二十七件，眉頭一皺說：「叫李定呈上案卷先走，待朕看完後再詔諭。」

李定碰了一個軟釘子，悶悶不樂回到家，首先想到的是要大醉一場。他常常說：「酒是人間開心藥，愁也喝，喜也喝。愁喝解憂愁，喜喝添歡樂。」

今天晚上，分不清是愁是喜更得喝。

接受上次在醉仙樓被灌醉出醜的教訓，今天下午他要在家裡喝。照例要把舒亶、何正臣請來。自己家裡只有四個人的家樂隊，太寒酸，不如叫舒亶把他家的四個樂伎也叫來，八個人的樂隊已夠氣派。

怕下人傳話不準確，李定給舒亶寫了一封信：

舒亶兄大鑒：

已將我等三人擬就之奏章及所附蘇軾亂黨案卷親自面呈皇上，皇上龍顏大悅，說看完即宣詔處置一千犯人。蘇軾已緊緊攥在我等手心，稍一用勁便可將其捏至粉碎。

為了慶祝這一特大幸事，我已設下家宴便酒，約你與何同飲一杯。我家樂隊才四人不夠熱鬧，特函請舒兄將尊府樂隊四人一起帶來。八人鼓樂歌舞，喝一個盡醉方休。要把上次在醉仙樓丟掉的面子拾回來，活活把那些陪酒女們氣死！看她們其奈我何？……

舒亶、何正臣自然很快來了。三人飲宴正式開場。

這三人中沒有文人才子，文章寫得稍好的是舒亶，但仍被蘇軾譏為文藻太差。今天舒亶偏要出風頭，讓八個歌舞伎演唱他寫的律賦：《舜琴歌南風賦（帝舜作琴以歌南風）》：

帝意雖遠，
琴音可通。
欲發揚於孝道，
遂歌頌於南風。
寓意五弦，
寫生成之至德；
托言萬物，
荷長養之元功……

李定喝著酒，聽著歌，站起身祝贊舒亶說：

「舒亶兄，難得你才高八斗，不讓蘇軾之流擅專。來來來，開懷暢飲。」

於是三人在笑聲中互相祝賀。

突然，天上傳來雷聲，屋上馬上響起了雨滴。舒亶一驚，心裡說：「冬天雷雨不多，何以說來就來了？自己這一首《舜琴歌南風賦》主要是歌頌孝道，偏偏李定又是一個不孝之子，是不是惹惱天神了呢？」

緣情指物，
孰形孝子之思；
流韻在琴，
具載南風之旨。
作以敘情，
適在無為之日；
薰兮入奏，
永言至孝之心……

雷聲越更低垂，舒亶更其驚恐。他說：「李定兄，是否改一個曲牌？」言下之意是：在你這不孝之子家裡，唱這至孝之歌不合適！

李定當然聽得出舒亶的話外之音，但礙於年輕的何正臣並不知道自己當年「不守母孝」的醜事，便故意拿話岔開說：

「我只知醉酒當歌，人生幾何，歌唱內容無關宏旨！」

何正臣不知李、舒二位打什麼啞謎，堅持說：

「一不改曲，二不改詞，樂隊加緊唱！」

閨門聽之，

則翕然和順，

朝廷聞之，

則歡然感厲……

「轟隆，隆隆隆隆隆隆！」一聲不及掩耳的炸雷，驟然擊破一丈八尺高的屋頂；屋頂穿出一個一丈見方的大洞，直直地劈打在飲宴的餐桌之中，餐桌嘩啦四散，火光陡起，耀花眼睛。

八名歌女早已嚇得棄琴掩面，嚶嚶哭泣。等他們再睜眼時，三個男人全都倒在地上。

李定被劈去了半個頭顱。

舒亶被燒焦了整張面孔。

何正臣已嚇至瘋癲，趴在地上又哭又笑……

屋外雷雨之中，小琴、李敬、楊雄、花小蕊等人，早已渾身濕透，但各自屏住呼吸，注視著李定屋頂上楊威身影……

他們已在這裡眾看多時，知道楊威是幹什麼去了，都生怕他一時失手，未能奏效，那就不會有第二次機會了……很好，很好，楊威在屋上一個旋子，屋頂立時通了一個大洞，楊威的「雷霆吼聲」，與上蒼之驚雷正相吻合。一個瞬間，楊威不見了，下屋去了……只一眨眼，他出來了，在屋頂上迅跑，一下子跑到眾人跟前。

楊雄大喊：「爹！你怎麼知道我們在這裡？」

楊威說：「傻孩子：凡人怎能遮掩了雷神的耳目？」

李敬急問：「楊老伯！辦成了嗎？」

楊威說：「又一個傻孩子！雷神懲處奸惡，幾時能不成功？小琴！快去編你的《西江月》吧……」

幾乎與這同時，趙頊正在太祖趙匡胤深鎖「誓碑」的密室裡。這間密室，除皇帝外，任何人不得進去。就是皇帝本人，也不是隨時可以進去。按照太祖的遺詔；子孫皇帝只有在退到實在無法處理的棘手大事時，方可進去一看。「誓碑」上有許多文字，進去第一眼見到的字句便是處理眼前難事的寶典。

這個拖延三個多月的蘇軾詩案，正就是三十二歲的趙頊無法解決的難題。

京城沸騰自不必說，已然全國都在吶喊，連朝廷重臣，連後宮兩位太后，都明顯是向著蘇軾啊！三個多月來，有關此案的奏章案卷，已經堆積如山。趙頊不得不抽時間閱讀。

蘇轍奏稱：……舉家驚號，憂在不測。伏惟念臣一片至誠，乞納在身官職以贖兄軾，得免刑獄為幸。萬望恩准……

蘇轍是蘇軾唯一胞弟，手足情深，不忍割捨，其情可諒。但官職乃朝廷賜與，非與生俱來，豈能用作

「交換」「贖罪」之條件？豈有此理！這蘇轍非懲處不可！

宰相吳充奏稱：……陛下效堯舜以仁治天下，還不能容忍一個恃才傲物的蘇軾嗎？記得臣曾問過聖上：魏武（曹操阿瞞）何如人耶？

聖上教誨：曹瞞乃亂世之奸雄，治世之能臣。

臣又問：曹瞞處世之道如何？

聖上教誨：曹瞞猜忌成性，寧負天下，何足道哉？

臣以為聖上輕薄曹操實為幸事。然曹操尚能容下一個與自己作對的彌衡，聖上就不能容下一個蘇軾麼？臣深信聖上寬厚……

果眞薑是老者辣！吳充以朕之矛，刺朕之盾也！老丞相終於與李定分道揚鑣了，他當時贊成李定「強化皇權壯國威」之進策，如今倒爲蘇軾說情了。這奏章不可小看！

司馬光奏稱：……臣雖受蘇子瞻牽連共坐，仍要替其陳情。痛哉子瞻，詩魂以詩為累，千古奇冤！天若祈佑大宋，必先赦此詩魂！否則民心喪盡。古詩云：足寒傷心，民寒傷國。伏乞聖明鑒察……

眞是不怕死的司馬光！自家都被抄了，原因就是蘇軾，但他偏爲蘇軾求情。好一個倔強的「朝臣典範」！他連死都不怕，還怕什麼懲處！這案子可眞傷腦筋……

范鎮奏稱：……本朝未曾殺士大夫，今乃開端，則是殺士大夫從陛下始。而後世子孫殺士大夫者，必援陛下以為例，可不慎乎？……

好一個愛管閒事的范鎮！當年任翰林學士兼侍讀，並任知通進銀台司，因反對變法而申請致仕，如今又管起蘇軾的詩案來了。范鎮本人不也是蘇軾詩案四十餘人中的一員麼？他對自己的事隻字不提，只爲蘇軾說話，也是死都不怕的硬漢子！不可小看。

應天府府尹張方平奏稱：……蘇軾天下奇才，向入制策高等。頃年以來，聞軾歷杭州、密州、徐州，屢有建樹，特為陛下優容，四方聞之，莫不感嘆聖明寬大之德。今軾僅以文辭為罪，非大過失也，乞聖明寬宥……

好一個利嘴的張方平！豈止是爲蘇軾求情免罪，簡直是爲蘇軾邀功請賞了！說來也眞是，蘇軾在杭州修西湖、在密州撫孤女、在徐州抗黃洪……朕都是嘉勉再三，果當愼重！這張方平眞聰明，他自己被牽連在詩案中裝做不知曉，其實救出了蘇軾，他張方平還有什麼罪錯呢？

同修起居注王安禮奏稱：……自古大度之君，不以語言文字謫人。蘇軾以才自奮，成績斐然，今一旦罹於法，恐後世謂陛下不能容才，故陛下無庸寬其罪，不必深究也……

王安禮啊！王安禮！如今你大哥王安石已罷相，你二哥王安國已早死，你三兄弟一門忠貞，朕心裡有底。是得考慮蘇軾之文才，不可輕開殺戒！

哦！王安石本人也從江寧送來了奏章：《略論詩文內涵外表奏疏》：

……世事內涵外表，難得盡同。以菌觀之，其地之內涵，曰肥曰濕，形之外表，或菌或霉。詠菌之詩，其外表之為美，為毒，為不齒，為山珍，反芻其內涵，蓋詩人此彼之間不同之情緒也。其曰有益、有害、有增、有損於地之或肥或濕之根基內涵耶？誠絲毫無損也……安有盛世而殺才士乎？臣認定聖上只當以此檢試蘇軾子瞻之忠貞與否，並無殺戮之本心，乞聖上有英明決斷……

「呀！好一個王安石！眞不愧相國之才！」趙頊情不自禁自言自語：「此奏章勝過所有奏章矣！不僅道理全然說透，且爲朕設置了下台的梯子：以此檢試蘇軾之忠貞……對極了！朕何不順梯下樓！乾脆派一個黃門小生，假扮罪犯，與蘇軾同居一牢，蘇軾之忠奸立見分曉……」

這便是昨晚與蘇軾同居一牢的「罪犯」來歷，他原是皇帝身邊的黃門小生，也就是小太監。

今天清晨，小太監回宮稟報：蘇軾全無二心，先已寫好絕命詩：「聖主如天萬物春，小臣愚暗自亡身……」後聞得太皇太后不豫，又作詩一首：「……只願聖主如堯舜，猶許先生作正言。」通宵達旦，鼾聲如雷，踢他都不醒，蘇軾確非二臣……

趙頊要梁惟簡派人到梁成手裡取來了三首詩，一看正是蘇軾筆跡，與黃門小生背誦的一字無差。於是決定要赦免蘇軾。

偏在此時，李定送來了蘇軾詩案的三百二十七件案卷，趙頊正煩惱著，自然不願再見李定，便要他留下案卷走了。

李定走後，趙頊便先瀏覽那三百多件案卷的內容，覺得無甚要緊者，準備放過。

誰知案卷尾後，竟有李定一篇總結性質的奏表：

略論仁政暴政奏疏

臣定言。編完本案卷，有言如梗在喉，不吐不快。

陛下素有仁愛之心，否則蘇軾謗訕詩文不致積年久遠。此案因案犯中多有權勢之輩，其盤根錯節之關係遍及全國，反彈而來，為蘇軾說項者甚眾。

陛下當在「仁政」與「暴政」間判定是非。凡謂誅殺蘇軾為「暴政」者，必蘇軾之同黨友人，兔死狐悲之狺狺吠叫，不足信也。

臣竊聞東郭救狼之寓言故事。當狼被追殺時遇上東郭，它悲哀哭泣，求東郭藏諸袋中，哄獵人走遠。一當此際，狼被放出袋來，又反口要吃掉恩人東郭矣！此東郭乃施「仁政」而反受其害也。

昔鼓噪「仁政」者，莫過於孔丘，然他在任魯國丞相時，不是以「心逆而險，行僻而堅，言偽而辨，記醜而博，順非而澤」之罪名，將魯國大夫少正卯給誅殺了嗎？這又何損於孔老夫子之英名垂之久遠。

聖上當以社稷為重，脫出「仁政」「暴政」之糾纏，誅殺蘇軾，以強化皇權壯國威，中興大宋基業。

趙頊又一下子懵懂了。能說李定這一份奏疏毫無道理麼？這和上面王安石等人的奏疏如同水火，勢不兩立。該怎樣決斷呢？

萬般無奈，趙頊決定到太祖誓碑密室去請教祖輩聖君。

梁惟簡率八個宮女各提大號燈籠，送趙頊來到密室門口。

門口有十二個武勇禁軍守衛，劍戟在手，嚴陣以待。

厚厚的鐵門口，有一對造型極爲威嚴的狻猊。門的其餘部分，全是突起的圓釘，其釘粗大，每個直徑八寸，煞是威武，像把鐵門牢牢釘在鐵壁之上，誰能動其毫分！

趙頊穩重地走著，聽得見天上滾動的冬雷，心裡也像是敲著鼓點兒。

這是老天的恩賜吧！難得冬天響驚雷，催促自己、激勵自己、鞭策自己，作爲一國之君，去尋求祖先對此棘手大案的教誨啓示。

到得門前，趙頊止住眾人，親自掏出一把巨大的銅鑰匙，插進鐵門鎖孔，先右旋一圈，再左旋二圈，又右旋四圈，再左旋八圈。只有趙頊一個人明白這其中的奧秘，《易經》理數便是開鎖方法：「一」爲太極，「二」爲太極生兩儀，「四」爲兩儀成四象，「八」爲四象成八卦……

於是鐵門慢慢地開了。趙頊親提一盞大燈籠，獨個進得門去，又將門關好，提著燈籠來到一塊雪白的大理石碑前面，磕頭，三拜九叩首，再抬頭看「誓碑」上的朱紅大字，這第一眼映入眼簾的是赫然的兩行

> 不得殺士大夫及上書言事人
> 子孫有渝此誓者必遭天殛之

眞是再巧不過。此時天上滾過一個特大的炸雷，彷彿連耳鼓都震穿了。

趙頊好一陣子才緩過神來。

突然梁惟簡在門外大聲稟報：

「啓奏聖上：太皇太后病危彌留，懿旨令皇上著速前往看視。」

趙頊慌忙出了密室，將大鐵門「砰」地關上，飛也似地向後宮跑去。

趙頊跑進太皇太后寢宮之時，他母親皇太后，姐姐蜀國公主，弟弟歧王顥、嘉王頵等至親都已到了，都在跪地望著已奄奄一息的曹氏太皇太后哭泣。

趙頊進屋便撲跪在地，高喊著：

「老祖宗，老祖宗：孫兒皇來了，孫兒皇來了。你老有話請說，孫兒皇跪聽教誨！」

曹氏太皇太后掙扎著要起來，蜀國公主把祖母抱著靠在自己懷裡。

曹氏太皇太后說：

「是官家來了，很好，很好。官家今天給我送來了三首詩，兩首是蘇軾在獄中寫的絕命詩，一首是他在獄中聽說我病了，寫給我的詩。都放在我的枕頭下，頵兒你取出來給大家念一念。」

嘉王趙頵忙在太皇太后枕頭下摸出蘇軾的詩，悲切地念著：

聖主如天萬物春，
小臣愚暗自亡身。
……
百歲神遊定何處，
桐鄉知葬浙江西。
……

漢宮自種三生福，
楚客還招九死魂。
……

曹氏太皇太后聲音微弱地說：

「官家，我已說不了很多話，挑最當緊的講。

「二十三年前，蘇軾、蘇轍兩兄弟殿試高中進士，仁宗皇帝回到宮裡，拉著我的手，喜出望外說：『吾今又爲子孫得太平宰相兩人，是蘇軾、蘇轍兩親兄弟！』

「也許是仁宗皇帝看走眼了，不聽不明。如今蘇軾因詩獲罪下獄，快上斷頭台了。

「人之將死，其言也善，蘇軾臨死想的還是『聖主如天萬物春，小臣愚暗自亡身』，這豈是二臣逆賊的言詞麼？

「歷史上被殺被剮的臣子何其多，不論是該死的還是屈死的，有誰在臨死前不罵幾句『昏庸的皇上』呢？

「被譽爲中華民族之魂的屈原，投身汨羅江自盡以前也寫道：

蔽晦之聰明兮，
虛惑誤又以欺！

「這也是罵楚懷王不識忠奸啊！罷了罷了，不講這些了。

「官家！像蘇軾這樣臨死還唱『聖主如天萬物春』的忠臣，你殺他不覺得手軟嗎？

「蘇軾是萬萬殺不得的。殺一人而箝天下之口，便將喪盡民心。國將不國，殊堪憂也。

「我死之後，官家行不行大赦我不管，只求你赦免一個蘇軾，一個不說假話的蘇軾！你答應我嗎？」

趙頊已在地上泣不成聲，斷斷續續說：

「老，老祖宗！孫兒皇知罪了。朕一定赦免蘇軾。孫兒皇剛才在『誓碑密室』見到列祖列宗的啓示教誨，也是這個意思。

「老祖宗和列祖列宗息息相通啊！孫兒皇豈有不遵照執行之理？……」

趙頊話未說完，宮門外梁惟簡跪奏：

「啓秉聖上：有急務稟報！」

趙頊說：「這裡沒有外人，任何急務均可奏報！」

梁惟簡說：「遵旨稟報；半個時辰之前，那個特大的天公炸雷，把李定家客廳屋頂砸一個一丈見方的大洞，雷霆直下正在飲宴的李定、舒亶、何正臣三人。李定、舒亶當場被雷殛而死，何正臣被殛瘋。」

聽著聽著，趙頊只覺得背上已大汗淋漓，他清晰地記得誓碑上「天必殛之」的教誨！好險啊！若非自己早已有了「赦免蘇軾」的想法，這被雷殛之人不也可能是朕嗎？在天神眼裡，可沒有皇帝與庶民之區分！

曹氏太皇太后掙扎著提高了聲腔：

「好！好好！老天報應，老天報應！我聽說蘇軾入獄，就是李定、舒亶、何正臣三個人羅致了蘇軾的罪名……還有杭州的柳暮春、柳謀順和錢伯溫，是蘇軾詩案的始作俑者，聽說早已無緣無故地失蹤，肯定也是被黎庶們處死了……都有報應，天意如斯，誰能違抗？哈哈哈哈！」

太皇太后曹氏在「哈哈」聲中氣絕身亡。撇開她其他功績不說，單是她臨終鼎力救護蘇軾的懇切言詞，也足以使她傳頌千古。

69 終獲出獄蘇軾無悔 現身說法奸人賣瘋

在太皇太后曹氏逝世那天，蘇軾已實際上得到了赦免。但直到七七四十九天之後，才於是年（一〇七九年）十二月二十八日放出牢門。這是因爲，爲曹氏太皇太后做道場的七七四十九天裡，一切朝政均已停止。不過那一個多月他已知自己不會死去，只是在牢裡等時間而已。日子是不太難過了。

蘇軾寫完絕命詩的第二天，上午醒來發現昨晚那個新來的囚犯不見了，立時好不驚訝，莫非他眞的提前處斬了！

梁成悄悄告訴他：

「那人根本不是囚犯，是皇上身邊的黃門小生，來監獄是檢驗你有不有二心歹意。」

蘇軾埋怨：「你怎麼不早告訴我？」

梁成說：「我也是他走了以後，皇帝派人來要走你昨天寫的三首詩，才知道那是皇帝派來的太監。」

蘇軾問：「啊？這樣，我的三首詩不會壞大事吧？」

梁成說：「蘇大人連死都準備好了，臨死前還寫詩讚頌皇上『聖主如天萬物春』，這還有什麼大事？」

蘇軾笑起來：

「嗬嗬，對對！這兩天我似乎明白了許多道理，歸根結蒂一條：我已經死過一次了，還怕什麼苦難？」

昨天皇上派人入監檢驗蘇軾的忠貞表現，臨時規定不准家人送飯，爲的是防止內外串供，走漏消息。今天黃門小太監走了，考驗已結束，自然又是蘇邁送晚飯來了。

蘇軾見了蘇邁就問：

「邁兒！你昨天叫小琴送一大蓋碗『清蒸鯽魚』是怎麼回事？」

蘇邁後悔不迭地說：

「哎呀！怪我沒交代清楚，昨天我去陳留買米，忘記告訴她那個『送魚』『送肉』的規矩了。爹！沒有嚇著你吧？」

蘇軾說：「哦，這樣，怕也是天意安排，讓我經歷一次死的考驗……我那三首詩坦蕩心胸，應該沒有掛礙！」

蘇邁說：「這倒是個好事。可是，爹！我有個不幸的消息告訴你：小妹姑姑已經死了！」

蘇軾大吃一驚：

「什麼？小妹他怎麼就死了？她才三十歲出頭啊！」

蘇邁去陳留買米，巧遇了蘇轍的女婿王適，得知了蘇小妹被活活氣死的消息，當下一一講給父親聽。

聽完後蘇軾喟然嘆道：

「唉！小妹！大哥對你不住啊！」悲傷不止。

蘇邁安慰說：「爹！這也是沒法子的事，你急也是枉然。」

蘇軾說：「眞是太難爲他們了。」

這天晚上，突然雷雨大作，瞌睡很沉的蘇軾被從夢中打醒。他很奇怪：冬天很少打雷，今年怎麼如此特別？

第二天蘇邁很早就送飯來了，竟是令人喜笑顏開的「青菜豆腐」，象徵「一清二白」，自己將會出獄。

蘇軾忙問：「邁兒！果眞有喜訊？」

蘇邁說：「可不，爹！好事一大串：昨晚上那個大雷公，原是天神發怒啊！你快看這個吧……」掏出一張街頭貼紙遞上：

西江月・冬雷

人皇未識奸佞

震怒上界天神，

十冬臘月聚雷霆，
斬劈舒亶李定。
旁及幫閒小吏，
原是何家正臣，
未及掩耳人已瘋，
昭示善惡報應。

蘇軾驚叫：「啊？邁兒！這是眞的？」

蘇邁說：「一點不假！小琴姑姑請人編印的這一闋《西江月》，滿城貼著，人人傳唱呢！」他不敢說出楊威除奸的眞相。

蘇軾說：「好！眞是老天有眼，惡賊死有餘辜！」

蘇邁說：「爹！昨天晚上打炸雷劈死李定舒亶後不久，太皇太后升天了，她死前要求皇上赦免爹爹，皇上已經答應了。

「蜀國公主透過一條內線告訴了小琴姑姑，叫我們悄悄告訴你，等你在牢裡的日子好過一些。只是這事千萬不能再傳出去。」

蘇軾說：「傻孩子！我在牢裡還能怎麼傳出去？要當心的是你自己，還有小琴、李敬、楊雄他們，你們千萬不能到處亂說……」

太皇太后逝世的消息不是秘密，趙頊已頒布了國禮厚葬的詔令，監獄裡也傳達到了。蘇軾因此作詩：

十月二十日，恭聞太皇太后升遐，以軾罪人，不許成服，欲哭則不敢，欲泣則不可，故作挽詞二章

其一

巍然開濟兩朝勳，
信矣才難十亂臣。
原廟固應祠百世，
先王何止活千人。
和熹未聖猶貪位，
明德雖賢不及民。
月落風悲天雨泣，
誰將椽筆寫光塵。

蘇軾在這首詩裡，將歷史典故與太皇太后身世揉在一起，作了生動的描述。

曹氏太后是曹彬的孫女。曹彬是宋朝開國之初的著名賢臣，《宋史》對其有極高的評價：「曹彬，字國華，眞定靈壽（今河北正定）人。太祖（趙匡胤）開寶六年，進檢校太傅。八年，平江南，拜樞密使。太宗（趙匡義）繼位，加同平章事（宰相），從征太原，加兼侍中。太平興國三年，進檢校太師，尋封魯國公。咸平二年（公元九九九年）卒。追封濟陽郡王，謚武惠。配享太祖廟廷（原廟）。」

蘇軾詩篇開首幾句「巍然開濟兩朝勳……原廟固應祠百世」便是寫的這個歷史功績。

「先王何止活千人」之句更是大有來歷。《前漢書．元後傳》中王翁儒曰：「吾聞活一千人者，有封子孫。」意思是實施仁德政治，能救活一千人者，蔭及子孫後代。曹彬正是這樣的仁德賢臣。乾德二年，曹彬爲統帥進攻四川，他的部將準備攻下郡縣城池之後，屠殺居民百姓。曹彬下令一律不准屠城。

開寶七年，曹彬爲統帥進攻南唐後主李煜，戰艦攻到秦淮地區，曹彬每每下令緩行攻擊，希望後主李煜歸降。

攻城將下未下之時，曹彬病了，部將都來看病。曹彬說，「惟諸公誠心自誓，城克之日，不妄殺一人，則自癒矣。」部將果然奉行曹彬之帥令，保全城民不被殺戮。

曹彬這些功德，何止是「只活千人」呢？

「和熹未聖猶貪位」，是將漢朝和熹鄧皇后與曹太后作對比。

漢朝和熹鄧皇后，當她丈夫和熹皇帝去世之後，她要自己未滿一百天的兒子當皇帝，自然皇權便落在鄧氏手中。這嬰兒兩歲就死了，稱爲「殤帝」，鄧皇后仍把持朝政不放，另外擁立一個劉祐作皇帝，當然皇權還在她祖母輩的太皇太后鄧氏手中。蘇軾說她「未聖猶貪位」，眞是入木三分。

與此對比的是曹氏皇后，當她丈夫仁宗皇帝駕崩之後，冊立自己的養子趙曙當了英宗皇帝，趙曙當時有病在身，尊皇后曹氏爲皇太后垂簾聽政。只一年，趙曙病癒，曹氏還政於他。

「明德雖賢不及民」，這是說的前朝後漢明德馬皇后的德行故事。明德馬皇后原爲「馬貴人」，以德行稱於朝野。她被明德皇帝冊封爲皇后之後，不准娘家的父兄攬權參與朝政。蘇軾說她「雖賢不及民」，是藉以歌頌當今曹氏太皇太后的功德。

詩之末尾「誰將椽筆寫光塵」，這是對曹太皇太后逝世的悲嘆。「光塵」指光明的前程與使命。從以上剖析即可看出，僅憑兩首挽詞中的這一首詩，蘇軾對曹太皇太后眞是感激涕零了。

七七四十九天之後的十二月二十八日，趙頊上午送太皇曹太后遺體殯葬之後，下午即臨朝問政，宣布一系列的詔令：

蘇軾以詩文謗訕朝廷，本該治罪。念其並無二心，乃詩文率真感發。責授檢校水部員外郎黃州團練副使。即日赴任。不得簽書公事。

蘇轍以應天府簽書判官之「身官職位」為蘇軾贖罪，實乃猥褻朝廷官職，貶為筠州監酒。

（筠州在今江西高安）

王鞏不遵朝廷法令，擅自離職遊學，且拒交與蘇軾往還之詩文，貶謫賓州（今廣西賓陽）。

駙馬都尉王詵，抗拒朝廷法令，拒交蘇軾謗世詩文，本當削除一切官職爵位。唯念蜀國公主正在病中，又值太皇太后升遐之際，朕特旨赦免。

司馬光、張方平、范鎮、秦觀、孫覺、李常、劉摯、劉恕、陳襄、祖無頗……（蘇軾詩案四十餘人中未單獨給予處置者全部列名於此），均與蘇軾詩案有涉，各罰銅二十斤，以示警戒。

宣詔完畢，滿朝文武如海嘯般高呼：

「我主聖明，萬歲，萬歲，萬萬歲！」

趙頊分明聽得出，今天的群臣唱喏聲音宏亮，震耳欲聾。感謝列祖列宗神靈啓示，感謝太皇太后臨終遺囑提醒，自己終於妥善處理了這沸沸揚揚五個月的「烏台詩案」，他感覺得心頭一塊沉重的石頭落地了。

蘇軾終於等盼到了赦免時刻，邁著穩重的步子跨出了御史台監獄的大門。告別了這一座已住五個多月的人間地獄。

一個嶄新的感覺襲上蘇軾心頭：「我已是第二世人了！」這眞正「恍如隔世」的感覺，使他內心充滿了無限的歡欣。頭上的蓬頭垢面，身上的千百虱子，全都已不在意。

在御史台監獄外迎接蘇軾出獄的，除兒子蘇邁以外，還有黑壓壓的一大群。原來楊威、李敬、小琴各帶了一班人馬，來爭要蘇軾到他們那裡去。

爲首的楊威虎高虎大，虎背熊腰，雖有老態，卻不頹唐。他撲地跪了下去，嚶嚶哭著說：

「老爺！老奴對不起蘇家恩寵，沒有保得住南園蘇宅，沒有保得相公平安。」

楊威身後跪著兒子楊雄及好幾個孫子。

蘇軾也跪下還禮說：

「楊老伯！你是我蘇家的一尊門神！你的守衛是我蘇家的榮幸。我家的敗落是天意使然，你我都不必自責了。起來吧！起來吧！老伯眞要折殺侄兒了！」

楊威說：「老爺不答應到我家裡去我絕不起來。起碼也住三、五天吧！」

李敬又連忙帶著兒子跪下說：

「不不！楊老伯、楊伯媽年紀都大了，應該到我家去，我和媳婦都還是壯年，手腳麻利，照顧老爺也理所當然。」

小琴領著花小蕊等歌伎也跪下說：

「大人！我在蘇宅三年，多承大人教誨關愛，大人這次去了黃州，不知何時才能再見面。今天非請大人到我們四季歌棚去不可。我們給大人準備了一台特別的歌舞節目呢！」

蘇軾說：「都起來，都起來，有話好好說。我輪著去三處不就行了嗎？」首先把楊威拽了起來，「今天先到楊大伯家裡去。」

楊威一站起來，大家也便跟著起來了。

小琴說：「楊老伯盛意不能推卻，那就還是請蘇大人今晚上到楊老伯家裡去住。不過，先去看了我們的節目吧！」

蘇軾說：「小琴！瞧我這一身樣子，是土匪？是乞丐？還是無賴潑皮？不好說。怎麼好意思去你們那個地方？那裡有多少人圍觀品評，叫我臉往哪兒放？」

小琴說：「蘇大人！正是現在這個樣子才叫你去呢！我那裡最少有五百人在等著，我要叫大家看看，我們的文壇領袖，被奸人惡黨整成什麼樣子了！一等我們的特別節目唱完，馬上請大人沐浴更衣，我們已為大人準備好了澡池和更換的衣服。再讓大家看看，我們的文壇領袖今後會更瀟灑！節目一完，再請蘇大人去楊老伯家住有多好！」

楊威說：「小琴這丫頭點子多，依你了。」

於是，一行人簇擁著蘇軾向四季歌棚走去。

一場鵝毛大雪，已經覆蓋了京都，園林廟宇，河面鋪街，到處是冰清玉潔的天地。時近黃昏，雪厚一尺，街上幾乎沒有了行人，這一群簇擁著蘇軾的人便格外引人注目。

漸漸地似乎看出了門道，有人先是悄悄議論：「蘇軾？小琴？……小琴？蘇軾？……」終於猜出來他們是去四季歌棚看歌舞。於是便都跟著，漸漸跟上了一、二百之眾。

四季歌棚，是一座圓形的屋宇，坐落在靠近御街的一個巷口轉角的地方。屋宇半出地面半入地下，爲的是冬暖夏涼。夏天平地面鋪上帶花眼的厚木板，四周是木竹編織的花格大窗，地下的涼氣和四向之風連通了，要多涼快有多涼快。

眼下是冬天，平地面的木板被掀掉，人在地底裡坐著，四周大窗又有厚實的草氈簾掛著，當然密不透風了。

現在看去，白雪蓋頂，一尺有餘，銀裝素裹的好去處。

從雪地裡走進棚裡地下室，蘇軾頓感溫暖如春。

棚裡早已坐滿，果然有四、五百之眾。跟來的一、二百人，小琴只好叫人在過道裡加座，擠得滿滿當當。

蓬頭垢面的蘇軾被推到台上首席。旁邊是楊威等等。

小琴向大家介紹說：

「諸位看官，首席座上的這位大人，就是當今的文壇領袖蘇軾！」

蘇軾不好意思地拱手向全場致禮。

小琴繼續往下說：

「蘇大人現在如此狼狽，但人人心裡明白：他是被奸人害了。

「下面，就請聽我們演唱三支《西江月》，一邊伴有舞蹈，看看那些害他的奸人們都有什麼下場。」

小琴手一揮，歌舞驟然而起。六七百人全都聚精會神看著、聽著。

西江月

其一

御街醉仙樓上，
海量各自吹噓，
突見三人醉如豬，
都道本朝御史。

御史朝廷重臣，
酒應適可而止，
似此豬般人不齒，
怎把朝政輔助。

其二

皇上天縱英明，
不容下流朝臣，
三條醉獵豬被停，
兩月不輔朝政。

善惡忠奸有別，
四十大板太輕，
皇上當更發雷霆，
朝中奸臣斬盡。

其三

人皇未識奸佞，
震怒上界天神，
十冬臘月聚雷霆，

斬劈舒亶李定。

旁及幫閒小吏，
原是何家正臣，
未及掩耳人已瘋，
昭示善惡報應。

歌聲婉轉激昂，舞蹈配合有致，呈現各種相應的造型，給人以逼眞逼現的感覺。整座歌棚裡情緒沸騰，滿堂喝彩。

忽然，從後台竄出來一個人，渾身吊滿了花布旗彩，臉上塗的小丑模樣，背後還插一根高高的死囚標杆，上面用濃墨寫著——

奸惡邪黨死囚犯人何正臣

在「何正臣」的「何」字上打了一個大紅叉，表示要執行斬首。

只聽他嗨嗨笑著，邊走邊唱，邊唱邊跳，忽高忽低，忽快忽慢，奇形怪狀，醜態百出，反覆只唱四句話：

我是何正臣，
奸惡大壞人。
好人莫學我，
學我遭雷神！

這正是小琴爲蘇軾準備的特別歌舞節目，讓瘋癲的何正臣現身說法：善惡有報，莫做奸人。何正臣瘋了以後，小琴派人把他哄來，給吃，給喝，教他唱，教他跳……瘋子學這樣單純的東西學得既快又好，像一隻哈巴狗一樣可憐兮兮，當衆出醜。

全場六七百人笑個前仰後合，連蘇軾都把眼淚笑出來了，眞正看見了奸人的醜惡下場。和這奸人的醜惡形象相比，自己這一身狼狽又算得了什麼？蘇軾內心甚感欣慰。

和蘇軾並排坐著的楊威，也笑得自制不住。他新近練成的雷霆神功有個特點：一遇到電閃雷鳴，就能激發潛在的無比功力。

同樣道理，一碰上激烈的場合，也會使內在潛能陡增，難以自制，好像體內就要爆發一般，必須大聲呼喚或奔跑發洩。

眼下怎麼辦？既不能呼喊也不能奔跑。楊威對小琴說：

「快告訴大家，我練一趟拳腳供大家取笑。」

小琴立刻向大家宣布：

「諸位看官，這位楊威老伯，是蘇軾大人祖父在世時就請的老管家。他自幼習練一種武功，叫做『雷霆大法』。他願意給各位表演表演，大家歡迎不歡迎？」

「歡迎！歡迎！」

楊威向全場一抱拳，一蹲腿，一跳躍，竟然竄上屋頂，抓住了大屋棚頂的棟樑，輕輕搖晃一下，整個屋棚便嘩嘩作響。

小琴在下面高喊：

「楊老伯，楊老伯！手下留情，手下留情！」

楊威哈哈大笑，墜落地下說：

「小琴！對你我手下還能不留情？腳下就不知道了。」抬起右腳，用力一蹬，蹬出一個半尺有餘的凹坑。

何正臣這時忽然停了下來，指著楊威高喊：

「他是雷神，他是雷神！我怕，我怕！」雙手抱著頭，瘋狂往外跑，過道的人忙起身讓路。他一溜煙跑進風雪之中去了。

屋內人們終於悟出了一點什麼，慢慢靜了下來，都在看著台上這鐵塔一般的楊威大漢。

蘇軾早已看得呆了，以前從沒見楊威露出過如此神功，果然是「眞人不露相」！此時心裡已全然明白：是楊威老伯假藉雷神之名，趁雷雨之機斬除了舒亶、李定，爲自己報了大仇！心中對楊威更升起了無限的崇敬。

在小琴的催促下，蘇軾進浴室去迅速沐浴更衣，出來時已是一個儒雅風流的學士。

等歌舞又演唱完蘇軾一首詩詞之後，小琴向大家說：

「諸位看官！大家有目共睹，我們的文壇領袖蘇軾子瞻，不還是儒雅風流大學士麼？現在，蘇大人要用自己剛出獄寫下的兩首詩，親自演唱給大家聽，以答謝諸位對他的關愛！大家說好不好？」

「好！好！好！」

蘇軾便像當時文人通常都會的那樣，在樂隊的伴奏下，手舞足蹈起來，演唱自己才寫的新作。

十二月二十八日，蒙恩責授檢校水部員外郎黃州團練副使，二首

其一

百日歸期恰及春，
餘年樂事最關身。
出門便旋風吹面，

走馬聯翩鵲啄人。
卻對酒杯深似夢，
偶拈詩筆已如神。
此災何必深追咎，
竊祿從來豈有因。

小琴向大家說：
「諸位看見了，蘇軾子瞻文才卓絕，足以領袖文壇。然而他的歌舞，還和幾年前在南園蘇宅一樣，黃腔頂板，動作呆笨，只是熱情可嘉！哈哈哈哈！」
全場也報以善意的大笑。
蘇軾拱手向楊威、向李敬、向小琴、向全場觀眾致禮說：
「多謝諸位友人，蘇軾此生吟詩作唱，終生無悔……」
歌舞散場了，楊威想馬上接了蘇軾到家裡去。
小琴說：「楊伯！不急在這一會，晚飯我已準備好了，大家一起入席吧！吃完飯蘇大人再去楊伯家不遲。」
楊威說：「又是小琴點子多，老漢就叨擾了。」

結果是一桌十分豐盛的宴席。

蘇軾與高采烈說：「在牢裡一百多天，肚子裡油水早已刮盡，今天正好補補。各位莫笑我大吃大嚼了。哈哈！」

明明酒吃得不是太多，蘇軾突然醉得人事不省了。小琴連忙叫李敬、楊雄等人扶了蘇軾到一間房子裡去睡。楊威似乎看出了一點什麼，忙說：

「這樣，我們就走了，麻煩歌棚好好照顧老爺！」

果然楊威看出的蹊蹺不錯，這一切都是蘇軾與小琴這一對暗戀舊情人的精心安排。

蘇軾根本沒有醉。

小琴也早和他有過靈肉交流。

俗話說：「久別勝新婚。」兩人早早地纏綿在一起了。

蘇軾說：「謝謝小琴你知我疼我，在監牢裡一百多天，與其說是飲食飢餓，不如說是性的飢餓。在牢裡覺不出，一出來眞忍不住了。」

小琴說：「蘇郎別多說，什麼我都懂。」

蘇軾說：「離開女人太久，我難免早洩。你可別怪我。」

小琴說：「怎麼怪你呢？你盡快洩了第一次。天明前梅開二度，夠我感到滿足了……」

蘇軾、小琴暗戀舊情熾烈，一夜纏綿到天光。

70 摯友高僧劫後奇遇 酒囊飯袋鑄造文豪

大年初一，本應闔家團聚歡慶新年，享受天倫樂趣。然而，現在這起碼的人生樂趣都離蘇軾遠了。他這「檢校水部員外郎黃州團練副使」是個什麼官呢？是正官編制之外的散官。宋朝「員外郎」共設十九類，「水部居其末」，就是說，蘇軾被授最末一類散官，屬從八品，當時月薪四千五百錢。

官小還無所謂，最要命的還是末尾那一句「不得簽書公事」，所有的官職便是虛設，等於是拿朝俸養著一個不是犯人的犯人。詔令中所說的「即日赴任」就不能兒戲，而是要被強制執行。他在楊威和李敬家裡都吃了團年飯，大年初一，便要出發去黃州。

時在元豐三年（公元一〇八〇年）。正月初一是紛紛揚揚的大雪。四十五歲的蘇軾，在二十一歲的長子蘇邁陪同下，踏著沒膝的雪路走出了京城，走向人生的新驛站。

小琴、李敬、楊雄等到城外相送，以淚洗面，卻是無能挽留。

此時蘇軾的心情十分矛盾；既留戀京城的忠摯好友，又巴不得早日離開這是非之地。他揀回了一條生命，但更看出趙頊皇帝，不過是一個庸才，他心胸狹小，明明宣布自己「並無二心」，卻仍給自己一頂「不得簽書公事」的犯人帽子。在這樣的皇帝鼻子底下，還能有好日子過麼？還不如早些離開爲好。

黃州，即今湖北黃岡一帶，與武昌隔長江相望。當時黃州治下轄黃岡、黃安、蘄水、羅田、麻城、廣濟、黃梅六縣及蘄州。從汴京去黃州有一千一百多里。

路途艱難，蘇軾父子走得很慢，每天才走二十餘里，走了十多天，才到了離京城二百八十多里的陳州（今河南睢陽）。

蘇軾父子走進城來，還是晌午時候，心想這是離開京都後的第一個大城市，是該休息一下了，大雪紛飛，雪路沒膝，多邁一步都困難啊！

城門裡雪地裡有兩個人，爲了驅逐寒意，不停地來回走，還時不時的哈氣搓手掌，就是一步也不從城門處離開。

蘇邁眼尖，老遠就看清了，歡聲說：

「是叔叔，爹！是子由叔叔在這裡等我們！」

蘇軾不信：「不會吧，子由住在商丘，離這裡也有二、三百里呀！」

蘇邁說：「眞是叔叔，眞是叔叔，瞧他們都跑過來了。」

果然是蘇轍領著一個小夥子跑過來，一路高喊：「哥哥，哥哥！」飛快跑到了跟前。

蘇軾劫後再生，心有餘悸，抱著弟弟親熱個沒完沒了：

「子由，子由！眞難爲你了。應天府到這裡，與我們京城到這裡差不多遠，你怎麼先就到了？這後生是誰？」

蘇轍說：「這是我二女婿，叫文務光，是我們墨竹畫師文同表兄第四個兒子。我要一個人到這裡來等你，務光不肯我一個人來，非要陪我不可。我們都已在陳州等你們三天了。」言外之意是怪蘇軾走得太慢了。

文務光接過話說：

「侄婿參見岳伯！岳父大人不能怪岳伯他們走得慢啊！我們是怕錯過了會見他們，緊趕慢趕。岳伯在牢裡受了五個多月的苦，體子有多弱？當然慢些了。」

蘇軾從他這極爲平常的話裡，體會到文務光的親情細心，連忙說：

「務光這孩子果有乃父遺風，想事細致周到。你父親當年就是憑這細致的觀察思辨能力，作畫『成竹在胸』下筆非同凡響！」

寒暄過後，四人一齊奔向蘇轍已租好的客棧房間。

蘇軾在陳州住了三日，和弟弟蘇轍感嘆了半世之人生，都說已認識了整個世界，還是與世無爭爲好！

蘇軾說：「子由，經過這次變故，我算是徹底感悟了。蜀僧去塵大師早有誡言：『荷天少從政，飾地多爲文』。經過這半年的煉獄生活，我更深深地體會到：『從政如伴虎』啊！」

蘇轍說：「哥！這也是我的深切體會，凡事看淡些，什麼困難都過得去。老天終究有眼，李定、舒亶不是被天雷劈死了嗎？」

蘇軾大笑：

「哈哈哈哈！這天雷好！這天雷只爲我們報仇雪恨！」隨又悄悄說：「子由只別聲張，這『天雷』其實就是我們老管家楊威老伯……」隨即把事情的經過細說一遍。

蘇轍十分感慨：

「好，從今以後有楊老伯的雷霆大法爲我們作護衛，看誰還敢陷害我們！」

蘇軾又壓低聲音說：

「傻子由，我們眞正的不幸，不是遇見了幾個奸佞歹人，而是皇上昏聵！我那些詩詞，李定之流可以編出許多『反詩』句子，倘若皇上根本不聽信讒言呢？不就什麼事都沒有了嗎？

「這次放我出來，一方面說我並無二心，一方面還得捆住我的手腳：『不得簽書公事』！對你，還要從應天府簽判貶爲筠州監酒。他宣布這些詔令時李定已經不在了。這不明擺著是皇上爲維護自己的面子而作的決定麼？」

蘇轍說：「哥！這些話只我們兄弟小聲說得幾句，說過就不要老想了。不是說日有所思，夜有所夢麼，你一想多了，說不定某時某刻漏了出來，會惹殺身大禍！」

蘇軾說：「對對，子由這話很對。我這次在獄中，就感謝參寥先有提醒，叫我『無心對有心』。不然，那晚上皇上派黃門小生來和我住一間牢房裡，考驗我是否忠誠，倘若我夢裡說了壞話，恐怕早做了斷頭鬼！

「子由！分別未到一年，你的驕浮之氣比我去得徹底。這是好事，我做一首詩送你……」

子由自南都來陳三日而別

夫子自逐客，
尚能哀楚囚。
奔馳二百里，
徑來寬我憂……
別來未一年，
落盡驕氣浮。
差我晚聞道……
放心不自收。
悟彼善知識，
妙藥應所投……
冥頑雖難化，
鐫髮亦已周。
平時種種心，

次第去莫留……

兄弟倆各自上路，蘇軾繼續南去黃州，蘇轍北上返回商丘（南都）。兩人相約，候蘇軾在黃州安排妥當後，蘇轍再和文務光一起送任媽、王閏之、大月、蘇迨、蘇過一家去黃州。兄弟分別之日天氣放晴，兩人心情愉快，互祝珍重之後，灑淚依依惜別。

可是沒有幾天，蘇軾又寫道：

正月十八日，蔡州道上遇雪，次子由韻，二首

……

下馬作雪詩，
滿地鞭箠痕。
佇立望原野，
悲歌為黎元。

……

昨日剛寫完「平時種種心，次第去莫留」。這是表示自己要去掉「爲民請命」等一切私心雜念，一心

一意只講如何報答皇恩。

可是才一轉眼，蘇軾全已忘記，馬上議論「滿地鞭箠痕……悲歌為黎元」等慘景，決心據理力爭，誠然是個「猶難改也」的秉性。

正月二十日，蘇軾進入黃州治下麻城縣。在縣治春風嶺，看見素所喜愛之梅花，作膾炙人口的《梅花二首》——

其一

春來幽谷水潺潺，
的爍梅花草棘間，
一夜東風吹石裂，
半隨飛雪度關山。

其二

何人把酒慰深幽，
開自無聊落更愁。

幸有青溪三百曲，
不辭相送到黃州。

蘇軾一生最愛梅花，因梅花如同自己的心境：不同流俗，孤芳自賞。在蘇軾流傳於世的二千七百多首詩中，詠梅詩占了四十多首，幾乎占了他全部詠花詩的一半，可見其對梅花的鍾愛了。

正月二十五日，天又放晴。蘇軾、蘇邁行走在山峰重疊的山地，問知地名叫做歧亭。四野白雪皚皚，太陽一照，煞是刺眼。

兩父子正在山間爬行，突見前面路上一匹白馬，馬上騎著一位青衣壯士，頭上戴的帽子很奇特，四方而高聳，啊！這不是古傳之「方山冠」麼？

蘇軾只覺這人很眼熟，一時想不起是誰。

那壯士早已跳下馬，奔跑而來，單腿下跪說：

「小弟參見大哥！大哥還記得小弟否？」

一聽聲音，蘇軾大喜過望：

「啊！這不是陳慥季常麼？你怎麼跑這裡來了？」忙攙他起來。

陳季常反問：

「兄長又爲何到了這裡？」

蘇軾說：「愚兄慚愧！是犯了『詩案』，被貶至此，志黃州做戴罪小民也。賢弟一無所知麼？」

陳季常大笑：

「哈哈！豈止知道，而且知之甚詳。此所謂你我兄弟之間殊途同歸也。」

蘇軾一驚：「難道賢弟你也被貶至此？」

陳季常說：「非也！」

蘇軾連連搖頭：

「那怎說是殊途同歸？」

陳季常說：「當然說來話長！想你我都是四川眉山人，家父任鳳翔知府時，尊兄為鳳翔簽判。你為渭河木筏工人立下了大功勳，使筏工不在洪汛期間走筏，挽救了數以千計的筏工的生命！

「後來尊兄升遷京官，家父率我全家遷居洛陽，生活頗殷實。

「我為尋求功名也到了汴京，那次你從四川守父孝返京不久，我引你到醉仙樓會見章惇，本想你可和王安石聯手變法。不意有呂惠卿作鬼陷害，你被貶逐，我也失去了追求功名的機會和信心。

「這下子可好。這十多年我常居此光州與黃州之間的山中，清靜無為，也便沒有煩惱，沒有『烏台詩案』之類拖累，過得舒心極了。

「尊兄在官場上可謂賣力，在杭州修西湖，在密州撫棄女，在徐州抗黃災……到頭來怎麼樣？皇上認識你嗎？抬舉你嗎？倒是把你『抬舉』到監獄裡去了。如今又把你貶到黃州來作順民。

「試問尊兄：這和我十多年前自願來做順民有何區別？我還少受了許多罪，你我不是『殊途同歸』又是什麼？嗬嗬嗬嗬！」

蘇軾會過意來，連連點頭說：

「賢弟言之有理，言之有理！」

陳季常說：「尊兄能有如此感慨，也不枉我聽從一個客人的教誨，出騎二十五里到此來迎候你了。」

蘇軾驚詫：「哦？你家離這裡二十五里？又是一位什麼客人派你來迎接我啊？」

陳季常說：「時光在前進，歷史的場面常常又回到眼前。想十多年前我在汴京城裡受朋友章惇之托，接你去了醉仙樓。今天我又受朋友之托，到這裡迎你到家裡。」

蘇軾急問：「你還是沒告訴我今天托你的朋友是誰！」

陳季常說：「反正不是章惇，他如今已是副丞相了。不過今天這位朋友你也認得，你到我家一看便知道了。」

蘇軾的急切心情可想而知，騎著陳季常的白馬走得風快。陳季常接過蘇邁的包袱行李幫他挑著，不見快走，卻一步也不落在馬後。只苦了蘇邁，年輕輕空著手打起小飛跑，勉強跟上了馬蹄的腳步，已是氣喘吁吁。

到了陳季常家裡一看，這位朋友原是參寥。

蘇軾喜得從馬上跌了下來，撲通跪下說：

「多謝參寥上人！你一句『無心對有心』的開導，救了蘇軾我一條小命啊！」

參寥扶他起來說：

「蘇學士言重了，言重了。此乃子瞻你本人的造化，老衲不過是預有所知而已。」

蘇軾心頭似有恍然一悟，忙說：

「參寥上人今日在此山中賜見，定是有所教誨了，在下願洗耳恭聽，遵照辦理。」

參寥說：「這次你我多住幾天，話就可以慢慢再說。其實要緊的話只有幾句。在這山中無所顧忌，既不會有杭州柳暮春、錢伯溫之流要在你《錢塘集》中羅織你的罪名，更沒有朝中李定、舒亶等奸佞要把你推下死獄，我就不打禪語了。

「直說吧，子瞻！眼下是造化對你的提攜獎掖。有所謂『板蕩識忠臣』，混亂的局面才能識別眞心不二的臣子。我要說『苦難出詩人』！子瞻你來黃州，是掛著官名的戴罪黎庶，你的生活會很苦很苦，時間也可能會很長很長。可這個『苦』和『長』正是磨礪你文才的好機會。

「子瞻！這一大段時間你可能達到你文才成就的頂點，登上一個極高的山峰！蜀僧去塵大師，我的師父惠思大師，我的師伯惠勤大師，安濟寺住持可久法師，都對你寄予厚望，特此囑我來看望你，轉告你，勉勵你，相信你會好自爲之。」

蘇軾深情地說：

「多謝參寥上人轉告各位大師的教言，其實就是兩句話，『板蕩識忠臣，苦難出詩人！』要我準備吃苦，在長期的苦難中去創造應有的文學輝煌。限於天分，我可能使各位大師失望；但我絕不會辜負他們，一定會竭盡全力去做。

「敢問參寥上人：對杭州柳暮春、柳謀順、錢伯溫三奸佞之失蹤有何見告？」

參寥說：「你應該猜測得到。」

蘇軾喜極：

「果然是黃東順等人設計消滅了他們？」

「明知故問！」

陳季常設家宴招待蘇軾，參寥作陪。

蘇軾一看陳季常家裡的妻子奴婢，無一不是喜形於色，無憂無慮，才深深感到避開了官場鬥爭有多麼舒心！

多少往事一齊湧上心頭。蘇軾設身處地揣想，以陳季常在鳳翔時苦練武功的少年氣盛，以他在京都從西夏蠻人手裡救出大月的非凡身手，以他想追隨王安石大展宏圖的雄心，以他在洛陽老家的壯麗園宅，以他在河北有良田百頃，每年得絲帛千匹的富有，無論是當官或是經商，早該是「官有顯名」、「家居富樂」了。他何以會在岐亭的窮山溝裡寓居不出，反是如此自得其樂呢？這眞是一個難解的謎！……

酒足飯飽，陳季常拿出家藏之《朱陳村嫁娶圖》，這可是歷史上的名畫。

朱陳村，在徐州治下蕭縣東南百里，處在深山之中，所謂「天高皇帝遠」，官事無多，民俗淳樸。該村只有朱、陳兩姓，故名朱陳村，世世代代互爲婚姻，民安其土，無羈旅勞役之苦，故多長壽壽星。唐朝白居易有《朱陳村》詩三十四韻，膾炙人口。

不知是哪位丹青高手哪個年代的畫幅傑作《朱陳村嫁娶圖》，蘇軾聽聞已久，今天卻是頭次得見，果然生動逼眞，感人肺腑。蘇軾當即寫詩二首——

其一

何年顧陸丹青手，
畫作《朱陳嫁娶圖》。
聞道一村惟兩姓，
不將門户買崔盧。

其二

我是朱陳舊使君，
勸農曾入杏花村。
而今風物哪堪畫，
縣吏催租夜打門。

第一首詩也有蘇軾詩中慣於用典的特色。首句「顧、陸」是指顧長康和陸探微，均係古代丹青高手。第四句的「崔、盧」，是兩個姓氏，此兩姓多爲買賣婚姻，故以其作買賣婚姻的代表。

第二首頭句「我是朱陳舊使君」，寫的是蘇軾曾爲徐州太守，而朱陳村爲徐州之治下。末句「縣吏催租夜打門」，簡直是神來之筆。把當時朝政的苛暴現實揭露無遺。

陳季常一看蘇軾的詩作大笑：

「哈哈！子瞻兄眞是『死不悔改』也！出御史台監獄還不到一個月，故態復萌，又把大宋皇朝的民間瘡疤寫進詩裡：『縣吏催租夜打門！』難怪趙頊皇帝陛下不讓你簽書公事了。哈哈哈哈！」

參寥說：「這才是眞正的子瞻！天上文曲星下凡，他能沒有慧眼看清民間的疾苦？他能沒有膽量把這苦難寫入詩中？捨此便不是子瞻了！」

蘇軾說：「參寥上人過獎了。想必上人對在下還有教言。」

參寥說：「你猜得不錯。還記得你在杭州我師父惠思大師的教言否？謹言愼行！」

蘇軾說：「這我就有所不明白了。上人既是在鼓勵我多寫詩文，還要多描述民間的苦難，卻又要我『謹言愼行』，我將何以爲是？」

參寥說：「這裡有所區別。詩文應該多寫，但先不宜鏤版發行，只在密友中收藏著，到一定時候，條件適合了再出版吧！眞正的好詩不會因爲沒有鏤版而遺失，定會活在民間！」

蘇軾說：「在下謹遵上人教言！」

轉眼在陳季常家裡住了五天，蘇軾說要上路，到黃州還有一天路程，最晚要在二月初一趕到黃州才好，以免官府查究。

陳季常也不便再留。

參寥說：「子瞻！你在這裡白吃白喝五天，就沒有一點禮物回贈季常方山子？」

蘇軾一驚：「方山子？這名字好！參寥上人一語中的，把季常賢弟尊崇古風、頭戴古方山巾的樣子點醒出來了，真是畫龍點睛之語。我已經給季常令尊公弼老大人作過《墓志銘》，今天再給季常弟作一篇傳。」

方山子傳

蘇軾

方山子，光、黃間隱人也。少時，慕朱家、郭解為人，閭里之俠皆宗之。稍壯，折節讀書，欲以此馳騁當世。然終不遇。

晚乃遁於光、黃間，曰岐亭。庵居蔬食，不與世相聞。棄車馬，毀冠服，徒步往來，山中人莫識也。見其所著帽方聳而高，曰：「此豈古方山冠之遺像乎？」因謂之方山子。

余謫居於黃。過岐亭，適見焉。曰：「嗚呼！此吾故人陳慥季常也！何為而在此？」方山子亦矍然，問余所以至此者，餘告之故。俯而不答，仰而笑，呼余宿其家。

環堵蕭然，而妻子奴婢，皆有自得之意。余既聳然異之。

獨念方山子少時，使酒好劍，用財如糞土。前十九年，余在岐山，見方山子，從兩騎，挾二矢，遊西山。鵲起於前，使騎逐而射之，不獲。方山子怒馬獨出，一發得之。因與余馬上論用兵，及古今成敗，自謂一時豪士。

今幾日耳，精悍之色，猶見於眉間，而豈山中之人哉？

然方山子世有勳閥，當得官，使從事於其間，今已顯聞。而其家在洛陽，園宅壯麗，與公侯等。河北有田，歲得帛千疋，亦足以富樂。皆棄不取，獨來窮山中，此豈無得而然哉？

余聞光、黃間多異人，往往佯狂垢汙，不可得而見，方山子倘見之歟？

這篇流傳千古的名作，僅用區區四百多字，便寫出一個崇尚豪俠，練武習文，希圖爲朝廷創一番文武事業的富豪官家弟子形象。他因處處碰壁而心灰意冷，把對腐敗朝政深深不滿的思緒埋藏起來，率妻子奴婢隱匿山中，以示對朝政的抗議。

方山子隱居於光州（今河南潢川）與黃州（今湖北黃岡）之間，他年輕時仰慕的朱家、郭解都是漢朝的名俠。

朱家是漢朝山東人，任俠好客，家裡蓄養著豪士百餘人，蓄養庸人更不可勝數。當時人們都尊崇他爲賢人，莫不伸長脖子願與他相交。

郭解是漢朝河南人，任俠自喜，豪俠人士擁戴歸附。

方山子也一樣，年少時即被鄉鄰的豪俠人氏趨附尊崇。等他長大以後，又改變志向而讀書，想以俠義與文才馳騁於世界，但他終因未得知遇而爲官，晚年便在光州、黃州之間叫做岐亭的地方隱居起來了。他毀棄車馬，不著冠服，靠一雙腳往來於山中，山裡人都不認識他，見他所戴帽子四方高聳，乃古時之方山冠，所以叫他爲方山子。

這其實便是已故鳳翔太守陳希亮的公子陳慥季常，是蘇軾莫逆之交的兄弟。蘇軾見他後想起他十九年前的少年英武，以及他家庭的富有顯貴，無論是做官還是從商，早該是官有其名，富有其樂了，何以獨獨來此窮山中隱匿呢？肯定是有許多的難言之隱！

其實，看不慣官場的腐敗和朝廷的無能，但是自己又無力反抗，除了隱居，還有什麼法子？這便是對朝廷的控訴。

這不正是蘇軾心跡的自我剖白麼？他藉爲好友陳季常立傳之機自我抒發，正是順理成章。

這從蘇軾隨後所作《初到黃州》一詩就看得更明白了——

自笑平生為口忙，
老來事業轉荒唐。
長江繞廓知魚美，
好竹連山覺筍香。
逐客不妨員外置，

詩人例作水曹郎。
只慚無補絲毫事，
尚費官家壓酒囊

這「壓酒囊」是官家賣酒後退回的盛酒袋子。宋朝慣例，官吏俸祿有一部分用實物折抵。蘇軾月薪四千五百錢俸祿中，就有一些用此盛酒袋子作抵。一個詩文奇才，只配作水曹員外郎處置，形成於「酒囊飯袋」，這不是對朝政的絕妙諷刺麼？

「酒囊飯袋」這條成語，在蘇軾這裡有了鑄造文豪的嶄新內涵。

71

躬耕東坡奶媽猶母
牛羊踏麥哭得豐收

黃州太守陳君式，已到垂暮之年，他素慕蘇軾之名，樂意與其交往。他熱情接待前來報到的蘇軾說：

「久聞蘇子瞻其名，今日始見其人，我已年邁老殘不久於人世，能與你相見也是三生有幸了。」

蘇軾不無羞赧說：「在下罪臣，已是大人治下的黎庶，承大人過獎了。還請大人給在下安排一個清靜之住處。」

陳君式點點頭說：「子瞻！你先去定惠院居住吧！定惠院在本城東三里許，遠離江濤，依山建造，寧靜幽深，茫茫林海，香火不多，無人打攪於你，你好多作詩文。定惠院住持禺師長老，也極愛好詩文，他會善待於你。」

蘇軾欣喜萬分說：「多謝大人，爲在下想得如此周到，安排如此妥貼。在下告辭安居去了。」

蘇軾攜蘇邁來到深山裡的定惠院，親自報門：

「罪臣蘇軾子瞻，承太守陳大人遣派，暫借貴院棲身，還望禺師長老多多方便。」

禺師說：「文壇盟主蘇學士能來鄙院居住，眞是幸事也。老衲特撥『嘯軒』獨屋，歸蘇學士父子居住吧。『風吹竹葉嘯，呼叫好詩文。』老衲期待蘇學士詩文更其精進！」

蘇軾剛被詩案所累，罪仍纏身，於是說：

「多謝禺師長老謬獎，在下因詩受累，豈敢再惹麻煩？『飢寒未至且安居，憂患已空猶夢怕。』在下只好愧對長老了。」

這種劫後猶怕的心境，在蘇軾隨後所作新詞《卜算子．黃州定惠院寓居作》中有極爲生動的表現——

缺月掛疏桐，
漏斷人初靜。
誰見幽人獨往來？
縹緲孤鴻影。

驚起卻回頭，
有恨無人省。
揀盡寒枝不肯棲，
寂寞沙洲冷。

半邊殘月，掛在稀疏桐枝的上空，夜深人靜，幽囚獨居之蘇軾獨自徘徊。誰見著了？只有那被驚起的獨雁孤鴻。大概它也和我蘇軾一樣被驚嚇怕了，再不敢在近處的樹枝棲身，寧願飛去遠遠的沙洲，經受冷寂的熬煉。

這不又是蘇軾托物擬人，藉孤鴻表達自己孤高自賞，不與流俗同流合污的情操麼？

這高雅脫俗的情操，在隨後的詠海棠詩中得到了最完美的體現。這首詩的長長題目，本身就已大有深意。

寓居定惠院之東，雜花滿山，有海棠一株，土人不知貴也

江城地瘴蕃草木，
只有名花苦幽獨。
嫣然一笑竹籬間，
桃李漫山總粗俗。
也知造物有深意，
故遣佳人在空谷。
自然富貴出天姿，

不待金盤荐華屋……
雨中有淚亦淒愴，
月下無人更清淑……
陋邦何處得此花，
無乃好事移西蜀？
寸根千里不易致，
銜子飛來定鴻鵠。
天涯流落俱可念，
為飲一樽歌此曲……

寫完了這首詩，蘇軾覺得渾身輕快多了。是啊！海棠自古出西蜀，這株海棠肯定是鴻鵠鵬鳥從西蜀銜子飛來，灑落此地，生根開花。佳人空谷，富貴天姿，不貯金盤，不住華屋，「雨中有淚亦淒愴，月下無人更清淑……」這一切不恰好是蘇軾的自我寫照麼？我自西蜀來，本想創大業。誰知命途多舛，反被遺棄在這深山老林之中，當一名「雨中落淚」的凡夫俗子！海棠是我，我是海棠，雖寂更淑，雖苦猶榮。我知足了，知足了。「天涯流落俱可念，爲飲一樽歌此曲……」

蘇軾吟詩自悅，禹師長老一一看在眼中。

這一天，蘇軾又在「嘯軒」居室中吟哦自己的詠海棠之作，禹師長老慢慢推門而入。

蘇軾忙起身恭迎：「長老不吝賜步前來，定然有所教誨。」

禺師說：「子瞻，竟日以花自況，以酒澆愁，終非長久之計也。」

蘇軾說：「願請長老超度，在下愚頑未開，不明長老所言何事。」

禺師說：「吟花自悅，雖然高雅，可是你終究是凡人，不是仙輩，能靠孤芳自賞度日月麼？」

蘇軾警醒說：「莫非長老帶來了在下家人的消息麼？」

禺師說：「畢竟是蘇子瞻，聰慧過人也。」說罷取出一封短信交給蘇軾，原是弟弟蘇轍所寫來：

……弟已定於五月二十日奉旨離商都應天府，赴貶所筠州。任媽、嫂子、大月、迨兒、過兒將隨船至黃州與兄團聚。六月初可抵黃州西四十里之巴河渡口，望兄早抵渡口迎接……

蘇軾看完信立即愁眉緊鎖：一下子來了七個人，再不能在這小而簡陋的「嘯軒」居住了。七個人的衣食，靠月薪四千五百錢維持也很艱難。賣兩處老祖業的一點點積蓄，又都在半年的「烏台詩案」中一揮而盡，如今維持生活都要認眞想辦法了。

禺師說：「怎麼，蘇子詩文有神，料理養家活口之事卻皺眉了？」

蘇軾說：「在下果是此中笨伯，還望長老指點迷津。」

禺師說：「佛思佛慮，憂則不生；憂既不生，曷爲思慮？」

蘇軾心裡一顫。禺師怎麼講起禪語來？他這話的意思是說：莫思慮問題，自然沒有憂慮；既然沒有了憂慮，你還多想些什麼？這個車軲轆話，不是等於沒說嗎？於是苦笑一聲說：「禺師長老，車子在前進，車輪在滾動，在下愚魯，未能明白長老推動這車輪起點在哪裡？終點又在何方？」

禺師說：「蘇子既能解此禪語，老衲可以再說個比喻：露滴青草，草上露珠；究竟是有露有草，還是有草有露？」

蘇軾一拍大腿說：「哦！懂了！多謝禺師長老教言：一顆露珠一棵草，有草必有露，有露草必生。露從天上來，在下拜知府！」

蘇軾來到知府衙門，太守陳君式說：

「子瞻！一定是我叫人帶給禺師長老轉交你的信收到了，令弟既送家眷來，快準備迎接夫人孩子吧！」

蘇軾說：「大人明鑒。罪官正爲此事而來，定惠院住不下我一家七口，而且我家生計也會艱難，特來拜求大人扶助！」

陳君式說：「子瞻來得正好，你不來我還要派人去找你呢！我已經致仕要歸故里，新來太守徐大人也正想見你呢！」

新任黃州太守徐太受，字君猷，時年四十歲，他也素來仰慕蘇軾之文名官名，在官署裡鄭重接待蘇軾。

蘇軾在陳君式陪同下參見徐君猷，拱手致禮說：

「罪臣庶民蘇軾參見徐大人，在下家眷六月初可到，懇請徐大人為我解決住所之需。」

徐君猷說：「蘇子才名，如雷灌耳。本州有幸安置，當是責無旁貸了。本府初來尚不知情，承在座卸任之陳大人推荐，傍江岸有個臨皋亭，還是唐代中期的建築。

「該亭去江數十步，風濤煙雨，朝夕百變，對岸便是武昌。青峰如黛，江流碧藍，本是歷代官員上行下達之歇腳驛站。二百多年來失於修檢，幾近廢置。本府近日即著人前去修繕。並在其南側新建三間房屋，連亭一起供你家住宿。你看如何？」

蘇軾受寵若驚，連忙單膝跪下去說：

「罪臣庶民蘇軾，感謝徐大人活命之大恩！」

徐君猷慌忙起身攙起蘇軾說：

「本府何敢受蘇學士如此大禮？要謝你就謝陳大人吧！是他接到你弟弟蘇轍的來信便作了此一安排。」

蘇軾轉身又要對陳君式行大禮，陳君式早就起立止住了他說：

「不敢不敢！我早幾個月就說了，我已不久於人世，能在臨死之前為文學奇才蘇子瞻做一兩件舒心的事，已是萬幸了。」

「還是這位新來的徐大人替你想得周到，以你每月四千五百錢月薪，難以養活一家七口。徐大人已決定在離臨皋亭不遠的東邊坡上，劃一塊五十畝大坡地給你家，你們願怎麼耕種就怎麼耕種吧！躬耕之餘，只盼子瞻有好詩文酬報。」

蘇軾對黃州新老兩位太守的知遇之恩深感銘戴。陳君式致仕還鄉，不久病逝，蘇軾作《祭陳君式文》以作紀念。

新太守徐君猷遵守諾言，很快派人將臨皋亭修繕好了，在其南側果然傍建了三間房子。

蘇軾將這南側三間房子命名爲「南堂」，並親題「南堂」二字張掛。並作詩一首，寫來掛在堂屋正中：

遷居臨皋亭

我生天地間，
一蟻寄大磨。
區區欲右行，
不救風輪左……
全家占江驛，
絕境天為破。
貧飢相乘除，
未見可吊賀……

哀嘆人生不過一隻小螞蟻，落在命運的大磨盤上，蟻欲右行，磨偏往左……有幸自己劫後餘生，反而解除了奔波政務的鞍馬勞頓。如今全家占據了江亭驛站，臨絕境而自有天破，實爲天之救助，難怪禺師長老啓迪說：「一顆露珠一棵草！」眼下這境況，猶如貧窮與飢餓交相擠壓著，然而既無可以祝賀，也不必多所憑吊。須知禍兮福所倚，眼下的災厄困境，未必不是新的福氣的源頭。

六月初三日，已是暑熱炎天。黃州西四十里的巴河渡口，卻是和風送爽，水汽宜人。寬闊的長江水面，水汽在時時蒸發。再熱的天，江邊總多一份涼爽。

蘇軾攜長子蘇邁已在此守候了三天，前兩天都落空了。

蘇軾已向人打聽清楚，從河南應天府南下走水路去江西筠州（今高安）上任，必是先渡淮河，從廣陵（今江蘇江都）溯長江而上，到江西九江上岸再去筠州；而現在蘇轍要將蘇軾家人送來湖北黃州，必先將自家夫人史翠雲及幾個兒女安排住在九江舟中，或是安置在九江客棧，自己再乘船溯江而上，直至巴河渡口。

蘇軾父子自然向長江下游打望。

今天沒有白等，遠遠看見一艘大帆船慢慢駛來，蘇轍、文務光和任媽、王閏之等一家人全在甲板上站著。

十二歲的蘇迨和十歲的蘇過早已遠遠地在叫：

「爹爹！爹爹！」

七十二歲的任媽任憑老淚縱橫。

三十三歲的王閏之任淚水流淌。

二十七歲的大月卻咬緊牙忍著淚水，似乎怕蘇郎看見了太多的淚水會受不住。

蘇軾自己呢，崇尚率眞純樸，當船才攏岸，他便跳了上去，跑攏任媽說：「我罪累家小，尤其對不起你老人家，你老七十多歲了還爲我顚簸勞碌！」說著已雙膝跪了下去。

任媽伏在他肩頭，把一眶熱淚灑在他肩背上：

「大郎，大郎！老婆子總算又見到你了。這分隔不到一年，可好像過了一輩子！」

等大家一齊把任媽抬上岸來，岸上已圍攏了一二百人觀看。許多人忍不住跟著這一家人流淚。讚嘆說：「是誰家啊！他們對老母親可眞孝順！」

立刻就有知情人解說：

「這是大才子蘇軾！老媽媽並不是他母親，只是他的奶媽！」

人們立刻紛紛議論：

「啊？蘇軾？是不是犯烏台詩案那一個？……不是他還是誰？……光從他對奶媽都如此講孝道來看，他就是天底下第一等的好人……當然不假，百善孝爲先嘛……」

七嘴八舌，沒完沒了，無形中對蘇軾產生了深深的敬意。

蘇軾問：「子由！你和務光既然來了，是不是到我家去住一宿？」

蘇轍說：「哥！這次我們多住幾天，你弟媳婦和侄兒女們都安置在九江住下了。」於是一行人到了南堂。

在南堂的家庭宴會上，雖然只是家常酒肉飯菜，但這是劫後餘生的家庭聚首，自是無比歡樂。

任媽說：「大郎：看著你和二郎兩兄弟如此親密，老婆子心裡不知有多痛快。

「這將近一年來，我們兩家的擔子由二郎一人擔著，我們在他家吃住近一年，這一次又雇舟送我們南下，花費已經太多。二郎自己不肯說，我知道二郎負債已經很多。

「我不知邁兒去年離湖州時帶去京城的錢還有多少，我有個想法，以我家現在七口之家，每天有一百五十錢買油鹽柴米勉強過得，不足的可耕作東坡培補。這樣大郎月俸四千五百錢一領下來，分成三十份吊在屋頂上，一天一份，不就過得下去麼？

「不管邁兒那裡還存有多少錢，我看全給了二郎吧！二郎這幾個月不能南下去筠州赴任，都是在籌措銀子啊！」

蘇轍深情地說：「任媽！你老人家對我的關愛我心領了。我這不是已經挺過來了嗎？我哥剛從牢裡出來，日子比我更難過，就不要擠壓他了。」

蘇軾爽朗地說：「好，我的任媽！你是我蘇家多少世代修來的大仙大佛，量入為出，細水長流，就這麼辦了。邁兒，你清點清點，不管有多少，下剩的銀兩全給你叔叔！」

蘇邁清點的結果，尚餘一千餘兩銀子，蘇軾要全給蘇轍，蘇轍哪裡肯要，推來讓去的結果，還是各取一半完事。

蘇轍說：「我有這五百兩銀子足夠償清債務了。哥！我看我總是遇到不幸中的萬幸，上次你去徐州，我去應天府，應天府太守張方平大人是你我的莫逆之交，給了我多少方便？

「這次我去筠州，還沒到任，筠州太守又換成我們的老朋友滕甫元發了！」

蘇軾大笑：「哈哈！真是天無絕人之路，一顆露珠一棵草！有滕甫當你的上司，子由你的日子難過不了。」

第二天，兩兄弟渡河南去武昌遊覽，有勝景寒溪西山等。蘇軾作詩以記。

與子由同遊寒溪西山

散人出入無町畦，
朝遊湖北暮淮西。
高安酒官雖未上，
兩腳垂欲穿塵泥。
與君聚散若雲雨，
共借此日相提攜……
幅巾不擬過城市，

欲踏徑路開新蹊……

蘇軾從此徹底擺脫了「烏台詩案」以來的心理禁錮，走出了孤芳自賞的「海棠夢景」，踏上了「開新蹊」的躬耕東坡之路！開創了歷史上一代文人宗師躬耕自食的先河。

「天行健，君子以自強不息！」蘇軾吟詠著《易經．乾卦．象辭》的名言，率領家人向東坡故舊營地進發：開墾種田！

這是一塊廢置多年的軍兵營地，早已是滿目蓬蒿，三尺以上，過人腰眼。

蘇軾身穿葛衣，腳踏芒履，帶著長子蘇邁，妻子王閏之，愛妾大月，來到地頭，乾瞪著眼看了好久，不知該從哪一步開始。

他們購置了鋤頭、畚箕、鐮刀等等農具，卻都從來沒有用過，更沒開過荒。是該先割了茅草呢？還是連同茅草一起挖掘？

正在為難之際，一個精神矍鑠的老者，領好幾個青壯年來了。原來都是這幾個月新結識的本地農民朋友。

矍鑠老翁姓潘名邠，是本地的農事長者，耕田種地樣樣在行。認識他是因為他弟弟潘大觀對蘇軾素來崇拜。潘大觀是讀書不多的農民，卻是每日捧著詩讀，蘇軾的詩他能背下許多。

潘大觀高高的個子，憨厚的臉龐，卻是性格內向，不善言語。那天他恰巧也在巴河渡口，親眼看見文壇領袖蘇軾向一個奶媽跪拜迎接，執母子之禮，對蘇軾更其敬佩。便要自己的哥哥潘邠以本地長者身分陪同向蘇軾求詩。蘇軾見他兩兄弟憨厚樸實，便抄了兩首贈與。

黃州天慶觀雨中看牡丹三首

其一

霧雨不成點，
映空疑有無。
時於花上見，
的皪走明珠……
黃昏更蕭瑟，
頭重欲相扶。

其二

明日雨當止，
晨光在松枝。

清寒入花骨，
肅肅初自持……
依然暮還斂，
亦自惜幽姿。

蘇軾說：「這詩第三首我覺得太次，就不抄了。」

潘邠指著一起來的弟弟潘大觀說：

「蘇學士！你提筆一寫就是兩首三首，一個詩題好像永遠寫不完。我弟弟他讀了好多詩也學著寫詩。去年九月重陽節前不久，我弟弟趁著天雨閒臥，突然有了一句詩，馬上題寫在自家牆壁上：『滿城風雨近重陽，』剛寫完這一句，忽然來了催租人，詩興一敗，再也寫不下去了。所以我弟弟被人笑爲『一句詩人』。哈哈哈哈！」

潘大觀說：「哥還笑我，就不記得請蘇學士幫我續完這首詩。」

蘇軾見其十分嚴肅認眞，把快到嘴邊的笑聲忍住了，說：

「大觀！這詩你自己就能續作好。你把『重陽』兩個字多想想，重陽不是喜歡登高望遠麼？重陽不是人人插茱萸辟邪麼？唐詩就有好句：『遙知兄弟登高處，遍插茱萸少一人。』你照這意思過細想下去，抓住一個特點作『詩眼』，詩就寫成了。」

潘大觀好不高興：

「哈！我回去多想想！」

眼下，便正是這潘家兩兄弟來了。

另外還有好幾個詩歌愛好者，有精瘦矮個郭興宗，他被稱爲挽歌詩人，哪家辦喪事都請他去，他是「酒酣聲出，滿座淒然。」還有一個是絡腮鬍子古耕道，是方山子陳慥季常的朋友。

蘇軾知道救兵來了，忙迎上前去施禮說：

「潘邠老，各位！這倒是應著了一句土俗話：狗咬刺蝟，無從下口。望著這五十畝一大坡蓬篙，我還眞不知道先從哪裡下手？是先割了呢，還是連草一起挖？

潘邠大笑：「哈哈！寸有所長，尺有所短。大名鼎鼎的蘇學士，你出個詩題，他可千言萬句。望著茅草坡倒發愁了。哈哈！」

郭興宗說：「蘇學士！你胸藏萬卷書，怎麼連『刀耕火種』都忘記了。我還等著爲你這被燒的茅草作一首挽歌呢！嘻嘻嘻嘻！」

蘇軾興奮地大叫：

「邁兒，邁兒！快點火，快點火，燒它一個精光，挖地不礙事，地裡還長了肥。」

蘇邁應聲點燃了茅草，霎時風助火勢，一行人臉上發燒，連連都往後退。

潘邠說：「蘇學士！這五十畝起碼也燒個半天，剛燒完石頭燙也挖不得，不然我一路人也不會空手來了。今天來的我弟弟『一句詩人』、郭興宗『挽歌詩人』、古耕道『俠義詩人』，想跟你作個『交易』你教他們作詩，他們教你種地，這總公平吧？走走，先到學士家裡去。」

大夥一起朝蘇軾的臨皋亭南堂走，郭興宗說：

「光走的多沒有味，我唱一首《茅草挽歌》吧……」

大火燒荒坡兮，
荒坡茅草泣。
茅草泣為何兮？
學士再無筆。
果真再無筆兮？
奸佞相煎急。
學士豈頹唐兮？
官棄民擁立……

聽著郭興宗用喪堂上唱挽歌的哀調吟唱的《茅草挽歌》，蘇軾分明得到了眞摯的激勵，其中滿含對昏庸聖上的嘲笑譏諷。自己的內心酸楚，被這農民詩友唱了出來，蘇軾不禁傷心落淚。多麼可悲啊！把一個百年不遇的文學奇才置於躬耕自食的境地，這樣的朝廷還能長久麼？

潘邠見蘇軾不勝傷心，便對郭興宗說：「興宗你別再添愁加苦了。蘇學士教我弟弟作『重陽』詩，果然有成效。大觀！快把兩首詩呈學士指教！」

蘇軾好不驚喜：

「哦？好！讓我先接著興宗的挽歌，回報一首五絕。」隨即吟詩：

官棄民擁立，
喜淚從心滴。
天公地母憐，
豈有長太息？

潘大觀憨笑著：「嗨嗨！是兩首，不成詩。」忙掏出詩稿遞上。

重陽二首

其一

滿城風雨近重陽，
登山遠眺望兒郎。

兒郎奉旨邊關去，
企盼大捷早還鄉。

其二

滿城風雨近重陽，
遍插茱萸有艾香。
且將瘴疫驅天外，
千門萬户盡吉祥。

蘇軾好不高興：這兩首詩雖不甚高明，卻總是「一句詩人」成長的標誌，於是鼓勵說：「大觀！不錯。讓那些笑你『一句詩人』的朋友大吃一驚吧，你會把同一個詩題寫出許多好詩來！」

在這些農民朋友的指導和幫助下，蘇軾帶領一家人辛苦耕耘，多年荒坡燒死許多蟲蟻鼠類，多少焦臭驅散了蘇軾的儒雅風流。

蘇軾從未耕作過，泥土中石塊和瓦礫，震得他虎口發麻；荊棘的根鬚是如此盤根錯節，使他覺得那是一團團理不清的煩惱；驕陽冒火，暑地蒸煙，這是眞正的脫胎換骨，蘇軾只覺渾身酸疼。在最初的七天之內，他累得渾身像是骨頭散架，人體像棉花般疲軟。站著就想坐下，坐下就想躺倒，躺倒便不想起來……

天哪！你既要我來經受如此的磨難，又怎不給我一副鐵的身軀？蘇軾似乎覺得自己眞要堅持不下去了。但一看幫助墾荒的農民朋友，從年屆六十的潘邠老人，到他帶來的姑娘媳婦，包括「一句詩人」潘大觀、「俠義詩人」古耕道、「挽歌詩人」郭興宗等等，全都怡然自得，煞是輕鬆，知道勞累這一關過後，會有脫胎換骨的一天。於是又咬緊牙關再做。

果然，過了八天九天十天，一切都完全改觀了。手臂上腱子肉長出來了，身上的酸疼消失了。勞動已是習慣成自然。

經過一、二十人三個多月的辛勤勞作，五十畝地開墾出來了，種下了三十多畝小麥，下剩十多畝種了蔬菜和觀賞花草。

長子蘇邁要娶范鎮（字景仁）公的孫女爲妻，房子不夠住了。農民朋友們幫他在東坡上蓋了九間大平房。

蘇軾親筆題匾自己掛：

東坡雪堂

蘇軾不無自豪地說：「子瞻因東坡而再生，從今自號『東坡居士』！」世界從此有了「蘇東坡」！

詩人朋友們一齊大聲喝采。

「東坡雪堂」成了蘇邁與范氏小姐的新房。

可是喜事剛過，任媽病逝了。蘇軾執孝子之禮，行葬母之儀，將她葬在東坡一側。

郭興宗按照蘇東坡講述的任媽的辛勤勞績，寫下了一篇挽詞：

任氏采蓮奶媽，一生操持蘇家。劬養不必其子，愛人不必其親，豁達不避災變，樂觀不避其貧……比起那些尸位素餐、權操四海、錦衣玉食、男盜女娼之流，任媽靈魂高過他們千百倍……

蘇東坡親率兒子媳婦，從僧寺，從學舍，從衙署，挖取了許多公共糞肥，灑施在新墾的荒地裡。汗水沒有白流，入冬嚴寒未到，東坡麥苗已滿眼青蒼。

蘇軾說：「汗水的結晶，望一眼就已心醉。」

誰知這一天大早，蘇軾還在夢中，蘇邁跑來大喊：

「爹爹，爹爹！不好不好了，誰家幾大群羊，把我們幾十畝麥苗全啃光了！」

蘇軾驚起去看，果不，羊們咩咩叫著，吃一個痛快淋漓。

蘇軾舉頭哀嘆：

「天哪！難道我自己種一口糧食也不讓我吃麼？」

「哈哈哈哈！」坡後傳出爽朗的大笑，竟是潘邠老人，慢慢走過來說：

「子瞻！這你又外行人講蠢話了。俗話說：冬麥壓，春大發。不然冬天大青，全凍死，春天還指望什麼？明年春天你再看，那時你會給羊們記功！」

果然冬天一過，冰化雪消，麥苗從地裡往上竄，初是滿坡青翠，隨即拔節揚花，過後孕穗收割，每畝收得一百多斤，三十多畝是三十多石，三千多斤，一家人一年口糧足矣。

蘇東坡要舉行慶典。

鄉親們無不贊成。於是按照黃州的古老風俗：日出成典，即在日出之時都來慶賀。鑼鼓鞭炮，共震齊鳴。當地百姓來了三四百。大月操琴演唱，是蘇東坡新作《東坡八首》：

良農惜地力，
幸此十年荒。
桑柘未及成，
一麥庶可望。
投種未逾月，
覆塊已蒼蒼。
農夫告我言，
勿使苗葉昌。
君欲富餅餌，
要須縱牛羊……

正在歡慶的高潮，一頂四抬藍色官轎爬上東坡來了。

蘇軾驚呆說：

「啊？莫非太守徐大人也來了麼？」

72

滕甫來訪私傳聖意　上書論戰赤壁泛舟

蘇軾迎至官轎面前，朗聲高喊：

「罪臣黎庶蘇軾，恭迎太守徐大人！」

「哈哈！子瞻給我改姓氏了！」轎內出來一高大老翁，皂色官服，聲音鏗鏘。這哪裡是本州太守徐君猷？而是筠州太守滕甫（字元發），蘇轍的頂頭上司。

蘇軾喜出望外，親切高喊：

「滕公！怎麼是你？意想不到，莫非夢中耶？」

滕甫說：「子瞻！我來之事一言難盡。」

滕甫是浙江東陽人，曾任知制誥、知諫院等要職，只因多言新法不便，屢被貶逐至地方州府，如今在筠州。

蘇軾命夫人王閏之親自炒菜置酒，爲老朋友接風洗塵。

對飲幾杯之後，蘇軾先問：

「滕公有何見教，但請直言！滕公總不會閒逛到黃州吧？」

滕甫單刀直入說：

「子瞻，你不想了解一下朝廷的近況麼？」

蘇軾自是急切：

「滕公最近可有京都之行？」

滕甫說，「我今天正是從京城直接而來，尚未回筠州去。」

蘇軾好不高興，連忙說：

「好，好！在下雖是罪臣，仍絲毫不敢忘記憂民憂國，還請滕公多講講。」

滕甫說：「如今朝廷掌權的是四個人；宰相王珪，參知政事蔡確、張璪，翰林學士兼侍讀蒲宗孟。這四個人你應該是知道的吧？」

蘇軾慢慢回味著說：

「王珪有六十多歲了吧？他是上朝『聽聖旨』，下朝『領聖旨』，公幹『行聖旨』的『三旨』宰相，能有什麼作爲？

「蔡確這人城府太深，只怕會是呂惠卿第二。那個參知政事張璪，早先他才只是個判國子監，怎麼一下子就當了副丞相？」

滕甫說：「就憑他一張利嘴，批駁老丞相知開封府文彥博，批駁樞密使呂公著，批走了別人，他自己就上去了。」

蘇軾說：「蒲宗孟也是四川人，他還是我一個遠房親戚。當時他是推行呂惠卿《手實法》最得力之人，如今呂惠卿倒了，《手實法》也取消了，這蒲宗孟怎麼反而爬上去了？」

滕甫說：「你這個遠房親戚最善看風使舵，呂惠卿一倒，他成了批呂的急先鋒。王安石一下野，他迎合皇上『元豐改制』的主張，深得皇上信賴。於是他更事糜費鋪張，完全是紈絝子弟氣息，家裡蓄妓成群，洗漱要三換銀盆，沐浴要數妓侍奉。」

蘇軾感慨道：

「唉！這些人當朝主政，能幹成些什麼事情？」

滕甫說：「可這些人會摸皇上的脾氣，皇上想用『元豐改制』創造『朝政一新』的局面，於是什麼奏章都是歌功頌德，四海升平。皇上以為已是兵強馬壯，所以起了『用兵西夏』的念頭。」

蘇軾一驚：「什麼？這個時候用兵西夏？不是自討苦吃嗎？既沒有充盈的國力，也沒有強盛的軍隊，更沒有一呼百諾的將軍！」

滕甫說：「皇朝病體的癥結正在此處。你說沒有充盈的國力？王珪、蔡確、張璪、蒲宗孟手下都有大批幹將，一人一份四海升平的奏章，民阜國強的假象就造成了。你說沒有一呼百諾的將帥麼？他們說內侍押班李憲就是最好的統帥！」

蘇軾簡直坐不住了，他酒杯一丟，在屋內急急徘徊說：

「國家安危，形同兒戲！李憲只怕一頁兵書都沒讀過，他他他，他憑什麼去攫取帥旗？」

滕甫說：「全憑紙上談兵，現買現賣。年富力強的蔡確，說西夏現在內部不和，夏主秉常被他皇旗內訌所困擾，如今秉常已被他母親扣押起來，此時正是西夏國力最弱的時候，進攻它正是時機。蔡確就用這個論點鼓動皇上用兵。

「那個內侍押班李憲，只怕是臨時讀了幾頁兵書，從中找到了『趁虛而入』一計，說目前是進攻西夏的最好時機。他誇下海口：給他六十萬大軍，他可在半年之內攻下西夏所占十三州的一半，會師靈州（今寧夏靈武縣），把西夏國擠出去！」

蘇軾捶胸頓足說：

「胡來，胡來！西夏國之內訌，大抵因爭權奪利而起，哪能算是『空虛』，又怎麼能『趁虛而入』？

「一旦我們攻打進去，他們的內訌就會馬上停止，一致對付我們。他們那個厲害的國君秉常，一定會被他們的皇太后放出來重新主政。到那時，我們遠涉邊關的六十萬大軍將死無葬身之地矣！」

滕甫趁機挑逗說：

「子瞻！依你看來，要用怎麼樣的奏章才可以使一時糊塗的皇帝明白過來呢？」

蘇軾說：「投其所好，導之以迷，指陳利害，使避歧途！」

滕甫說，「此四語太過總括，老朽願聞其詳。」

蘇軾又坐了下來，逐一剖析道：

「皇上不是有『用兵西夏』的念頭麼？因此諫止他用兵西夏的奏章倒應該從讚頌皇上這念頭出發，使皇上以為你在幫他說話，這便是其一：投其所好。

「其二，導之以迷，要使皇上認識到西夏國『兄弟鬩於牆』並非真正國力虛弱，故『趁弱而入』必落陷阱、一旦他們『同御於外』那我們六十萬遠征軍，必不是他們的對手。

「其三，指陳厲害，是告訴皇上如目前用兵，只會大敗，造成國力大傷，皇威大損，民心盡喪，前途何堪？

「其四，使避歧途，乃是要給皇上提供一個最好的戍邊政策，皇上才不致誤入李憲等人報奏的歧途。」

滕甫壓抑著心中的激動再問：

「子瞻！你胸中應該已有這最好的戍邊之策吧？」

蘇軾又激動地站了起來，走動著陳述自己的謀略：

「依我看來，這戍邊之策也是四句話：引而不發，恩威並舉，遣使離間，分而治之。

「具體說：使兵馬三十萬屯邊，號稱百萬之眾天天說要攻打西夏，卻是總不進攻，使他們終日如履薄冰，此為引而不發。

「此時，西夏國內必分裂為各種派別，我們則派人潛入他邦，對各派別施之以『恩威並舉』的離間計，使之內訌不已，紛爭不斷。進而，我皇朝許以厚爵重金，招降納叛，使其分而治之。而我邊防乃固若金湯矣！」

滕甫高興得擊節而起，快步走攏蘇軾說：

「子瞻！位卑不忘憂國之忠臣良相也。可惜未得機緣，難展雄心壯志。悲夫！天道未公矣！」

蘇軾攀著滕甫重又一齊坐下說：

「滕公過獎了。在下也不過李憲之流：紙上談兵而已！」

滕甫就話進言說：

「好！我今天正爲要你寫一篇『紙上談兵』之奏章而來，你就把剛才的所議所論寫下來吧！」

蘇軾說：「滕公笑話了。我已被皇上詔令爲『不得簽書公事』，哪有資格再上奏章？初來黃州時，我呈一份《黃州謝上表》，不過例行公事而已。」

滕甫說：「子瞻的《黃州謝上表》有言——

罪臣軾蔬食沒齒，杜門思過，庶幾餘生，未為廢物，無官可削，撫己知危，何敢再行造次？伏惟陛下但放寬心……

「子瞻！這幾句我沒有背錯吧？」

蘇軾大爲吃驚，悄然而問：

「滕公！莫非聖上將在下的《黃州謝上表》讓滕公過目了？」

滕甫說：「皇上召我進京，親口對我所說。」

蘇軾大喜：「皇上有何教誨？」

滕甫說：「皇上沒有明說，他也不便明說。但我聽得出來，皇上有重新啓用你與司馬君實之打算。他知道我與你相交數十年，情誼深厚，特地召我進京，告訴我說：『朕對蘇軾是否太嚴了一些？有所謂望之切，求之苛也！你代朕走一趟，專程黃州，看看蘇軾，告訴他：朕已收到他的謝表，並且讀過兩遍了。』皇上這不是很明顯的暗示麼？你何不將屯兵戍邊的策略寫成一個奏章上呈。」

蘇軾搖搖頭：「不得簽書公事的罪臣，上表議政，忤逆朝制，罪加一等，在下不敢啊！」

滕甫說：「這事我已想好了，你以我的名義寫，寫完也署上我的名字上報。事情成功，我再揭破謎底，爲你請功。如若失敗，也不過多費了一份紙筆。皇上那裡閒置未理的奏章何止萬千？」

蘇軾說：「好！感謝滕公之巧妙安排，我寫。」

試論用兵西夏疏

臣竊觀歷史上善用兵者，莫如三國曹操，其破滅袁紹之術，最有巧思。袁紹以十倍於曹操之眾，大敗於曹操之官渡之役，僅袁紹個人脫逃。而曹操何以收兵不追呢？是要故意放走袁紹而擾亂其國政也。

袁紹歸國後愈益驕傲，忠良賢臣被殺，嫡系旁系紛爭，不到八年，袁紹即因內亂而被消滅。

其後，曹操北征烏桓，討伐袁尚、袁熙，二袁敗走遼東。有人勸曹操一舉攻占遼東。曹操曰：「遼東公孫康向來畏懼袁尚、袁熙。我今急切攻進，則公孫康與二袁必合力抗擊我；我不去進攻，他們之間必互相猜忌爭鬥。此勢之必然也。」於是引兵而還，曰：「我看似退兵，實則讓公孫康斬二袁首級予我。」後來果然如此。

如此看來，曹操可謂巧於消滅敵國之用兵者。

今者西夏國內亂，陛下派偏師出擊，可望收復我大宋之部分國土，此乃千載難逢之良機。然而，夏主秉常雖為母族所篡，其兄弟鬩於牆而御於外之法理尚存。倘攻之急，則彼內亂將止息，秉常又將執理朝政，率母族等共同對我。合而力一，非可小視。是故，陛下用兵偏師只應小勝則止，留有餘威，不再進擊。

陛下趁此餘威，選用西夏國素所畏懼之宿將，使其兼任五路兵馬統帥，聚重兵於邊境，有三十萬即可號稱百萬之師，終日齊鳴金鼓，使聞於數百里間，佯裝每日必攻之勢，實則按兵不動。趁西夏天天疑我必攻之機，朝廷多出金帛，派遣使者入西夏離間其黨羽，且下令曰：「西夏之尺土吾不愛，西夏之一民吾不奪，如有能以其地率眾降者，必封賞之。有敢入西夏擾彼地掠彼民者，皆斬。」

如此下去，不出一年，西夏國內必互相猜疑內訌乃至格殺。其勢弱者不敵強手，必率眾降我，以求保全。此時，陛下給降將以重封重賞，使餘者皆以降我為快事。彼時陛下給敵酋以封賜爵秩，使其內亂加劇，互為仇敵。則我雖未出一兵，西夏邊境亦可保百年之安寧。實則西夏為我所臣服也。

此非曹操當日滅敵國之計謀耶？今臣試此論之。事關朝政成敗得失，夥乞陛下聖明決斷。

元豐治下筠州太守　滕甫

滕甫看完蘇軾所寫這份奏章，拍案叫絕：

「妙到極處！子瞻文韜武略，不缺一也。你就靜候佳音吧！」

滕甫走了。帶走了蘇軾的謀略奏疏，留下了巨大的升進希望。

果然是人逢喜事精神爽，蘇東坡這一陣子過得特別痛快。他在心裡分明覺得趙頊皇帝看了自己的《試論用兵西夏疏》，不僅全盤採納了自己的戍邊謀略，而且會召自己回朝為官。

確乎是心之所思，行之所動，這天下午，蘇東坡竟不由自主地向黃州府衙走去了。他自己也不知道自己為什麼要去，彷彿自己管不住自己的腿了。

走著走著心雖已經明白，府衙裡蓄養有許多官妓，色藝俱佳，十分可愛。其中有一個李宜，別名李琪，其色藝似乎還在別的官妓之上，但她有個微微口吃語訥的缺點，似乎便被人瞧不起，她自己也好像抬不起頭來。

也許是蘇東坡這幾年也處於「罪臣」地位的緣故，他對這位李宜甚為憐憫，正所謂同病相憐，果然不假。蘇東坡也從眼神中看出，李宜對自己也是頗有深情。

但是，處於「不得簽事公事」的罪臣，除了躬耕思過，再不能享受往日為官時與官妓們頻有交往的樂趣了。蘇東坡知道怎樣自己避嫌，幾年來從沒去府衙找官妓尋樂。

眼下心裡歡欣，似乎聖上召自己回朝已是指日可待。於是腳下不由自主，向府衙走去了。可正巧，蘇東坡走在半路裡遇到了府衙的公差，卻正是太守徐君猷打發來叫自己。

蘇東坡個子高，歡喜了腳步又快，不一會便到了府衙，原是老朋友張無盡來了。張無盡，字天覺，曾與蘇軾有過詩文交往，沒成想他也是徐君猷的友人。他路過此地看望太守，太守便把蘇東坡也叫來了。

徐君猷一見蘇東坡，驚叫道：「啊！東坡居士莫是有翅能飛？」

公差連忙報告：「屬下去叫時，蘇大人已在路上來了。」

徐君猷大笑：「哈哈！子瞻，天覺，你二人心有靈犀一點通也！」

蘇東坡拱手致禮：「天覺兄別來無恙？似不避諱在下已是罪臣！」

張無盡也拱手還禮：「子瞻兄東坡居士何必如此自卑？在朋友眼裡，哪有『罪臣』的字眼？」

不一會，徐君猷設宴招待張無盡，由蘇東坡作陪之外，尚有徐君猷的三個侍妾，分別為孫氏、姜氏、齊氏。

蘇東坡甚是奇怪：徐君猷共有四個侍妾，其中最寵愛的一個姓閻，今天怎麼突然不見了呢？

蘇東坡脫口問道：「徐大人，閻姬哪裡去了？」

徐君猷指指張無盡說：「你問他吧！」

蘇東坡扭頭望著張無盡說：「你可知君子不奪人之所愛？」

張無盡說：「賤荊到我女婿家去吃外孫彌月酒，拉了善解人意的閻姬相隨。」

蘇東坡一語雙關說：「天覺兄這便不對了，尊兄有帽，豈能無簷？」意思是以帽簷之「簷」，比喻徐君猷愛妾之「閻」氏。

張無盡會過意來，哈哈大笑。

徐君猷也聽出了蘇東坡的話外之音，連忙反唇相譏說：「天覺你有所不知，子瞻他素來知禮，愛禮，偏是不敢有禮！哈哈！」這個「禮」便是暗指官妓李宜之「李」。

張無盡聽不明白，悄悄問徐君猷，徐君猷也悄悄告訴了張無盡：「子瞻與官妓李宜暗戀，卻是不敢往來。豈非不知有『李』麼，呵呵！」

張無盡一聽也大笑哈哈。

男人們說笑還未完結，閻氏獨個兒回來了。

張無盡脫口就問：「賤荊怎麼沒回來？」

閻氏說：「張夫人被女兒苦苦留住了！」

蘇東坡立即反唇相譏：「天覺兄今晚可是沒有主『張』了吧？哈哈！」這自然是譏諷張無盡今晚離了夫人也是不好過活了。

徐君猷忙打圓場：「不不不！有我徐某在，既不能使天覺兄沒有主『張』，也不能使東坡居士長期無『李』……」便把自己四個侍妾打發走了。

這裡蘇東坡與張無盡還沒完全會過意來，一群官妓已手捧樂器上場來了。原來徐君猷早有安排，官妓中的頭牌正是李宜，其餘幾個也是絕色女子。

張無盡說：「子瞻，如此良宵美夜，焉能無詩，快寫一首讓她們歌舞。」

蘇東坡說：「理所當然！」於是揮筆寫下了長長的詩題：

張無盡過黃州，徐君猷為守，有四侍人，姓為孫、姜、閻、齊，適張夫人攜其一往婿家，既暮復還，乃閻姬也，最為徐所寵，因書絕句云

玉筍纖纖揭繡簾，
一心偷看綠蘿尖。
使君三尺球頭帽，
須信從來只有檐。

「哈哈！天覺兄帽子無檐，徐太守卻從來有『顏』！哈哈哈哈！」

張無盡說：「那是自然，那是自然！」

徐君猷說：「子瞻東坡，終於有『李』。天覺貴客，豈無主『張』？」說著朝歌舞妓中的一名妙齡女郎一指：「她名叫張繡球，豈非天覺求之可得……」

是晚，蘇東坡與官妓李宜這一對暗戀情人，終於各得其償……

幾個月過去了，滕甫帶走的那個奏疏，不見有半點動靜。蘇東坡心境便冷涼下來，反正君心莫測，誰知皇上派滕甫捎來那個準備啓用自己的信息是何用意？就算眞有此事他也可能隨時改變啊！乾脆不去想它吧！

是時爲元豐五年（公元一〇八二年），歲次壬戌，七月十六日有故人來訪。是西蜀故人，綿竹武都山道士，名叫楊世昌，字子厚。他就是在「楔子」中歡送蘇軾一家的那個道士。

楊世昌善釀蜜酒，就是糯米甜酒，四川人叫做醪糟。

王閏之自成爲黃州農婦以來，極想念在四川老家常吃的醪糟沖蛋，就是不知道製甜酒之方法。她要蘇東坡寫信約了楊世昌來，說了叫他帶來酒曲，親授甜米酒製法。

王閏之一見楊世昌便問：

「揚道長，久違了。子瞻給你信中所說之事，還記得嗎？」

楊世昌故弄玄虛地說：

「子瞻來信，我只見信。子瞻出獄已無『事』，我記何『事』？」

王閏之笑說：

「拿你們佛道兩家的人眞沒辦法，明明白白一件事，拐彎抹角打禪語，暗藏玄機，叫人頭痛。直說吧：道長帶甜酒曲來了嗎？」

楊世昌說：「甜酒曲無有。」

王閏之說：「沒想到道長也會失信。」

楊世昌說：「我失信何來？」

王閏之說：「子瞻給你信中說了，要你帶醪糟曲來，你回信也說定會帶來。今日一見卻說『無有』，豈非失信？」

楊世昌說：「正是這話。子瞻來信說要我帶醪糟曲，我回信也說是帶醪糟曲。今日我一來，閏之卻向我要『甜酒曲』：我縱是帶來了『醪糟曲』，不也是『無有甜酒曲』麼？怎叫失信？」

王閏之喘一口大氣說：

「嗨！醪糟曲就是甜酒曲，楊道長你會不知道麼？別拐彎了，只說帶來了沒有？」

楊世昌說：「閏之此言差矣！『醪糟曲』與『甜酒曲』，並非是一樣東西。設若釀造不得法，醪糟曲釀造出來之醪糟不但不甜，還會苦澀難忍。故爾，『醪糟曲』不可直稱『甜酒曲』。你試想吧。子瞻一副愛民如子之心，杭州、密州、徐州功不可沒，政績可圈可點，應可載入史冊，其結果怎麼會入了御史台監獄呢？」

蘇東坡開口插話說：

「閏之你別鬧了，楊道長這是在開導我啊！好的願望，好的政績，不一定會被他人賞識，有時適得其反，不可不慎之又慎。今後我當更小心，反正不以朝政大事為念罷了，做一個道道地地黃州農人，倒心安理得之至也。

「楊道長，別再作耍，快教閏之做糯米酒吧！」

楊世昌大笑起來：

「哈哈哈哈！到底『東坡居士』明白了我的心意。閏之你別見氣，關切之情，牽掛朋友，子瞻蒙冤入獄，我們都爲之心碎了。今次前來，也有提醒子瞻之意，凡事看淡些。功名利祿，過眼雲煙。不去追逐計較，省卻多少麻煩。來來，教你閏之做蜜酒吧。」

取糯米一斗，淘洗稍浸，即上甑干蒸，直蒸至乾米開花成飯。此時飯中含水量較少，此一乾蒸之法很要緊，否則飯量水分太多，蜜酒不甜，吃喝起來寡淡。

飯蒸熟後，攤在涼草席上待涼。涼透之後，將已研成粉末的曲子二兩，均勻灑在上邊，拌和使之一致。

然後收攏，盛在一個陶缸裡，中心挖個空洞，讓其自然發酵。一般來說，七月孟秋，有一個晝夜，那糯米飯便軟化、糖化、水化，那水便注滿在中心挖空的洞裡。此時將此「洞」中之「水」試飲，便已有了酒香和甜味。

冬天則要三至五天方可發酵完成。此外，冬天還得用爛棉絮之類將盛了糯米飯的陶缸裏好，以保持較高的溫度，促其發酵成酒含糖。

做好以後，連湯帶渣便叫醪糟，煮開沖蛋，美味可口，且營養豐富。

此種醪糟可放置許多天，因其發酵過程並未終結，越到後來酒味越濃。

王闓之學得津津有味。

蘇軾、大月等都在一邊用心記，這樣事實上全家都學會了。

蘇軾畢竟老成得多，他對楊世昌說：「道長！這酒曲的製法才是關鍵，不然你一走，你留下的曲子用完，這糯米醪糟不又失傳了麼？」

楊世昌說：「子瞻！今後你在官場上也該像這樣多幾個心眼才好。闓之，你看，這裡還有半斤多酒曲，」說著拿出一大包湯丸團子般大小的乾粉丸子，「其實有了這酒曲原種再做便不難。原料便是麥子粉，配製的比例是一兌三，即一份曲種，兌三份麥子粉。先將曲種丸子研碎成粉，和麥子粉拌和一起，稍微潑一些冷水，使其成團，捏緊成丸，發酵風乾之後，便是新的曲種了。

「如此連綿不斷，四季不缺酒曲，也就四季不缺醪糟沖蛋了。記住：沒有麥子粉米粉也行。」

楊世昌親自操作示範了一回。手把手的教王闓之全學會了。

留下的半斤多曲種，擴充而為將近二斤。

蘇軾說：「闓之！殺豬，撈魚，置酒，答謝楊道長授此蜜酒製法。」

王闓之爽快答應：「好！」

楊世昌說：「子瞻！你莫想如此輕易就酬謝了我。你去邀約本地的好朋友，今晚我們共去赤壁之下泛舟，欣賞月下長江之夜景。」

蘇軾大笑：「哈哈！正中下懷，蘇某想此一遊久矣。只是豪客今日才至。「聞之，雞、酒、魚、肉你準備好，楊道長，郭興宗，古耕道，潘大觀，加上我，共是五個人。」

於是，當天晚上，這五個人雇一條小船，剛天黑便到了赤壁之下的長江去了。一邊划游，一邊飲酒。除了駕船的老梢公，五人全愛吟詩作對。弄得熱鬧非凡。

蘇軾說：「可惜沒叫大月來歌舞助興。」

楊世昌說：「子瞻又講胡話了，你一高興什麼都忘記，大月懷孕總有八、九個月了吧？腆著個大肚子，還能唱歌跳舞嗎？

「你再看看這船，扁舟小而又小，還能容得跳舞？你是成心想翻船了是不是？我吹簫為大家助興。大家和樂而歌吧！」

眾人當然贊成。於是簫聲響起，眾人吟唱，好不歡欣！

不一會，月亮從東山上爬起來了，立刻將銀輝灑滿長江水面。萬點銀光，閃閃爍爍，眞是樂醉人也！

次日，蘇軾作記述此事的《前赤壁賦》，足以傳頌千古。

壬戌之秋，七月既望，蘇子與客泛舟，遊於赤壁之下。

清風徐來，水波不興。舉酒屬客，誦明月之詩，歌窈窕之章。少焉，月出於東山之上，徘徊於斗牛之間。

白露橫江，水光接天。縱一葦之所如，凌萬頃之茫然。浩浩乎如馮虛御風，而不知其所止；

飄飄乎如遺世獨立，羽化而登仙。

於是飲酒樂甚，扣舷而歌之。歌曰：「桂棹兮蘭槳，擊空明兮溯流光。渺渺兮余懷，望美人兮天一方！」

客有吹洞簫者，依歌而和之。其聲嗚嗚然，如怨，如慕，如泣，如訴，餘音裊裊，不絕如縷。舞幽壑之潛蛟，泣孤舟之嫠婦。

蘇子愀然，正襟危坐，而問客曰：「何為其然也？」

客曰：『月明星稀，烏鵲南飛。』此非曹孟德之詩乎？西望夏口，東望武昌，山川相繆，郁乎蒼蒼，此非孟德之困於周郎者乎？方其破荊州，下江陵，順流而東也，舳艫千里，旌旗蔽空。釃酒臨江，橫槊賦詩，固一世之雄也！而今安在哉？況吾與子漁樵於江渚之上，侶魚蝦而友麋鹿，駕一葉之扁舟，舉匏樽以相屬，寄蜉蝣於天地，渺蒼海之一粟；哀吾生之須臾，羨長江之無窮；挾飛仙以遨遊，抱明月而長終；知不可乎驟得，托遺響於悲風。」

蘇子曰：「客亦知夫水與月乎？逝者如斯，而未嘗往也。盈虛者如彼，而卒莫消長也。蓋將自其變者而觀之，則天地曾不能以一瞬；自其不變者而觀之，則物於我皆無盡也。而又何羨乎？且夫天地之間，物各有主，苟非吾之所有，雖一毫而莫取。惟江上之清風，與山間之明月，耳得之而為聲，目遇之而成色，取之無禁，用之不竭，是造物者之無盡藏也，而吾與子之所共適。」

客喜而笑，洗盞更酌。肴核既盡，杯盤狼藉。相與枕藉乎舟中，不知東方之既白。

73 聞捷西北吟詩祝賀 大江東去哀嘆皇朝

又十天，七月二十七日，大月生一小兒，蘇軾喜不自禁，取名曰：「蘇遁」。取這名字有個來由，大月自納妾以來共養過三胎，全未帶活。蘇軾生怕這個小兒子也會離家而去，便從《易經》中將「遁」卦取來作名：「遁」卦便是「隱遁」。蘇軾的意思是說：

「讓這小兒子隱遁起來，退避夭亡的惡運。」

蘇軾並爲這遁兒作《洗兒詩》一首：

人皆養子望聰明，
我被聰明誤一生。
惟願孩兒愚且魯，
無災無難到公卿。

蘇軾這首小詩其實是在諷諭「公卿」們都是「愚魯」之輩。

蘇軾正在興高彩烈之中，忽然蘇迨、蘇過兩個小兄弟吵吵鬧鬧進屋裡來了。

只聽小弟弟蘇過叫道：

「明明是我捉的，二哥你怎麼動手搶？」

蘇迨說：「不是我想那個主意，你能逮著這幾隻麻雀？」

蘇軾一聽這話，馬上跑過去看是怎麼回事情。原是好幾隻麻雀被幾根繩子拴在一起了，在院子裡掙扎著往外飛，互相拽著往下落；一落下來又被兩個小傢伙爭著往上扔……扔上落下，落下又扔，小鳥雀唧唧喳喳，驚嚇得像求情哀號。

蘇軾火氣大冒，厲聲說：

「別再胡鬧了！你們一點不知道我們蘇家積善積德的傳統嗎？

「你們祖母程老夫人，生前總是教誨兒女，不得傷害雀鳥！

「我們老家在四川眉山紗縠行。我小時候，居住和讀書的房子之前，有竹柏雜花，滿庭滿院，各種鳥都在樹上作巢棲息。沒人去捕殺牠們，牠們的巢就越築越低，低到人伸手就可以抓得到，踮起腳尖可以看見巢內的鳥蛋和小鳥，可就是誰也不去動牠們。

「幾年之後，鳥雀越來越多。後來還來了四、五百隻桐花鳳鳥，這種鳥五色斑斕。唐朝武宗皇帝時的丞相李德裕在《畫桐花鳳扇賦亭》中說：『成都夾岷江磯岸，多植紫桐，每至春暮，有靈禽五色鳥來集桐花，以飲朝露，謂之桐花鳳。』說的就是這種美麗的鵲鳥。在我們老家院子裡集中了四、五百隻，殊不畏人。

「其實，這並不奇。鳥通人性，你不殘害牠，牠就會來親近。有山野老人說：「鳥巢如果離人太遠，鳥仔常被蛇、鼠、狐狸、鴟鷹侵害；如果人不害鳥，鳥都願意把巢築在挨人很近的地方。

「迨兒、過兒！你們這樣殘害鳥雀，怎麼對得起老祖宗？」

蘇迨、蘇過一齊低頭認錯：「爹爹！孩兒知罪，再也不捉小鳥了。」便將幾隻雀兒解開，放牠們飛走了。

蘇軾說：「這還不夠。我有一首《異鵲》詩，罰你們去背熟。」

昔我先君子，
仁孝行於家。
家有園五畝，
麼鳳集桐花。
是時鳥與鵲，
窩巢可俯拿……

蘇軾寫完這詩正教兩個兒子讀，陳季常進來了，老遠就喊：

「子瞻兄！果然家教有方，連鳥鵲也不讓他們捉來玩耍！」

蘇軾好不高興：

「啊哈！方山子！你來的正好，小孩子們玩鵲鳥的事不用再管了，今天你是我遁兒的『逢生客』，我要敬你幾杯酒。」

小兒女出生之後，第一個不是有意請來而是偶然撞來的人，叫做「逢生客」，主人家照例是要招待吃飯喝酒的，以示慶賀。王閏之立刻將醪糟沖蛋招待陳季常。

陳季常邊吃邊誇讚；

「好香！多少年沒吃過醪糟沖蛋，嫂子怎麼突然會作了？」

蘇軾說：「早十天楊世昌道長來了，教會了閏之做蜜酒，今後時常有的喝了。季常今天喜氣洋洋，莫非有什麼好消息？」

陳季常說：「子瞻兄猜得好準，我今天果然有好消息相告。

「皇上派兵收復燕雲失地，由種諤任先鋒大將軍，領二十一萬人馬，排七軍方陣而進，每方陣三萬人，勢不可擋，攻圍米脂縣。

「西夏賊兵來了八萬人解圍，被種諤前後夾擊，賊兵潰敗，死者屍橫數十里，達六萬餘人，河裡流水爲之染成紅色。獲馬五千，獲牲畜、鎧甲數以萬計。

「如今種諤神兵已進入銀州（今陝西米脂縣北）駐紮。這這這，這好消息還不值得你我喝一大頓麼？嗬嗬嗬嗬！」

蘇軾也大笑：

「哈哈！值得喝，值得喝！」轉身朝廚房裡叫：「閏之，閏之！來白酒，換巨觥，喝個盡興。」

王閏之送來巨觥白酒說：

「子瞻！當心你又喝醉酒說胡話，惹火燒身！」

蘇軾說：「再說胡話，在方山子兄弟這裡也惹不到火，燒不了身！」忙給兩人斟滿巨觥，咕嘟咕嘟先飲了一觥說：「季常！這幾個月你沒來我家，我也沒到你家去，有件事也沒辦法告訴你。對別的人我又不好說得，怕惹出麻煩來。早幾個月筠州太守滕甫來了，他原是皇帝身邊要員，不知你還記不記得他？」

陳季常說：「怎麼不記得？他不也是因爲反對變法而被貶出朝廷的麼？他來什麼事？」

蘇軾說：「皇上知道滕公和我關係非同一般，特召滕公進京面聖，派他來這裡看望我，叫我先寫了一份《試論用兵西夏疏》，托滕甫轉呈上去。」

陳季常吃驚：

「以你戴罪之身，怎可奏表？」

「當然是以滕甫名義上奏，事成了再揭出謎底爲我請功；事沒成由滕甫擔著。」

「這主意該是滕甫所出吧？以你子瞻直腸，絕想不出這彎彎拐拐的主意！滕甫果好人也，先已爲你分優。」

「果是如此。我想此次種諤進兵殲敵，而後駐防銀州，只怕是皇上採用了我的謀略，或許我又到出頭之日了。」

陳季常搖搖頭：

「我看未必！你且說說你在奏章中提的什麼謀略。」

蘇軾頗有信心：

「我看有準！我對皇上用了四句話的策略，投其所好，導之以迷，指陳利害，使避歧途……」接著便講述一遍。

陳季常若有所思地說：

「所以，你認爲種諤的勝利，是你說服皇上派他進攻的結果；如今他駐防銀州，是在採用你佯裝進攻而實則分化瓦解西夏的謀略。你是這樣想的吧？」

蘇軾反問，「難道你認爲不是這樣嗎？」

陳季常又嘆起氣來：

「唉！子瞻！你還是太天眞！當今皇上志大才疏，出爾反爾，猶疑不定，誤信讒言，害民害國，這樣的事例還少了嗎？在種諤獲得如此大勝的情勢下，你以爲皇上會聽從你蘇東坡的勸解：放棄乘勝追擊的好時機麼？」

蘇東坡堅持己見：

「皇上已經不再是小青年。他受了太多的教訓，或許從此能聽進忠告，重兵守邊，以瓦解敵國也未可知！」

陳季常說：「不爭了不爭了，反正用不了多久便知端的，究竟是皇上乘勝追擊，還是守邊瓦解敵國，定會有訊息傳來。

「眼下種諤大捷總是好事，東坡你不能沒詩！」

蘇東坡說：「這是自然，這是自然。」略作沉思，揮筆寫就。

聞捷

聞說官軍取乞銀，
將軍旂鼓捷如神。
故知無定河邊柳，
得共中原雪絮春。

東坡居士

蘇東坡寫完，遞給陳季常說：

「此詩是我以『東坡居士』署名之第一首詩，送給方山子兄弟，作你來傳報喜訊之腳資如何？嗬嗬！」

話中已有酒意。

陳季常說：「詩書抵作腳資自是甚好，只是太過單薄些。」也是藉酒再索求詩稿。

蘇東坡酒興更發：

「哈哈！叫化子不值錢，討了米還要鹽。一首詩嫌不夠，行！再寫一首。」稍作沉思，又揮筆寫了一首。

聞洮西大捷

漢家將軍一丈佛，
詔賜天池八尺龍……
似聞指揮築上郡，
已覺談笑無西戎。
放臣不見天顏喜，
但驚草木回春容。

陳季常帶著兩首詩心滿意足地走了。

蘇東坡在苦捱苦等中過日子，終於病倒在床。

忽然間收到兩位朋友來信，內容幾乎相同。

曾鞏病逝於延安郡，聞說令弟蘇轍子由也同時病故於筠州。特修書驚問：此事當屬訛傳耶？

……

正在服藥的蘇東坡憤然坐起說：「我就去筠州，我就去筠州！我不能沒有子由啊……」

王閏之勸他躺下說：「子瞻何急至此？朋友來信說這可能是訛傳呢！要探實信，你派蘇邁去一趟就行了，未必叫人抬你去筠州？」

蘇東坡說：「如此甚好，快叫邁兒去筠州。」

蘇邁很快到了筠州，一見叔叔蘇轍雖未死去，卻也果眞臥病不起，瘦弱異常。

蘇邁急忙跪倒病床前說：「叔叔，叔叔！你怎麼病成這樣了也不給我們去個信？」

蘇轍說：「邁兒先別問我，容我慢慢道來。你爹他可好？」

蘇邁倒抽一口氣說：「他？他他……」本想說已病倒，忽覺不能再刺激生病的叔叔，便扯謊說：

「爹爹他很好。早一向方山子陳季常叔叔來訪時，報告了種諤將軍洮西大捷的喜訊，爹他一口氣寫了兩首詩，第一次署名『東坡居士』，都送給陳叔叔了。」

蘇轍已從蘇邁最初倒口抽氣的神態中探知哥哥病了，掙扎著抽身坐起說：

「邁兒不准撒謊，你爹是不是病得很重？你不直說，我寫信告訴你爹罵你！」

蘇邁哽咽起來：

「叔叔！我爹要是沒病，他已經親自到筠州來看你了。有好幾位朋友來信問：有人說叔叔你與曾鞏伯伯同一天病故了……」

蘇轍急了：「蘇邁！你爹到底怎麼樣了？到底怎麼樣了？」似乎就要下床，「我要看哥去！我要看哥去！」

夫人史翠雲急急進來制止說：

「子由你又發神經病了？莫非教人抬你去黃州？弄不好你半路裡就沒命了！先躺下聽邁兒說清楚。」

蘇邁說：「我爹身上沒大病，是心裡犯有大病啊！」

躺下的蘇轍急問：

「是不是擔心西線戰事的心病？」

蘇邁說：「叔叔怎麼一猜就中？」

史翠雲說：「你叔叔不是猜中的，是他們兩兄弟同心感應，神靈報知！」

蘇邁一驚：「未必叔叔也是得的這個心病？」

史翠雲說：「可不是嘛，自從滕甫公送上了你爹寫的那個《試論用兵西夏疏》，你叔叔天天等盼皇上重新啓用你爹的喜訊。可是等來等去，得到的是適得其反的壞消息。依你說你爹也因爲這事病倒，不正是他兩兄弟同心感應麼？」

蘇邁驚問：「適得其反的消息？叔叔！是不是皇上沒聽我爹的勸阻諫言，又乘勝追擊西夏去了？」

蘇轍長嘆一聲說：

「唉！可不正是這樣！不是我和哥哥兩人病倒，是三人同病啊！滕甫公一聽此事便病倒，氣得好幾天水米不進，他說餓死也無妨！」

蘇邁更驚了：

「啊？滕甫公也急病了？他現在怎麼樣？該不會急出大事來吧？」

蘇轍說：「大事不會出，滕甫公已安定下來，只是心灰意冷，對朝政大事漠不關心了。」

蘇邁說：「這也難怪。叔叔你把朝廷對這件事的處置情況說詳細一點，我一回去，我爹準會打破砂鍋問到底。」

蘇轍說：「好，好。我說！我說！這是天薄大宋的人爲悲劇啊！派系紛爭，妒賢嫉能，釀出了新的惡果……」

蘇軾以滕甫名義上呈的《試論用兵西夏疏》送達朝廷時，實權已掌握在副丞相蔡確和蒲宗孟手中，「聽旨」、「領旨」、「奉旨」的「三旨丞相」王珪不過是他們手中的傀儡。

蔡確、蒲宗孟二人一看便知是蘇軾所寫的奏章，覺得這奏章是對他們鼓吹進攻靈州戰略的直接抗擊，決定扣留下來，不報呈皇上。萬一皇上追究，只說這是「罪臣蘇軾冒名進奏故爾扣留」，便可搪塞過去。

這樣，蔡確、蒲宗孟繼續慫恿皇上用兵，派內侍押班李憲爲主帥，種諤是其先鋒，一舉獲得殲敵六萬餘人的勝利。

在蔡確、蒲宗孟的鼓吹下，趙頊以爲中興大宋、收復國土的時機到了，更加心血來潮，準備乘勝追擊。趙頊覺得朝廷重臣力量太薄弱，又把被蔡確等人排擠出朝廷的章惇與王安禮調了回來，章惇復職爲參知政事（副丞相），王安禮復職爲翰林學士。

章惇一回來，發現了蘇軾幾個月前以滕甫名義上呈的《試論用兵西夏疏》，覺得蘇軾立論正確，論述有據，不該被扣壓留中。便和王安禮作了商量，認定現在是實施蘇軾第二步策略的時機，即屯兵不發，瓦解敵國，以期最後消滅西夏的時機。於是決定在上朝時對蔡確等人發難，希冀爲好友蘇軾重返朝廷鋪平道路。

這一天上朝，章惇和王安禮身穿莊重的黑色朝服，一看王珪、蔡確、張璪、蒲宗孟四人都在場，便開始發起進攻。

先是章惇出班奏曰：

「臣章惇稟奏聖上：臣昨日於政事堂當值，翻閱近期待處理之奏章，發現了一份《試論用兵西夏疏》，所見奇特，所謀高遠，所據充分，今特攜來殿上，恭呈御覽。如獲恩准，臣可代爲宣讀，以期滿朝文武共鑒其論若何。」

趙頊說：「章卿此言甚善！當殿宣讀吧。」

章惇於是神情莊重地念誦：

「……今者西夏主弱臣強……陛下派偏師出擊，可望收復我大宋之部分國土，此乃千載難逢之良機。然而，夏主秉常雖爲母族所篡，其兄弟鬩於牆而禦於外之法理尚存。倘攻之急，則彼內亂將止息，秉常又將執理朝政……共同對我……是故，陛下用兵偏師只應小勝則止，留有餘威……陛下趁此餘威……聚重兵於邊境，有三十萬即可號稱百萬之師……佯裝每日必攻之勢，實則按兵不動……朝廷多出金帛，派遣使者入西夏離間其黨羽……其勢弱者不敢強手，必率眾降我……陛下給降將以重封重賞，使餘者皆以降我為快事……則我雖未出一兵……實則西夏為我所臣復……」

在章惇宣讀奏疏聲中，朝臣們明顯雀躍，讚頌其立論有理。趙頊更表現出異乎尋常的歡欣。

一當章惇讀完，趙頊說：

「善哉斯言。此表何人所奏。」

章惇說：「署名筠州太守滕甫。」

趙頊問：「何時所奏？」

章惇說：「歷時已近半年。」

趙頊惱怒，質問王珪：

「王卿！你身為宰輔，此等重要奏疏，何以扣壓？」

「三旨」宰相王珪一時瞠口結舌。

蔡確搶出朝班奏曰：

「啟稟聖上，此奏疏為臣主持留中，因其是罪臣蘇軾假藉滕甫名義所奏！」

趙頊心內大驚：早幾個月自己曾派滕甫去黃州，暗示蘇軾寫一份用兵謀略之奏表，幾個月不見動靜，朕還以為蘇軾餘悸未消不敢寫呢！卻原來是被這些庸臣們扣下來了。聽蘇軾這份奏翠，他在謀略運用、引而不發、恩威並施、遣使離間、金帛招降、封爵對峙、分而治之、守城戍邊、瓦解敵國、確保邊境安寧方面，都有一針見血的論斷……蘇軾果如太先皇所說，有宰輔之才！可惜被蔡確、王珪等庸人淹沒了。但此事礙於朝制，又不能說穿。

於是，橫生怒氣的趙頊喝斥道：

「蔡卿！你誤朕大事也！滕甫乃朕之老臣，未必連下份奏疏都寫不好，要蘇軾代筆嗎？」

蔡確說：「皇上一過龍目，便知是何人所寫。」

趙頊明知此奏疏爲蘇軾所寫，卻又說不得，只好宣詔：

「呈上奏疏！」

侍宦將這奏疏從章惇手中取交趙頊，趙頊一看蘇軾那熟悉的筆跡，便轉圜說：

「滕甫元發既已署名呈上，出自何人手筆便無關宏旨。」

蔡確堅持說：

「臣啓萬歲：別人代筆猶自可，蘇軾以戴罪之身代筆便非同一般；他如此藏頭露尾，可見存有二心，皇上不可不追究查處！」

王安禮出班奏說：

「啓稟皇上：臣以爲我朝代人上書言事者不乏其人。歐陽修有《代人上樞密求先集序書》，他還有《代楊推官呈上呂相公求見書》等等，堪以爲榮。縱使確係蘇軾代滕甫上書論用兵西夏事，足可見其戴罪之身仍不忘君恩，不忘朝政，這何罪之有？不僅無罪，而且有功，乞聖上恩予嘉獎，以激勵天下仁人志士之心！」

蒲宗孟出班奏回：

「啓稟皇上！究竟是何人手筆論此『用兵西夏』，臣以爲都無關宏旨。現在看來，種諤將軍已大敗西夏，收復若干州城，殲敵六萬餘眾，正應乘勝追擊，奪取靈州，使我五路兵馬會師於彼，爲最後掃平西夏鋪平道路，此才是癥結之所在。乞聖上明察決斷。」

王安禮說：「皇上！蒲大人所奏，臣不敢苟同。誠如剛才奏疏所闡述，下一步宜以佯攻作掩飾，以達瓦解西夏之目的！」

蔡確說：「皇上！王大人此計不妥，有所謂風聲鶴唳、草木皆兵之成語，乃指秦王苻堅帶兵攻打東晉王朝，在安徽淝水一帶，被晉軍打得大敗。秦王軍隊在往回逃走的路上聽到風聲鶴叫，都以爲是晉軍來襲擊他們。這足可見戰敗一方之脆弱無力，也可證明挾餘威而進攻是取勝之常規。

「今我皇神兵在種諤將軍率領下，一舉殲敵六萬餘人，敵人已成驚弓之鳥。此時不進擊，後患將無窮。」

章惇說：「皇上！蔡確大人所論似是而非，就算滕甫之奏疏是蘇軾所寫，但其所論精確。西夏目前之兵敗，源於他國內之內訌，夏主秉常爲其母族所箝制，無非爭權奪利而已。並非西夏國力衰敗至此。如若繼續進攻，或許正中了敵人之圈套。

「可以想見，我方進攻加急，夏主秉常定重新執政，利用其廣袤之地盤，同我六十萬人馬周旋，時日一久，我方關山阻隔，糧草困難，有可能全軍敗北，不堪設想啊！」

趙頊畢竟才具平平，有中興大宋之志氣，無頂天立地之雄才。他在朝臣的激烈爭辯中分不清誰對誰錯，胸中只裝著一個「殺敵六萬餘人」的輝煌戰果。至於如何利用這個戰果，是乘勝進擊還是挾威戍邊，他就拿不定主意了。此時竟已全然忘記蘇軾奏疏中的精闢論述，怒氣衝衝地說：

「金殿群噪，成何體統？各自扼要說來！」

蔡確說：「稟皇上：此時若停止進擊，屯兵戍邊，豈不是天縱英明的皇上，反被罪臣蘇軾牽著鼻子走了嗎？」

王安禮說：「社稷安危，源於敵我兩國之間根本力量之對比，豈可以『誰牽誰走』之笑話作決斷云？」

蔡確說：「皇威皇權重要？還是罪臣言論重要？」

章惇說：「皇上……」

但趙頊打斷章惇的話說：「章卿不必再奏，朕意已決：詔令李憲統率包括種諤在內之六十萬大軍，五路進發，靈州會師！退朝！」

章惇、王安禮等臣子匍伏金殿哀號：

「天啊！何再薄我大宋？……」

筠州太守滕甫派人入朝，打聽到這件事情的來龍去脈，立時就癱軟病倒了。

蘇轍也跟著倒下了。

蘇邁把在筠州打聽到的這些情況回來向父親一說，蘇軾立馬加重了病情。心裡說：

「奸臣誤國！庸臣也誤國！昏君更誤國啊！」

轉眼到了十月中旬，楊世昌和方山子一起來了。

蘇軾大病剛癒，正盼望朋友來訪，希望聽到一些好消息。

但是，陳季常進門就說：

「東坡居士！非是我自誇海口，皇帝終於如我所料，沒有接受你的屯兵戍邊計謀，而是命李憲統兵乘勝追擊了。

「非是我又誇獎你東坡居士，你的確不是凡人。你的論斷果然完全正確：在我六十萬大軍壓境之時，西夏國內紛爭平息，夏主秉常重執朝政，避我鋒芒，拖我疲累，在大草原，在大沙漠，李憲不過是個得志的小人，毫無指揮能力，六十萬兵馬全軍覆沒，李憲本人也下落不明，估計難以生還了。生還也是當斬啊！」

蘇軾仰天長嘯：

「天哪！大宋皇朝將何以永續綿長？」

楊世昌說：「東坡！杞人憂天，天不感謝！剛才我和方山子在江邊，得一廣口細鱗魚，我們今晚再去遊赤壁吧！」

第三天，蘇軾將此次夜遊寫成了《後赤壁賦》：

是歲十月之望，步自雪堂，將歸于臨皋，二客從予。過黃泥之板，霜露既降，木葉盡脫。人影在地，仰見明月。顧而樂之，行歌相答。已而嘆曰：「有客無酒，有酒無餚，月白風清，如此良夜何？」

客曰：「今者薄暮，舉網得魚，巨口細鱗，狀如松江之鱸，顧安所得酒乎？」歸而謀諸婦。婦曰：「我有斗酒，藏之久矣，以待子不時之需。」

於是攜酒與魚，復遊於赤壁之下。江流有聲，斷岸千尺，山高月小，水落石出。曾日月之幾何？而江山不可復識矣！

予乃攝衣而上，履巉岩，披蒙茸，踞虎豹，登虬龍，攀栖鶻之危巢，俯馮夷之幽宮。蓋二客不能從焉。

劃然長嘯，草木震動，山鳴谷應，風起水湧。予亦悄然而悲，肅然而恐，凜乎其不可留也。反而登舟，放乎中流，聽其所止而休焉。

時夜將半，四顧寂寥。適有孤鶴，橫江東來，翅如車輪，玄裳縞衣，嘎然長鳴，掠予舟而西也。

須臾客去，予亦就睡。夢一道士，羽衣蹁躚，過臨皋之下，揖予而言曰：「赤壁之遊樂乎？」問其姓名，俯而不答。「嗚呼！噫嘻！我知之矣。疇昔之夜，飛鳴而過我者，非子也耶？」

道士顧笑，予亦驚寤。開戶視之，不見其處。

這簡直就是蘇東坡當時心境的絕妙寫照！他曾寄希望於皇上，以為滕甫帶回去的那份《試論用兵西夏疏》能得到皇上的賞識，如今全都落空！

「曾日月之幾何？而江山不可復識矣！」當時看山看水，滿眼希望；現在看之，一敗塗地！

夜遊中蘇軾攀懸岩，登臨如虎豹虬龍之怪石，楊世昌與陳季常二客不相從；這正是蘇軾向皇上進表，希望攀登從政高峰的表現，楊世昌與陳季常已是世外隱人，當然不會跟著去作冒險的試探。

蘇軾被龍吼虎嘯所驚嚇，有返回舟中，聽憑船兒且流且止。這便是蘇東坡要學楊道長和方山子的泰然處世之道了。

親見孤鶴西去，和夢見道士而猜出道士即那飛鶴，是蘇軾從政追求又一次碰得頭破血流之後的夢幻：羽化登仙！

寫完《後赤壁賦》，蘇東坡覺得這失望的心情尚未全部表達出來。他覺得對歷史的興衰榮辱有了一種全新的理解。他彷彿看見整個歷史像滾滾長江，東去而不復返。

目前的大宋皇朝，也正在滾滾流逝。包括皇帝趙頊在內，都將變成被大浪淘盡的泥沙，有何值得嚮往？

這攖今懷古的情緒是如此激烈，弄得蘇東坡幾天內寢食不安。終於，一曲新詞自然流洩而出。

念奴嬌，赤壁懷古

大江東去，
浪淘盡，
千古風流人物。
故壘西邊，
人道是，
三國周郎赤壁。
亂石穿空，
驚濤拍岸，
捲起千堆雪。
江山如畫，
一時多少豪傑！

遙想公瑾當年，
小喬初嫁了。
雄姿英發，

羽扇綸巾，
談笑間，
檣櫓灰飛煙滅。
故國神遊，
多情應笑我，
早生華髮。
人生如夢，
一樽還酹江月。

蘇軾在心裡說：
「大江東去也，正是我大宋皇朝！」

《蘇東坡之大江東去》完

蘇東坡之大江東去

著　　者／易照峰
出 版 者／生智文化事業有限公司
發 行 人／林新倫
責任編輯／賴筱彌
登 記 證／局版北市業字第 677 號
地　　址／台北市新生南路三段 88 號 5 樓之 6
電　　話／886-2-23660309　886-2-23660313
傳　　真／886-2-23660310
印　　刷／科樂印刷事業股份有限公司
法律顧問／北辰著作權事務所　蕭雄淋律師
初版一刷／2001 年 8 月
ISBN ／957-818-288-0
定　　價／新台幣 250 元

郵政劃撥／14534976
帳　　戶／揚智文化事業股份有限公司
E-mail ／tn605547@ms6.tisnet.net.tw
網　　址／http://www.ycrc.com.tw

國家圖書館出版品預行編目資料

蘇東坡之大江東去／易照峰著. -- 初版. –
台北市：生智，2001〔民 90〕
面； 公分

ISBN 957-818-288-0（精裝）

857.7 90007091

元氣系列

D9101	如何征服泌尿疾病	洪峻澤/著	NT:260B/平
D9102	大家一起來運動	易天華/著	NT:220B/平
D9103	名畫與疾病－內科教授爲你把脈	張天鈞/著	NT:320B/平
D9104	打敗糖尿病	裴　馰/著	NT:280B/平
D9105	健康飲食與癌症	吳映蓉/著	NT:220B/平
D9106	健康檢查的第一本書	張瓈文/著	NT:200B/平
D9107	簡簡單單做瑜伽－邱素貞瑜伽天地的美體養生法	陳玉芬/著	NT:180B/平
D9108	打開壓力的拉環－上班族解除壓力妙方	林森、晴風/著	NT:200B/平
D9109	體內環保－排毒聖經	王映月/譯	NT:300B/平
D9110	肝功能異常時該怎麼辦？	譚健民/著	NT:220B/平
D9111	神奇的諾麗－諾麗果健康法	張慧敏/著	NT:280B/平
D9112	針灸實務寶典	黃明男/著	NT:550B/精
D9113	全方位醫療法	王瑤英/譯	NT:250B/平
D9114	一生的性計畫	張明玲/譯	NT:700B/精
D9115	妳可以更健康－正確治療婦女疾病	李奇龍/著	NT:300B/平
D9116	性的魅力	范琦芸/譯	NT:300B/平
D9117	讓瑜伽當你健康的守護神	陳玉芬/著	NT:300B/平
D9118	十全超科學氣功	黃明男/著	NT:250B/平
D9201	健康生食	洪建德/著	NT:180B/平

健康檢查的第一本書

張瓈文／著

怎麼選擇健檢機構？診所好，還是醫院好？而且健檢的等級那麼多，應該選擇哪一種？

做完健檢後，許多人看著出爐的報告仍是一頭霧水。有的人因爲一、兩個異常數據而緊張得半死，有的以爲一切正常就是健康滿分。這種情況恐怕有檢查比沒檢查還糟。

本書提供所有讀者最實用的資訊，包括健檢機構的介紹、檢查項目的說明、健檢結果的說明等，是關心健康民眾不可錯過的好書。

蘇東坡之飲酒垂釣
之把酒謝天
之湖州夢碎
之大江東去

易照峰◎著

蘇東坡享年66歲，歷經了北宋從中興到滅亡的最後五個皇帝，他身邊集結了政界文壇的所有傑出人物：變法宰相王安石；《資治通鑑》作者司馬光；唐宋詩文八大家中屬於宋朝中期的歐陽修、蘇洵、蘇轍、曾鞏等六人。

蘇東坡閱歷壯闊，歷任八州知府，均有獨特建樹，杭州人為其建立生祠廟祭祀；他四次出入朝廷，官至兵部尚書及內丞相等要職；反被奸人陷害投入監獄，幾被處死，並被流放嶺南直至海南島。總之榮辱迭宕，構成了蘇東坡悲壯的人生歷程。

本部小說共計六本，通篇以蘇東坡人生閱歷為依托，以他的詩詞散文創作的背景結構故事，揭示人生的善惡美醜，輻射震撼人心的魅力。同時著重描繪了蘇東坡與神佛有緣的種種遭際，他一生都在神佛的保佑之中，所有陷害他的奸人全都被用不同的方式處置，揭示了歷史終將懲惡揚善的永恆主題。

本書尤為獨特的是描述了宋朝的官妓制度，直白展示了蘇東坡與包括當朝駙馬在內的高官嫖妓史，他們狎妓而不下流，洩慾而不肆慾，高層次的男歡女愛別有風姿。書中並高雅地講述了房中術奧義與長壽養生方，對男女老少都有借鑑意義。